Katharina Lindner

Im Schattenreich der Llorona

Mystery-Thriller

AF124881

Bibliografische Information der Deutschen Nationalbibliothek:
Die Deutsche Nationalbibliothek verzeichnet diese
Publikation in der Deutschen Nationalbibliografie; de-
taillierte bibliografische Daten sind im Internet über
http://dnb.dnb.de abrufbar.

TWENTYSIX
Eine Marke der Books on Demand GmbH

Herstellung und Verlag:
BoD – Books on Demand, Norderstedt

ISBN: 9783740784737
Coverbild: Ramona Hoffmann
Lektorat & Korrektorat: Matthias Hoffmann

Kapitel 1

Bianca

Schon immer hatte Bianca die Welt über Gerüche wahrgenommen. Nicht auf eine so extreme und verstörende Art wie dieser verrückte Mörder in Patrick Süßkinds erfolgreichem Roman „Das Parfüm", aber doch eindringlich genug, um als etwas Besonderes zu gelten.

Während andere Menschen sich in ihrer Umgebung zurechtfanden, indem sie Orte, Menschen und Gegenstände durch ihre Sehzellen wahrnahmen und diese durch auditive Eindrücke vervollständigten, schloss Bianca gern die Augen und Ohren und ließ sich von dem treiben, was ihre Nase entdeckte. Eine frisch gemähte Sommerwiese oder eine stickige Innenstadt voller Autoverkehr und Menschen im Hochsommer konnte jeder leicht erkennen, wenn er die Nase in die Luft erhob. Krautsalat und Gyros versprachen beim Dönerladen um die Ecke eine leckere Mahlzeit, Chlor im pisswarmen Wasser ließ vor einem Schwimmbadbesuch zurückschrecken und ein gedüngtes Maisfeld weckte im Vorbeifahren recht deutliche Assoziationen von Schweineställen und Massentierhaltung.

Aber für Bianca erschlossen sich dank ihrer Nase ganze Welten, egal, wo sie war und egal, was ihre übrigen Sinnesorgane vermeldeten.

Denn ihre Nase konnte mehr: In einem Raum mit Menschen roch sie nicht nur deren Rasierwasser, Parfüms, Shampoos und spezifische Schweißabsonderungen, sondern auch ihre Stimmungen. Sie konnte blind und taub erkennen, ob ihr Gegenüber ihr wohlgesonnen war oder seine Sympathie nur vorspielte. Sie entschied in der Buchhandlung nach dem Geruch des Werkes, ob sie ein Buch kaufte oder nicht. Sie hatte, wenn sie einen Geldschein in der Hand hielt, eine Vielzahl von Menschen vor Augen, die vor ihr mit diesem Schein ihren Einkauf bezahlt hatten. Sie erschnupperte Krankheiten, Vorurteile, Abneigungen, Dreck und Liebe.

Und so war es auch ihre Nase, die sie in Sörens Arme getrieben hatte. Er war kein hübscher Mann, als sie sich vor zehn Jahren begegnet waren, eher unterer Durchschnitt, vielleicht sogar weniger als das. Das dunkle Haar wurde viel zu selten geschnitten und war an den Spitzen grau. Den wässrig blauen Augen fehlte es an Ausstrahlung und seine Körpermitte neigte zur Fülle.

Aber sein Geruch, als er ihr die Hand gereicht und sie mit diesem offenen Ausdruck im unrasierten Gesicht angeblickt hatte, verschlug ihr damals die Sprache. Es war eine Mischung aus Eisbonbons, Zedernholz und Zitronen und hatte direkt in ihrer Seele angedockt, wie ein heimeliger, wärmender Geruch aus der Kindheit, der lange vergessen worden war und plötzlich wieder auftauchte.

Sein Geruch war wie der Rosmarin im Garten der Großmutter, die längst auf dem Friedhof ruhte, deren Bild aber angesichts der grünen Nadeln zuverlässig jedes Jahr im Bilderrahmen des Lebens auftauchte. Er war wie der Lavendel in einem alten Taschentuch. Wie der Haferbrei, den die Mutter kochte, wenn man krank im Bett lag, und zwar auch noch lange nach dem Abklingen der Beschwerden, weil sich die kindliche Psyche eine zusätzliche kleine Streicheleinheit zu ergaunern versuchte.

Sören zu treffen hieß, sich selbst zu erkennen. Und sein Geruch war eine stetige Mahnung daran, dass es etwas zu verlieren gab, das zu wertvoll war, um nicht um jeden Preis gut darauf aufzupassen. Er war Trost, Geborgenheit und Lust zugleich. Bianca hatte nicht widerstehen können, obwohl von der ersten Sekunde an klar gewesen war, dass genau dies ihrer Pflicht entsprochen hätte.

In diesem Sommer hatte sich Sören etwas ziemlich Ätzendes einfallen lassen, mit dem keiner der Beteiligten auch nur im Ansatz zufrieden werden konnte:

Er hatte darauf bestanden, seine Langzeitgeliebte mit in den jährlichen Familienurlaub zu nehmen. Und gleich am ersten Abend wollte er seiner Frau Mara, die nichts wusste, aber vermutlich einiges ahnte, nicht nur die Langzeitgeliebte präsentieren, sondern auch noch ausdrücklich einen Freifahrtsschein für die Aufrechterhaltung der Zweitbeziehung in der Zukunft erzwingen.

Bianca, die Langzeitgeliebte, war mit dieser Idee nicht einverstanden, denn sie konnte nichts provozieren als Konflikte, Stress und Katastrophen. Aber wie immer, wenn ihm etwas wichtig war, hatte Sören sich durchgesetzt und kurzerhand behauptet, er würde jede Art von Urlaub mit Bianca in der Zukunft platzen lassen, ja sogar die Beziehung beenden, wenn sie sich dem „reinen Tisch", wie er es nannte, verweigerte.

Dann wäre es vorbei mit den verlängerten Wochenenden, die er mühsam der heiligen Familienzeit abzwackte, indem er Dienstreisen vorschob!

Es gab nur zwei Möglichkeiten, hatte er betont: Entweder, Bianca stärkte ihm während der Offenbarung den Rücken und wurde damit belohnt, als Zweitfrau offizielle Anerkennung und erzwungene Akzeptanz zu finden. Oder sie lehnte die Konfrontation ab und verzichtete künftig auf die kurzen Schäferstündchen in der Mittagspause, die kaum länger dauerten als ein durchschnittlicher Song im Radio, auf all die kleinen, gestohlenen Momente, die ihr so kostbar waren.

Natürlich gab es auch noch eine dritte Möglichkeit, nämlich die, sich selbst von Sören zu trennen und ihn für Frau und Kind wieder freizugeben. Aber das war eine Lösung, bei der sie sich eindeutig als größte Verliererin sah – und sie missfiel Bianca aus diesen Gründen von allen Optionen am meisten.

Die ewige Geliebte hatte sich gefügt. Sie waren mit zwei Autos gefahren und hatten auf dem Campingplatz am See zwei verschiedene Domizile bezogen, doch die Nähe und die damit verbundene Zumutung blieb allgegenwärtig.

Und nach dem Abend, wenn die Fakten auf dem Tisch gelegen hatten, konnte ein Drama folgen, das den ganzen Urlaub über andauern mochte.

Es war schwer zu sagen, wie Mara reagieren würde. Trotzdem fühlte Bianca sich mehr als unbehaglich, denn Mara das Herz zu brechen war nicht in ihrem Sinne. Sören aufzugeben und sich selbst damit das Herz zu brechen aber auch nicht.

Dass Bianca und Mara einst innige Freundinnen gewesen waren, machte die Sache umso schlimmer.

Bianca nahm sich nach der Ankunft Zeit, um sich innerlich auf den bevorstehenden symbolischen Todesstoß ihrer ehemals besten Freundin durch den eigenen Mann vorzubereiten.

Sie begutachtete eine Zeit lang ihren blitzsauberen und erstaunlich großen Wohnwagen, den sie für die nächsten Wochen angemietet hatte. In der kleinen Küche war alles vorhanden und ordentlich in den Klappschränken verstaut. Das Bettzeug war frisch und roch angenehm nach Heuboden und Vollwaschmittel. Die Fenster, umrahmt von kitschigen, grün und hellblau gemusterten Gardinen, zeigten ein Umfeld, das idyllisch hätte sein können – wenn nicht in zehn Minuten Entfernung *Mara, das Biest,* wie Bianca sie inzwischen insgeheim nannte, residiert hätte.

Alles ging seinen gewohnten Gang. Familien in Campern und Zelten bauten ihre Behausungen auf oder hockten lesend, tratschend, wahlweise schlafend auf Campingstühlen. Bäume und Büsche umgaben den kleinen naturbelassenen See, dessen Wasseroberfläche in der späten Nachmittagssonne glitzerte. Kinder spielten im Sand neben dem Wasser. Ein Hund jagte einem Ball nach, den ein Mann in gestreifter Badehose geworfen hatte.

Biancas Nervosität wurde nicht kleiner, egal, was sie tat. Und war dabei nicht auch ein kleines

Gefühl von Freude? Ein stummes Frohlocken? Ein schamhaft verborgenes Jauchzen?

Ja, sie war die Geliebte und Sören wollte, dass es so blieb. Er würde darauf bestehen, mit der Familie UND der Affäre zu grillen, zu baden und Ausflüge zu unternehmen, jedenfalls hatte er das so angekündigt. Weder für Bianca noch für Mara konnten die kommenden Wochen angenehm werden, aber ein leises Gefühl von Triumph konnte Bianca trotzdem nicht unterdrücken. Es wurde schwer zu Boden geworfen von dem nagenden schlechten Gewissen, aber es war zweifelsohne da. Schließlich hatte sie doch die älteren Rechte an Sören, oder etwa nicht?

Bianca setzte sich auf eins der Betten, die jeweils links und rechts im Bug des Campers an den Wänden standen und in der Mitte eine Lücke bildeten.

Mit kühnen Kuscheleien und schmutzigen Aktivitäten würde es wohl heute nichts werden, denn es war davon auszugehen, dass Sören die ersten Nächte brav mit seiner Frau verbrachte. Sie würde nach dem Abend der Enttäuschung des Trostes bedürfen. Und auch die Folgenächte standen unter keinem guten Stern, da machte Bianca sich nichts vor.

Sören würde abends die zweijährige Kim zu Bett bringen, ihr eine Geschichte vorlesen, den zerfledderten Stoffhasen küssen und dann mit

Mara, dem Biest, auf der Veranda vor der Ferienhütte sitzen, trockenen Rotwein trinken und Sternbilder bestimmen. Was also sollte sie hier? Die ganze Idee war totaler Blödsinn und würde ihrer aller Leben zerstören! *Du verlierst ihn, wenn du nicht mitmachst,* hämmerte es in ihrem Kopf. Das war keine irrationale Angst, sondern ein Fakt. Sie hatte keine Wahl. Wenn sie Sören – oder vielmehr den kleinen Teil von ihm, den er ihr zugestand – behalten wollte, musste sie sich fügen.

Der aktivierte Wasserkocher zeigte durch ein dumpfes Schnappgeräusch und lautes Brodeln, dass das Wasser für den Tee fertig war. Bianca erhob sich und goss sich eine Tasse auf, die sie mit nach draußen nahm.

Vor ihrem Wohnwagen befanden sich keine Gartenmöbel – er war die preiswertere Version der Badeferien an diesem Geheimtipp-Ort und bot keinerlei Extras. Eine Hütte wäre für sie aber sowieso auch viel zu groß gewesen, da hätte sie sich in den einsamen Stunden noch verlassener gefühlt. Man konnte jedoch auch ohne Tisch und Stuhl vor dem Gefährt sitzen.

Bianca breitete eine der Decken, auch grünblau gemustert, auf dem Rasen aus und stellte ihre dampfende Tasse daneben. Es ging bereits auf den Abend zu, denn sie waren lang gefahren.

Der Abend würde grauenvoll werden und eine schlaflose Nacht würde folgen.

Und danach? Morgen? Übermorgen? Würde Sören sie überhaupt jemals aufsuchen oder nahm Mara, das Biest, ihn voll und ganz in Beschlag? Würde er auch mit Bianca noch in die Sterne blicken und ihr zum Abschied einen Kuss auf die Stirn drücken? Oder blieben Zärtlichkeiten dieser Art ab heute seiner Frau vorbehalten, die ja *so furchtbar verletzt werden würde*?

Bianca nippte am Tee, der bitter und moosig roch. In der Luft hingen viele Gerüche: Algen und Teer, Holz und Sonnenmilch, Bratwurst und Bier. Das feine Gespinst von Badekleidung, die schwere Nässe von Frottee über Wäscheleinen, die metallische Kühle von Besteck in den Spülbecken am Sanitärhäuschen. Bianca schloss die Augen.

Eigentlich, meinte sie, hatte sie sich Urlaub verdient und sie hatte ihn auch bitternötig. Es war ein arbeitsreiches und wenig unterhaltsames Jahr gewesen, mit vielen einsamen Stunden, die an der Psyche zerrten und allerlei überflüssigen Aufgaben, die niemandem dienten und doch nie infrage gestellt wurden.

Aber was sollte das für ein Urlaub werden? Den Auftakt bildete eine Tragödie der Sonderklasse, die allen Beteiligten erhebliche Wunden schlagen würde. Nach diesem Abend würden sie schlimmstenfalls Tote zu beklagen haben und bestenfalls eine Scheinharmonie vorlügen, die jede Art von Erholung und Entspannung ad absurdum führte.

Wie würde es Bianca damit gehen, Mara und Kim ständig um sich zu haben? Die vorwurfsvollen Blicke zu ertragen, die gezischten Verwünschungen, den versprühten Hass? Sie würde sich nicht mehr normal bewegen können und immer auf der Hut sein müssen, um nicht neue Brandherde zu entzünden. Die Wochen würden grauenvoll werden! Jede Minute unter den wachsamen Augen der eifersüchtigen Giftschlange, die ihr menschliches Hab und Gut gewiss mit bösen Blicken, gewetzten Krallen und üblen Verwünschungen verteidigte. Die jede Stimmung zerstörte, bevor sie sich überhaupt entfalten konnte. Die Annäherung, Zuneigung und Mitgefühl im Keim erstickte, weil sie selbst das Gefühl hatte, immer zu kurz zu kommen.

Bianca war klar, dass sie ihrer ehemaligen Freundin mit diesem gnadenlosen Urteil unrecht tat, denn früher war Mara ihr als gütiger, verständnisvoller und einfühlsamer Mensch begegnet, doch ihr eigener Frust war einfach zu groß, um auch noch Mitgefühl für die Nebenbuhlerin aufbringen zu können. Obwohl, gab sie unwillig sich selbst gegenüber zu, *sie selbst* ja eigentlich die Nebenbuhlerin war.

Sören kam bald, um nach ihr zu sehen, wie er sagte. Um zu erfahren, ob sie sich schon *wie zu Hause fühlte*. Er verpackte seine Kontrolle gern in das hübsche Mäntelchen der Fürsorge. Bei den Worten *„wie zu Hause"* musste Bianca grinsen und das Grinsen schmeckte wie ein verdorbener Fisch.

„Hey, Liebelein", begrüßte er sie und blieb mit der Sonnenbrille auf dem Gesicht vor ihr stehen. Er trug eine andere Jeans als auf der Fahrt und ein frisches T-Shirt. Das konnte er sich leisten, denn er hatte ja eine Frau, die für frische Klamotten sorgte, während eine andere ihn zu sexuellen Gipfeln katapultierte und sein Ego streichelte.

„Fühlst du dich schon wie zu Hause?" Er legte den Kopf schief, wohl ahnend, dass seine Frage lächerlich, sogar bescheuert war.

„Wenn du damit wissen willst, ob der Wagen gut ausgestattet ist, dann brauchst du dir keine Sorgen zu machen", gab sie zurück. Mara-Geruch stieg ihr in die Nase. Er haftete fast immer an ihm. Dass er keine Anstalten machte, sich zu setzen, ärgerte sie. Der Geliebte, immer auf dem Sprung, nie voller Muße verweilend. Das Vorurteil stimmte. Andererseits gab es keinen Stuhl, gestand sie sich ein. Auch darin steckte eine Aussage: Sie war nicht dazu in der Lage, ihm in Gänze zu geben, was er brauchte. Und dass er sich nicht neben ihr auf den Boden sinken ließ, enthielt so viel Symbolik, dass es kaum zu übersehen war.

„Es ist sogar Seife auf dem Waschbecken im Bad. Sie hat die Form einer Rose und riecht nach Mottenkugeln." Bianca nahm wieder einen Schluck. Erdig, wärmend, tröstend. Die feuchten Teedämpfe stiegen ihr beim Trinken in die Nase und wirkten wie eine beruhigende Salbe auf ihr wundes Herz, das sich schon den ganzen Tag gequält hatte.

„Brauchst du etwas?" Sören, der Fürsorgliche. Er passte auf seine Frauen auf. Auf alle drei.

Sein gönnerhafter Ton widerte sie plötzlich an. Ob sie etwas brauchte?

Natürlich! Seine uneingeschränkte Liebe, seine Zeit und Aufmerksamkeit, seinen Willen, eine Entscheidung zu treffen. All das brauchte sie! Nicht pastellig gemusterte Gardinen in einem gemieteten Camper und industriell produzierte Rosenseife! Und schon gar nicht die Eskalation einer alten Freundschaft, weil Dinge mitgeteilt wurden, die besser verborgen geblieben wären!

Oder wollte sie das tatsächlich? Hatte nicht sie selbst immer darauf gedrängt, Mara reinen Wein einzuschenken? Mehr noch – sich zu entscheiden? Sören *wollte* sich nicht entscheiden, das war sein Problem. Und weil Bianca es hinnahm, weil sie alles hinnahm, was er machte oder sagte, wurde es auch zu ihrem Problem.

„Wann findet das Date für uns drei heute Abend statt?", fragte sie und ignorierte seine Frage nach ihren Bedürfnissen, die sie als sinnlos empfand.

„Mara und ich machen nach dem Abendessen mit Kim noch einen Spaziergang um den See. Kim geht um sieben zu Bett. Ich denke, es ist gut, wenn du um neun erscheinst. Ich werde für eine entspannte Atmosphäre sorgen und wir werden ihr sachlich und klar erklären, was los ist. Sie wird es akzeptieren. Sie ist keine Dramaqueen. Sie hat sowieso keine Wahl."

Da war Bianca nicht so sicher, aber sie nickte ergeben. Widerstand war zwecklos. Er würde sich sonst umdrehen und gehen und dann war sie völlig umsonst mitgekommen. Dann konnte sie auch gleich zurück nach Hause fahren und sich auf einen unsagbar einsamen Sommer mit heftigem Liebeskummer einstellen. Auch Bianca hatte keine Wahl, redete sie sich selbst erneut ein.

Es ärgerte sie, dass er den geplanten Ablauf des Abends verkündete wie ein autoritärer Abteilungschef seinen Mitarbeitern die Organisation eines Projekts. Aufgaben, die wie in Stein gemeißelt von oben herab verteilt wurden, null Mitbestimmungsrecht, keinerlei Interesse an eigenen Ideen und Vorschlägen. Als seien alle Frauen in seiner Umgebung Schaufensterpuppen, die nicht sprachen, sich nicht bewegten, nicht fühlten und nicht dachten. Sie hatten nur ihre

Rollen zu spielen und darüber hinaus die Klappe zu halten.

„Es wird alles nach Plan laufen", schob Sören nach, als sei jede andere Möglichkeit Wahnsinn. „Mara und ich haben eine stabile, enge Bindung", begründete er seine Zuversicht hinsichtlich des Abends aller Abende.

Mara und ich. Wie oft hatte Bianca diese Worte gehört! Selten dagegen purzelten die Worte *Bianca und ich* von seinen Lippen. Die beiden Namen mit dem UND dazwischen waren ein Tabu, das von Sören nicht infrage gestellt wurde. Er glaubte wohl, es gehörte sich nicht, der Gattin auf diese Weise verbal das Wasser abzugraben und sie in ihrer Position als Haremsvorsteherin zu bedrohen.

Natürlich gehörte es sich auch nicht, den Mann einer anderen Frau zu vögeln, aber die Dinge lagen nicht so einfach, wie es auf den ersten Blick aussah. *Egal,* dachte Bianca. Es waren ja bloß Worte. Und in Kürze würde es immerhin ein *Mara UND Sören UND Bianca* geben.

Ein Lächeln stahl sich auf ihre Lippen, doch es war schnell wieder verschwunden. Das war nicht in Ordnung. Es war einfach nicht okay und im Grunde wusste sie das. Zehn Jahre Lügen. Heute der Schlag ins Gesicht. Die bodenlos unverschämte Forderung eines Mannes, der alles haben wollte und auf nichts verzichten konnte. Sie blieb in diesem Spiel willenlose Handlangerin. Es war unsinnig, sich vorzumachen, dass sie irgendwelche Fäden in der Hand hielt.

„Du kannst die nächsten Tage zum Essen ins Ferienhaus kommen. Morgens, mittags, abends", ergänzte Sören seinen fixen Plan und zauste ihr Haar, wie es ein Vater bei seinem Kind tat. „Wir wollen alles gemeinsam machen. Zeit miteinander verbringen. Uns auf eine neue Weise kennenlernen und nahe sein."

„Mara wird davon begeistert sein", wehrte sie ironisch ab. „Ebenso wie vom gemeinsamen Planschen im See und von den Wanderungen zu viert, die du, wie ich dich kenne, schon ausführlich geplant hast. Neun Uhr sagst du? Okay, ich werde da sein. Aber ich hoffe, es dauert nicht sehr lang und läuft gesittet ab. Die Fahrt war anstrengend und ich muss noch auspacken. Heute wird es eh dein Job sein, deine Frau wieder einzufangen. Sie wird ausflippen. Ich nehme an, du wirst danach nicht noch einmal hier bei mir vorbeikommen, oder?"

Er schüttelte mit dem Kopf.

Heute nicht oder überhaupt nicht mehr?

Plötzlich packte sie die blanke Angst, die mit Schweißausbrüchen und Herzrasen einherging. Auf die Angst, die in Sekunden abebbte, folgte eine tiefe Resignation, die Bianca sehr genau kannte. Sie war eine alte, aber ziemlich verhasste Freundin, die einfach nicht verschwinden wollte.

„Dachte ich mir." Die Enttäuschung stand ihr ins Gesicht geschrieben. Sie wurde auch nicht dadurch kleiner, dass sie erwartet worden war.

Wie viel Prozent „Sören" fielen für Bianca ab? Vielleicht dreißig, großzügig geschätzt? Das war gar nichts! Gemeinsame Mahlzeiten und Unternehmungen waren keine Alternative, das war nicht das, was Bianca sich wünschte! Maras stechendem Blick standzuhalten, während sie auf einer Folienkartoffel mit Kräuterquark herumkaute, stand auf ihrer Liste möglicher unterhaltsamer Abendgestaltungen ganz weit unten. Und wenn sie mit Mara morgen gemeinsam in den Teich sprang, musste sie aufpassen, dass die ehemalige Freundin sie nicht voller Zorn und Hass in dem schlammigen Tümpel ertränkte.

Nein, nein, nein, das war alles überhaupt keine brauchbare Idee! Ihre Zweifel begannen wieder übermächtig zu werden, wenn auch ein boshafter Teil von ihr in gewisser Weise frohlockte, dass sie als akzeptierte Geliebte künftig an Anerkennung gewinnen würde und nicht mehr zu ignorieren war.

„Deine drei Schlüpfer und die Zahnbürste kannst du auch an einem anderen Tag in die Schränke räumen. Ich möchte, dass du pünktlich bist und dich nach dem ... Eklat, der vielleicht zu erwarten ist, vernünftig und besonnen zurückziehst. Bis morgen werden sich die Wogen geglättet haben und dann sehen wir uns wieder. Zum Frühstück. Punkt acht."

Na, immerhin hatte er eingestanden, dass es einen Eklat geben könnte! Seine Sätze, klangen sanft, duldeten aber keine Widerrede. Sören schaffte es, eine unmissverständliche Drohung in seinem Lächeln zu verpacken.

Was würde folgen, wenn sie nicht tat, was er sagte? Noch mehr Konflikte, ein offener Bruch, Ignoranz, Liebesentzug? Oder trautes Familienglück, besonders bemüht in Szene gesetzt, damit Bianca genau erkennen konnte, was sie verpasste? Wenn sie sich weigerte, würde er umso penetranter seine eheliche Scheinharmonie zur Schau stellen und Bianca sich wie ein ausgestoßenes Monster fühlen lassen, das sein Recht auf die Zugehörigkeit zur Gruppe auf immer verspielt hatte.

Sie hatte das schon erlebt. Sören wirkte unscheinbar, aber er war ein guter Manipulator und bekam immer, was er wollte. Er verweigerte sich ihr, wenn sie nicht nach seiner Pfeife tanzte. Eine ganz einfache Geschichte, mit der viele faktisch oder seelisch abhängige Frauen sich quälten. *Mach mit in seinem Spiel oder geh. Dazwischen gibt es nichts. Die Regeln werden nicht zu deinen Gunsten geändert. Niemals. Geliebt werden oder frei in deinen Entscheidungen sein, das ist die einzige Frage, die sich dir stellt und beides hat einen höheren Preis, als du zu zahlen bereit bist.*

Bianca stellte den Tee ins Gras und hob den Kopf. Sah weg von seinen Schuhen und der blassblauen Hose, über seine schmale, knochige Brust, bis ihre Augen die seinen erreicht hatten.

Ihr Widerstand, sowieso eine fragile Angelegenheit, zerstob im Nichts. Sie nickte trübsinnig. Senkte wieder den Blick. Auf Grasspitzen, eine Hummel in einer Wiesenblumenblüte, einen Zipfel ihrer Decke.

„In Ordnung", hörte sie sich sagen. „Spielen wir wieder heile Familie. Bringen wir die ahnungslose Gattin auf den neusten Stand. Hoffen wir, dass sie ihre Männchen nicht vom Spielbrett fegt und uns das Brett nicht um die Ohren haut. Tun wir so, als wäre alles fein und das Leben ein Schlaraffenland."

Sören lachte, als ob es ein Witz wäre. Weil er klug und ein guter Beobachter war, entging ihm der Sarkasmus nicht, doch er war nicht bedeutsam genug für ihn, um ihn ernst zu nehmen oder sogar darauf zu reagieren.

Für Sören zählte nur, dass alle sich berechenbar verhielten und die Dinge ihren gewohnten Gang gingen. Niemand durfte aus der Reihe tanzen. Keiner durfte eine Meinung entfalten, die der seinen – oder der, die er für die gemeingültige hielt – zuwiderlief. Waren alle seine Frauen lieb und fügsam, verschenkte er Zärtlichkeit. Er vollbrachte dann sogar das Kunststück, jeder seiner Frauen das Gefühl zu geben, sie sei die Einzige auf der Welt.

Sören, der Charmeur, der sich künftig nicht einmal mehr die Mühe machen würde, seinen Betrug zu verbergen! Weil ihm das Lügen und Ausreden erfinden mittlerweile auf den Keks gingen und er sein Leben sauberer und simpler gestalten wollte! Da er überzeugt davon war, dass ihm alles, was er einforderte, auch zustand, kam er gar nicht auf die Idee, jemand könnte ihm seine Offenheit übel nehmen. Offenheit war doch gut, oder? Die Moral stand auf seiner Seite!

Wie perfide, dachte Bianca, deren Verstand nach wie vor kühl analysierte, sich dem Herz aber einfach nicht unterwerfen wollte. Diese von Sören so kühn propagierte Offenheit war eine Waffe, die ihm nicht aus der Hand zu schlagen war! Er richtete sie gleichermaßen gegen Ehefrau und Geliebte und es war ihm gleich, was er damit auslöste. Selbst seine Tochter und die Konsequenzen für sie, die sich aus der Situation ergaben, waren ihm egal. Wie alle Frauen in seinem Leben sollte auch Kim besser früher als zu spät lernen, dass sie sich dem Willen eines Mannes zu beugen hatte, zunächst dem ihres

Vaters, später dem ihres Ehemannes, der sie zur Belohnung dafür hegen und pflegen und beschützen würde.

Sören war ein Gift, für welches es kein Gegenmittel gab. Bianca wusste das. Und sie vermutete, dass Mara es auch ahnte. Bald würde auch Mara wissen, dass Bianca es wusste. Welch schräge, schreckliche kleine Familie!

Mara. Bianca sah sie vor sich: Dunkelhaarig, wohlgerundet mit Kurven an genau den richtigen Stellen. Sprühend vor Impulsivität, vorlaut und eigensinnig. Aufdringlich hübsch, mit wachen Augen und einer gefährlichen Intelligenz. Spöttisch und auf eine fast charmante Weise überheblich kommentierte sie die Welt um sich herum, ohne je ein Blatt vor den Mund zu nehmen. Bei allen schlechten Seiten und Macken, die sie hatte, war sie immer direkt und ehrlich.

Manchmal war sie so ehrlich gewesen, dass es geschmerzt hatte. Nicht zuletzt deswegen war die Freundschaft schon vor Jahren abgekühlt und schließlich zerbrochen.

Doch auch ihre Zuneigung war immer ehrlich und unmissverständlich gewesen: Sie konnte gut zuhören und brachte für viele Dinge mehr Verständnis auf, als weniger tolerante und engstirnigere Leute es getan hätten.

Jedenfalls war es grundlegend falsch, einer solch ehrlichen, mutigen und warmherzigen Frau einen

Dolch ins Herz zu stoßen! Selbst dann, wenn man ihren Mann für sich selbst haben wollte!

Andererseits war es genauso falsch, sie weiterhin zu belügen. Oder sie belogen zu haben.

Wie man es auch drehte und wendete: Der Karren steckte im Dreck fest und würde ohne Blessuren auch nicht rauszuziehen sein. Mara war ein Biest, aber nicht der Teufel. Und selbst das Biest verdiente einen fairen Angriff, um sich angemessen verteidigen zu können. Den würde Mara nicht kriegen, denn Sörens Offensive war deshalb so schlagkräftig, weil sie auf völlige Überrumpelung baute.

Sörens und meine Offensive, verbesserte Bianca sich im Stillen.

„Ich komme um neun", nahm sie den eher dünnen Gesprächsfaden wieder auf und signalisierte damit gleichzeitig ihr nicht vorhandenes Interesse, sich weiter zu unterhalten.

Sie rettete sich mit der Aufmerksamkeit in den letzten Schluck Tee. *Eine Almhütte in den Bergen. Loderndes Kaminfeuer in verträumter Zweisamkeit. Lammfell unter dem Leib, Schweißfilm auf der Haut. Küsse, die Wogen von Emotionen zu Brechern auftürmten. Berührungen, Seufzer, Geborgenheit.*

Dieser Tee versprach alles, was sie hier nicht kriegen würde. Hitze statt Schnee und hitzige Begegnungen statt romantischen Geflüsters vor dem Kamin. Sie seufzte.

„Schön, Liebelein." Sören lächelte, was ein milder Abklatsch seines Lachens von eben war.

Wieder tätschelte er Bianca den Kopf, als sei sie ein Schaf, das er niedlich fand.

Sie fühlte sich nun noch mehr wie ein Nichts, als sie es eh schon tat. Diese ständige Empfindung von Selbstmitleid stand auch dem eigentlich angebrachten schlechten Gewissen im Weg, das sie eigentlich die ganze Zeit hätte empfinden müssen.

Wer wäre denn nun wirklich übler von ihnen dran? Mara, die betrogene Gattin und glückliche Mutter, die Frau mit dem perfekten Leben und dem Ring am Finger? Oder Bianca, die Affäre, die nur Krumen zugeworfen bekam und es nicht wert war, eine offizielle Position im Leben des Angebeteten zu erhalten, dafür aber seine Sonnenseite erlebte und den Alltag außen vorlassen konnte?

Ich war zuerst da, dachte sie. *Der Mann, das Haus, die Tochter – all das hätte meins sein müssen. Wenn du, Mara, dich nicht so dreist dazwischengedrängelt hättest!* Konnte sie deswegen einfach nicht loslassen? Empfand sie aus genau diesem Grund mehr Wut gegenüber ihrer ehemaligen Freundin als Leidenschaft für Sören, wenn sie in seinen Armen lag?

Jedes Treffen verkam unweigerlich zu diesem schalen Triumph, sich zumindest für den Moment zurückerobert zu haben, was ihr von Rechts wegen eigentlich hätte zustehen müssen. Mit Liebe und Lust hatte es nicht mehr viel zu tun.

Bianca erinnerte sich an den Duft, der von Mara ausging – eine Mischung aus betörenden Orchideen, Kuchenteig und Kopfschmerzen auslösender Druckertinte, mit denen bissige Briefe gedruckt wurden – und zog die Schultern hoch. Liebe, Hass, Leidenschaft, Neid, Schuld – dieser wilde, unbeschreibliche Mix, der sich in ihrem Herzen breitmachte wie ein gigantischer Pilz mit weitverzweigtem Sporennetz! Er war ein Fluch, der sie verfolgte!

Sie hatte Mara als Freundin geliebt. Sie liebte Sören als Mann! Sie *liebte* mit jeder Faser ihrer Seele – und dennoch empfand sie Zorn und Widerwillen und fand keine Worte, die ihre tiefsten Gefühle treffend beschreiben konnten.

Und trotzdem hatte sie keine Hemmungen, heute Abend ihre Hand auf das Messer zu legen, das in Sörens Fingern gnadenlos das dichte Gewebe um das Glück seiner Frau zerschneiden würde. Sie war machtlos angesichts der Intensität ihrer Gefühle, die Leib, Hirn und Leben fluteten.

Viele Gefühle.

Unterschiedliche Gefühle.

Widersprüchliche Gefühle!

Chaotischer als ein sterbender Stern, der sein schwindendes Leben in alle Richtungen schickte, aufdringlich intensiv, verheerend und zerstörerisch, explodierend und nichts als Schwärze hinterlassend.

„Schön", sagte Sören erneut und drückte ihr einen Kuss auf den Scheitel. Nicht liebevoll, sondern eindeutig mit Nachdruck. Es war ein letzter Hinweis, nicht aufzumucken, um den Status quo nicht zu gefährden.

„Schön", flüsterte Bianca und sah ihm nach.

Es war immer wieder erstaunlich, welch seltsame Eigendynamik sich in ihrer ungewöhnlichen Dreierbeziehung entwickelte und wie weh ihr nach jeder Begegnung ums Herz war.

Gar nichts war schön! Aber sie konnte es nicht ändern. Sie musste diesen Mann behalten und diesen Mann gab es nur mit seiner Frau.

Kapitel 2

Mara

Kim war von der Fahrt erschöpft gewesen und deshalb nach dem Abendessen und einem kurzen Spaziergang über den Platz schnell eingeschlafen.

Das Ritual des Zubettbringens, Vorlesens und Singens beruhigte Mara selbst fast mehr als ihre Tochter. Sie spürte eine Unruhe in sich, die weder zu benennen, noch zu beherrschen war. Als würde am Horizont ein Gewitter aufziehen, obwohl die Sonne noch das Himmelszelt beanspruchte.

Vielleicht lag es daran, dass Sören so geheimnisvoll getan hatte. Er wolle sich „einen ruhigen Abend machen", um ein paar „Dinge zu klären", hatte er verkündet, als sie nach dem Essen mit den Armen bis zum Ellbogen im Spülbecken das Geschirr abgewaschen hatte.

Es hatte irgendwie bedrohlich geklungen, dabei war das nicht Sörens Art. Meistens ließ er die Dinge zu Hause laufen, ohne sie zu kommentieren und ohne sie beeinflussen zu wollen. Er war froh, wenn der Alltag reibungslos funktionierte und Mara ihm trotz Kind und Berufstätigkeit den Rücken freihielt. Mit profanen Problemen wurde er nicht gern belästigt; er schätzte es, wenn *sie* diese in die Hand nahm. Um banale Probleme würde es sich demnach nicht handeln, die waren zu unbedeutend, um seine heiligen Synapsen zu beschäftigen. Worum mochte es also gehen? Gab es einen Grund, etwas an ihr auszusetzen? Das war kaum vorstellbar. Es mochte arrogant klingen, aber Mara hatte alles im Griff. Immer und überall.

Mara wischte sorgfältig die Teller im Abtropfgestell sauber und stapelte sie so im Schrank, dass sie genau übereinanderstanden und das Muster in dieselbe Richtung zeigte. Sie war eine Frau der Tat, pragmatisch, zupackend, perfekt organisiert. Auf ihren Instinkt, der sich stets an ihrem messerscharfen Verstand orientierte, konnte sie sich meist verlassen. Was hatte es zu bedeuten, dass dieser Instinkt gerade rote Alarmlämpchen blinken ließ? War „etwas im Busch", wie es so schön hieß? Nun, sollte dem so sein, dann würde sie der Herausforderung so begegnen, wie sie es gewohnt war: selbstsicher und umsichtig. Eben eine Macherin!

Sören war losgegangen, um Wein am Kiosk zu besorgen, wie er sagte. Während Mara das Besteck polierte und in die Schublade gleiten ließ, die Köpfchen der Löffel sauber ineinander geschmiegt, dachte sie mehr darüber nach, als gut für sie war. Sie hatten jede Menge Wein im Gepäck, es gab keinen Grund, welchen zu kaufen.

Stahl er sich damit Zeit, um sich zu sammeln? Sich seine Worte genau zu überlegen? Aber warum, zum Teufel? Würde er ihr gleich irgendetwas vorwerfen? Kritik anbringen?

Ihr fiel beim besten Willen keine Erklärung dafür ein. Der gemeinsame Alltag war vollgestopft mit Terminen, klappte aber dank ihrer hervorragenden Organisation reibungslos. Kim war ein fröhliches, unbeschwertes Mädchen, das keinerlei Klagen verursachte. Sie konnten ihre Kredite für das Haus am Stadtrand, die Küche und die beiden Wagen bedienen. Samstags gab es Sex. Gut, immer wieder nach demselben Muster, etwas langweilig vielleicht. Aber es gab Ehen, in denen gar nichts mehr lief und wo viel Mühe in die Aufrechterhaltung einer Fassade gesteckt wurden, die ein erschreckend hässliches Antlitz verbarg. Davon waren sie weit entfernt.

Worum würde es also an diesem Abend gehen? Ein unbehagliches Gefühl breitete sich in ihrer Magengegend aus.

Sie wischte die Krümel vom Tisch und spülte den Lappen unter fließendem Wasser aus. Hängte ihn an den Herdgriff, rieb sich mit dem Geschirrtuch die Hände trocken. Sah aus dem Fenster.

Ein schöner Platz, den sie da gebucht hatten. In der Nähe eines Badesees gelegen, voller verträumter Natur und klein genug, um sich schnell zurechtzufinden. Auch das Häuschen war toll. Die karierte Bettwäsche roch frisch und sauber. In der Küche war alles vorhanden, was man brauchte, um eine Familie ein paar Wochen zu versorgen. Die Chromspüle glänzte, auf dem Fernseher im Wohnzimmer lag kein Stäubchen. Vielleicht war die Einrichtung etwas altmodisch, aber sie präsentierte sich solide und bodenständig. Eher eine robuste Kornblume als ein empfindsames Röschen. So wie sie selbst. Ein Röschen war sie nie gewesen.

Mara blickte sich um. Alles war picobello. Sie spürte, wie sich ihr Herzschlag und ihre Atmung beruhigten und überlegte kurz, ob sie nach Kim sehen sollte.

Aber da kam Sören ja zurück! Ein Blick aus dem Fenster der zum Wohnzimmer hin offenen Küche ließ sie seinen typischen Gang erkennen, noch bevor sie Gesicht oder Kleidung zuordnen konnte. Er war nicht allein. Eine Frau war bei ihm. Schwarzhaarig (nicht echt), groß, schmal.

Irgendetwas kam ihr an der Frau bekannt vor … *Moment mal! Das war doch …* In derselben Sekunde, als Mara klar wurde, wer da neben Sören herlief wie eine vertraute Gefährtin sah sie, dass er tatsächlich eine Flasche Wein in der Hand hatte. Und in der anderen drei Gläser.

Das unbehagliche Gefühl in der Magengegend wuchs sich in einem Sekundenbruchteil zu einem ordentlichen innerlichen Sturm aus und schwappte wie brackiges Wasser gegen die inneren Zellwände. Ein gutes Zeichen war das nicht!

Wie es sich für eine gute Ehe- und vor allem Hausfrau gehörte, zählte Mara die Sekunden, bis die beiden vor der Tür standen und öffnete sie im richtigen Augenblick.

Würde es ihr gelingen, ihre bodenlose Überraschung zu überspielen? Ihr heftig schlagendes Herz in die Schranken zu weisen und vernünftige Konversation zu betreiben?

Was tat Bianca überhaupt hier? Hatte Sören sie zufällig getroffen? Was für ein eigenartiger Zufall sollte ihr ein solch blödes Ei ins Urlaubsnest legen!

Oder steckte etwas ganz anderes dahinter?

War Bianca wegen IHR hier? Das war unwahrscheinlich. Sie waren vor Jahren auseinandergegangen. Nicht im Guten! Mara hatte Bianca nichts zu sagen und vermutete, dass es Bianca nicht anders erging.

Aber was zum Teufel *tat sie hier* an ihrem ersten freien Abend, den Mara mit ihrem Mann hatte genießen wollen?

Ihr Körper, der plötzlich schwitzte und alle Funktionen beschleunigte, schien mehr zu wissen, als ihr Verstand wahrhaben wollte. Mara spürte, wie das T-Shirt ihren Achselschweiß aufsaugte, und wischte sich über die Stirn. Zwar hatte sie am Morgen Make-up aufgelegt, doch war das lang her, und den ganzen Angstschweiß – *Angstschweiß? Warum nur?* – würde die Prise Talkumpuder auf der Haut bestimmt nicht aufsaugen. Sie würde glänzen wie ein polierter Jaspis, aber nicht so schön dabei aussehen. Eher wie ein gejagtes Wild, das sich panisch ins Unterholz verdrückt, wenn es Hundegebell und Schüsse vernimmt.

„Bianca", sagte sie, sah aber zu Sören. Sie blieb in der Tür stehen, als ob sie die beiden nicht reinlassen wollte. Es war keine Frage und auch keine Feststellung. Es war einfach ein Wort, in dem nicht nur die Enttäuschung über den offensichtlich verpatzten Abend steckte, sondern auch ein Meer an verdrängten Gefühlen über eine Freundschaft, die gleichzeitig wunderbar und schrecklich gewesen war.

„Was tust du hier?", fragte sie, als Sören sich an ihr vorbeidrängelte und Bianca keine Anstalten machte, ihm zu folgen.

Biancas schmale Schultern waren nach vorn gezogen, ihr Kopf gesenkt. Sie wirkte noch dünner als früher und ihr fransiges, sehr feines Haar verlieh ihr das Aussehen eines Kükens, das aus dem Nest gefallen ist. Die harte Farbe passte nicht. Eigentlich war Bianca dunkelblond, mit einem feinen, von bläulichen Äderchen durchzogenen Teint. Das schwarze Haar ließ sie wie die Horrorversion eines Schneewittchens erscheinen, das sich im Wald verlaufen hat und niemals das rettende Haus der Sieben Zwerge finden würde.

Wider Willen empfand Mara einen Anflug von Mitgefühl für ihre ehemalige beste Freundin, die all ihr Geheimnisse gekannt hatte. Sie sah aus, als hätte sie eine sehr unangenehme Prüfung vor sich, auf die sie nicht gut vorbereitet war.

Hatte Sören ein Treffen arrangiert, damit die beiden Frauen sich wegen ihres Streits und der Funkstille aussprechen konnten? Das wäre ja eine nette Geste gewesen, aber warum ausgerechnet im Urlaub, wo sie doch entspannte Tage verleben wollten? Ort und Zeit passten dafür nicht! Aber es hatte seit Jahren Funkstille geherrscht – all das war lang vorbei!

Und Bianca sah nicht so aus, als ginge es nur um eine verpatzte Freundschaft aus Kinder- und Jugendtagen. Sie wirkte eher, als sei jemand gestorben und sie habe es gerade erfahren und müsse die traurige Information nun schweren Herzens weiterreichen.

Mara ließ Bianca mit einer Geste eintreten und warf einen Blick auf ihre Turnschuhe. Saubere Sohlen. Gut. Sie würde der Ziege bestimmt nicht auch noch hinterherputzen!

„Setz dich ins Wohnzimmer", sagte sie. Bianca nickte. Maras Dominanz kannte sie wohl noch von früher. Jeder, der Maras Haus betrat, musste sich ihren Regeln beugen und manchmal teilte sie diese ziemlich resolut mit. Mara hatte dahingehend bestimmt eine kleine Meise, das wusste sie selbst, aber Bianca hatte das nie gestört. Jedenfalls hatte sie nichts dergleichen gesagt und war den Befehlen immer brav nachgekommen.

Sie ist nicht deine Tochter, schoss es Mara durch den Kopf. *Behandle sie nicht, als wäre sie es.*

Gut, aber was war sie dann?

Ihre Freundin ja wohl auch nicht mehr!

Nun, sie würde es gewiss rausfinden an diesem Abend. Und die zu erahnende Prognose war … nein. Zu unglaublich. Absurd! Wie in einem schlechten Film!

Mara verbot sich den Gedanken, der sich ungebeten in ihren Hirnwindungen festgekrallt hatte und folgte Bianca ins Wohnzimmer. Ihr Gehirn arbeitete auf Hochtouren.

Sören und Bianca tauchten also wie aus dem Nichts plötzlich gemeinsam auf. Früher hatten sie sich nicht verstanden, waren sich eher aus dem Weg gegangen, was umso pikanter war, da sie ja einst ein Paar gewesen waren, aber gemeinsam nicht funktioniert hatten. Sie hatten wohl auch um Maras Aufmerksamkeit und Zeit miteinander gekämpft, nachdem Mara mit Sören zusammengekommen war, aber mit Bianca ebenfalls hatte befreundet bleiben wollen. Aber das war auch schon alles gewesen, was sie miteinander verband, jedenfalls nach ihrer Trennung! Und nach dem großen Streit der beiden Frauen, der aus einem nichtigen Anlass heraus eskaliert war (welchem eigentlich?), war der Kontakt ganz abgebrochen.

Eben hatte es jedoch so ausgesehen, als teilten Sören und Bianca eine Menge Vertrautheit, die Mara entgangen war. Es hatte nur noch gefehlt, dass sie Hand in Hand …

Nein, das war absurd!

„Tut mir leid, dass ich so reinplatze", sagte Bianca, die sich sorgfältig die Hände wusch und abtrocknete. Sie sah dabei nicht in den Spiegel.

Mara besah ihre eigenen Hände. Rau, trocken, blass, von blauen Adern durchzogen. Bis auf das Nagelbett abgekaute Nägel. Ihre Hände waren der einzige offensichtliche Schandfleck ihres eigentlich makellosen Körpers. Ihre Hände verrieten die wahre Verfassung ihrer Trägerin. Nicht, dass das irgendjemand wusste. Nach außen zeigte Mara einen starken Charakter, der mühelos alles auf die Reihe bekam: Sie plauderte mit der Tagesmutter ihrer Tochter und erkundigte sich höflich nach deren Befinden. Sie arbeitete täglich einen Stapel Papiere nach dem anderen im Büro ab, als erledige sie ihre Aufgaben im Schlaf. Sie kochte, putzte, wusch und versorgte Kims blutige Knie. Sie war eine Zauberfrau und

Übermutter und alles an ihr war perfekt: Ihr modernes, behagliches Zuhause, ihr adrettes, liebliches Kind, ihre berufliche Leistung. Alles, bis auf diese Hände, die so hässlich waren, dass sie sie am liebsten versteckte.

Bianca strich sich mit den Fingern – perfekten Fingern, die keine abgekauten Nägel hatten – durch die Haare. Sie war offensichtlich verlegen.

„Warum bist du hier?", fragte Mara geradeheraus. Diese angespannte Stimmung ging ihr auf die Nerven. Sie fand die schlimme Wahrheit besser erträglich als eine unausgesprochene Unklarheit. Wenn hier etwas Seltsames vor sich ging, dann wollte sie es wissen, um darauf reagieren zu können!

„Da solltest du lieber Sören fragen."

Immer noch ein dünnes, zittriges Stimmchen, das hatte Bianca früher auch schon besessen. Die Nasenflügel weiteten sich. Die Augen blickten furchtsam durch den Pony hindurch, der schlecht geschnitten war. *Sören fragen?* Eine Alarmglocke schrillte auf, so laut, dass Mara zusammenzuckte.

Dieser Hinweis auf eine Querverbindung, die nicht sein sollte, versetzte Mara erneut fast in Panik, doch äußerlich blieb sie so kalt wie der Wasserhahn, den Bianca gerade zugedreht hatte.

„Wir gehen auf die Veranda", sagte Mara, laut genug, damit Sören, der in der Küche rumorte, sie hören konnte. Es war an der Zeit, hier mal zu erzählen, wo es langging, eine Entscheidung zu treffen! Hier würde etwas auf den Tisch gepackt werden, das sehr groß war, ein unverdaulicher Brocken. Es war an der Zeit, die Messer zu wetzen, um ihn in kleine Stückchen zu schneiden.

Mara, Frau der Tat, konnte ja wohl Bianca, der Frau des Träumens, deutlich aufzeigen, wo es langging!

Sören sah das anders. Er kam mit dem Korkenzieher in der Hand in den Flur.

„Wir bleiben drin", widersprach er. „Es zieht sich zu. Wird regnen." Eine Lüge. Draußen herrschte Sommerabendsonne. Kein Wölkchen am Himmel.

Mara wurde gleichzeitig heiß und kalt.

Hatte es noch mehr Lügen gegeben, die sie nicht bemerkt hatte? Noch schlimmere Lügen? Richtig schlimme Lügen?

Ihre Knie begannen zu zittern, deshalb ließ sie die unentschlossene Bianca, die schon lange nicht mehr ihre Freundin war, stehen und lief in mühsam beherrschten kleinen Schritten zum Sofa im Wohnzimmer. In ihrem Magen breitete sich ein ätzendes Gefühl aus, als habe sie Säure getrunken.

Sie legte ein Kissen auf den Bauch. Sammelte sich, fasste sich, sah hoch.

Beobachtete, wie Sören die drei Gläser mit Chardonnay füllte – wie romantisch! – und auf dem Sofa gegenüber Platz nahm.

Bianca setzte sich neben ihn. Zögerlich und erst, nachdem er sie mit einer Geste herzitiert hatte.

Das war nicht richtig. Die Platzverteilung war ganz und gar falsch! Da lief etwas furchtbar schief und Mara wurde klar, warum das Gespräch – es würde doch ein Gespräch geben, oder? – innerhalb der Mauern stattfinden sollte:

Die beiden Verschwörer, die ihr gegenübersaßen, wollten verhindern, dass Mara ausrastete und die Leute um sie herum es mitbekamen. Eine Szene auf der Veranda war ein peinlicher Auftritt. Im Haus ließ sie sich eher beruhigen und würde sich auch von selbst zurückhalten, damit Kim nicht wach wurde und das Elend mit ansah.

Elend? Sie hatte keinen blassen Schimmer, worum es ging!

Einzig diese Blicke – herausfordernd und selbstsicher der von Sören, unbehaglich und schuldig der von Bianca – hatten etwas an sich, das sofort an eine Katastrophe denken ließ. Würden sie ihr nun sagen, dass ihr Vater überraschend gestorben war? Dass jemand unheilbar an Krebs erkrankt war? Dass Sören seinen Job verloren hatte und sie das Haus verkaufen mussten? (Aber hätte Sören ihr das nicht allein sagen können? Brauchte er dafür eine Souffleuse? Ausgerechnet Sören, der immer den richtigen Ton traf und stets die passenden Worte fand?) Oder steckte etwas ganz anderes dahinter? Ging es um etwas, in das Bianca selbst involviert war? Etwas, was mit Sören und Mara zu tun hatte? Oder besser: Etwas, das ausschließlich mit Sören und Mara hätte zu tun haben sollen?

Mara wollte das nicht denken. *Alles, nur nicht das!* Es rührte an verborgene Wunden, die sie längst heil glaubte. Sie konnte das nicht durchstehen.

Sören räusperte sich.

Mara schloss die Augen.

Dieses Straftribunal war ganz allein für sie, da war sie sich inzwischen sicher. Auch, wenn sie ihr Verbrechen nicht kannte, würde eine harte Bestrafung folgen. Sören war der Richter und Bianca würde als seine rechte Hand das Schwert schwingen.

Gab es das wirklich? Bis eben war doch noch alles in bester Ordnung gewesen! Sie hatten Brot mit Salami und Gurkenscheiben gegessen und sich auf ihre gemeinsame freie Zeit gefreut! Sören hatte Salzkristalle auf seine Gurkenscheiben regnen lassen und Kim hatte darüber gelacht.

„Es fällt mir nicht leicht, heute hier mit euch zu sitzen", begann Sören und kaute auf seiner

Unterlippe herum. Seine Knie in der kurzen Hose stachen hervor. Es war kein attraktiver Anblick.

Mara drückte das Kissen gegen ihren Bauch. Toll, wenn er schon so anfing! Wie ein Politiker, der versuchte, ein aufgescheuchtes Volk zu beruhigen, ohne jegliche Ahnung von Massenhysterien zu haben! Wie viele Nebensächlichkeiten würde folgen, bis er zum Wesentlichen kam?

„Bianca ist nicht zufällig hier, wie du vielleicht schon vermutet hast." Seine Augen glitten durch den Raum. Er sah überallhin und blieb nirgends hängen. Vor allem nicht an Maras Gesicht.

„Ich habe das hier seit langer Zeit geplant, denn ich möchte, dass sich in meinem Leben etwas ändert."

In meinem Leben? Du änderst mein – unser aller – Leben damit auch, wollte Mara schreien, doch sie blieb stumm, als habe das Kissen auf ihrem Bauch auch ihren Mund verstopft.

„Ich möchte die Dinge sauberer und ordentlicher haben. Nicht so wie du, wenn du die Küchenschränke schrubbst." Er zog die Nase kraus und sah damit aus wie ein kleiner Junge, der bei einem Fehler ertappt wurde und sich darüber ärgerte. „Ich möchte nicht mehr lügen und betrügen und ich möchte auch nichts aufgeben, was mir wichtig ist."

War ihm eigentlich bewusst, dass er nun schon den dritten Satz in Folge mit „ich" begonnen hatte?

Mara sah zu Bianca hinüber. Die schien ihr schlechtes Gewissen gegen Erleichterung (oder sogar Freude?) eingetauscht zu haben. Sie atmete sichtlich freier und saß entspannter auf der Couch, als noch vor einer Minute.

Ihre eigenen Schultern hingegen verkrampften sich. Der Nacken schmerzte. Mara griff sich an den Hals und glitt mit den Fingern die hinteren Muskeln entlang. Schmerz wallte auf. Der erste an diesem Abend. Wie viel würde folgen? Sie zwang sich, ruhig zu bleiben. Zuzuhören und erst mal abzuwarten, bis Sören mit seinem bedeutsamen Monolog fertig war. Das fiel ihr schwer, weil sie dank ihrer heftigen Gefühle vorschnell mit Reaktionen herausplatzte, die vielleicht sogar übertrieben oder nicht angebracht waren. Aber hier, das spürte sie deutlich, war Geduld gefragt.

Denn die Offenbarung, die sie erwartete, war so unglaublich und gewaltig, dass es mit dem üblichen Heulen und Schreien nicht getan war. Etwas flatterte in ihrem Leib. Es waren keine Schmetterlinge.

„Ich möchte, dass einige Dinge sich ändern und von anderen möchte ich, dass sie so bleiben, wie sie sind", fuhr Sören fort.

Hör auf zu schwafeln! Komm endlich zum Punkt!
Hatte sie das laut gesagt oder nur gedacht? Mara
wusste es nicht. Sie nahm die Umwelt nur noch
eingeschränkt wahr, als ob man ihr Drogen
verabreicht hätte. War etwas in den Gurken
gewesen? Etwas Dämpfendes, Vernebelndes?
Oder im Wein? Sie hatte das Glas noch nicht
angerührt. Sie würde es auch nicht anrühren,
außer, um es zu zerschlagen und Sören den Stiel
in die Kehle zu bohren.

„Wie du weißt, haben Bianca und ich ja eine
Beziehung gehabt, *bevor* du und ich
zusammengekommen sind", erklärte Sören.

Ja, das wusste sie, nur allzu gut. Es waren viele
Tränen geflossen und etliche Konflikte hatten
reichlich Staub aufgewirbelt, bis die Fronten
endlich geklärt waren. Aber das war ewig her!
Zehn lange Jahre!

Mara biss sich auf die Lippen. Das Kissen unter
ihren Fingern fühlte sich an wie ein totes Tier, ihre
rissigen Nägel blieben an dem seidigen, kalten
Stoff hängen, weil sie darauf herum rieb. Draußen
ging eine Familie mit zwei lachenden Kindern auf
dem nicht asphaltierten Feldweg vorbei.
Glückliches Pärchen, fröhlicher Nachwuchs. Im
Fensterbrett blühte eine Rose, die der Vermieter
ihnen als freundlichen Empfang bei Ankunft auf
den Tisch gestellt hatte. Die Platzdeckchen auf

dem Tisch waren violett. Mara schluckte und hatte Mühe dabei.

„Ich habe damals gesagt, ich hab mich für dich entschieden und dass das mit Bianca vorbei ist." Einmal angestochen, sprudelte nun alles aus Sören heraus. Und wie kompliziert er sich ausdrückte! Kein normaler Mensch sprach in einem solch undurchsichtigen Geschwurbel!

„Doch das war nicht wahr. Wir haben uns nie getrennt und die Beziehung heimlich weitergeführt. Ich habe *dich* geheiratet, weil du die passendere Frau für mich warst, und das bist du auch immer noch. Ich liebe dich. Aber Bianca liebe ich auch, sie ist fester Bestandteil meines Lebens und sogar meines Alltags. Ich möchte auf keine von euch verzichten. Ich brauche euch."

Nein. Das gab es nicht. Es war sogar für einen Film zu schlecht.

Mara hörte die Worte, aber sie hatten keine Bedeutung. Sören knetete wie in Zeitlupe seine knochigen Finger, während das Hirn seiner Frau versuchte, in Lichtgeschwindigkeit eine Fülle von unglaublichen Informationen zu verarbeiten. Es gelang ihr nicht. Diese hässlichen Knie lenkten sie zu sehr ab.

Sie wollte das Weinglas nehmen, zerschlagen und ihm in die Kniescheibe drücken. Oder in die Augen. Diese widerlichen, abstoßenden, um Verständnis heischenden Augen, die sie heute

Morgen noch so zauberhaft gefunden hatte, während er das Auto mit dem restlichen Gepäck belud und sie die Zimmer abschritt, um Stecker in Steckdosen, die Kühlschranktür und ausgeschaltete Lichter zu kontrollieren.

Bianca sagte gar nichts. Sie hatte die Hände zwischen die Knie geklemmt und wirkte, als sei sie den Tränen nahe.

Aber warum zum Teufel? War es IHR Leben, das gerade zerstört wurde? *Bianca und Sören.* Bereits verbandelt, noch bevor Mara Sören überhaupt erstmalig getroffen hatte. Albern verliebt, ständig im Clinch, alsbald getrennt, weil Mara sich dazwischengedrängt hatte.

Hatte sie das wirklich? Sich einen gebundenen Mann geschnappt? Und bekam sie nun dafür die Quittung?

Soso, Sören und Bianca.

Zehn Jahre! Heimliche Treffen, gestohlene Küsse, Lügen über Dienstreisen und Feiertage mit den Kollegen, das ganze Repertoire, das Fremdgänger in der Regel abhandeln. Nicht sehr einfallsreich, aber immer wieder wirksam.

Und es stimmte nicht, dass man so etwas immer ahnt und nur nicht wahrhaben will. Mara hatte Sören vertraut und sie hatte nichts gewusst. Absolut gar nichts! Keine verdächtigen Nachrichten im Handy, keine Lippenstiftspuren am Hemd, kein zarter Parfümgeruch. Keine verstohlenen Blicke, keine zufälligen Berührungen, keine Befangenheit. Nichts davon hatte es gegeben!

War sie unter den betrogenen Frauen eine besonders dumme? Weil sie nicht eifersüchtig gewesen war und hinterherspioniert hatte?

Sören war immer froh darüber gewesen, dass sie ihm keine Szenen wegen Kleinigkeiten machte. Mara hatte keine Gefahr darin gesehen, wenn er einem wackelnden Hintern hinterherblickte. Allerdings tat er das nicht oft, wie ihr gerade bewusst wurde. Kein Wunder – er hatte all die Jahre ja seinen Zweithintern schon besessen.

Mara spürte nicht, dass ihr Herz brach. Sie dachte nicht eine Sekunde an die Verletzungen, die ihr in den letzten Minuten zugefügt wurden. Sie kümmerte sich nicht um diese Flut an Emotionen, die unweigerlich kommen würden: Wut, Trauer, Selbstzweifel, Verlustangst, Entsetzen, Schock, Mitleid mit Kim, deren Familie sich ohne jede Vorwarnung spaltete, um nie mehr Eins zu werden. Dafür war später Zeit.

Jetzt konzentrierte sie sich auf einen wichtigen Aspekt, der in Sörens ergreifender Betrügerrede etwas untergegangen war:

„Du brauchst UNS?", wiederholte sie, um ihn dazu aufzufordern, seinen Faden weiterzuspinnen.

Sie musste es hören! Sie musste die unverschämte Forderung aus seinem Mund hören, die nun an sie herangetragen wurde. Um Kraft zu sammeln für eine angemessene Reaktion. Um Sören gehörig den Kopf zu waschen und Bianca beherzt rauszuschmeißen, denn genau das würde sie gleich tun!

Erst würde sie das Kissen an die Wand werfen und dann die Geliebte aus dem Haus. Dann würde sie sich mit dem Rotwein betrinken und Sören für den Rest des Urlaubs auf der Bank vor dem Haus schlafen lassen, bis er sich besann und reumütig um Verzeihung bat, am besten auf den Knien rutschend. Seinen hässlichen Knien.

„Ich weiß, dass es eigentlich unzumutbar ist und für dich ziemlich schwer sein wird", meinte Sören. Seine Augen hatten einen Glanz bekommen, der untypisch war. Als würde er ein Geschenk auspacken, das er sich lange vergeblich gewünscht hatte. Wie unglaublich unangemessen für dieses Chaos, das er ausgelöst hatte!

„Ich verlange, dass du meine außereheliche Zweitbeziehung anerkennst, Mara. Wir arrangieren uns alle drei. Dann kann Kim in einer intakten Familie aufwachsen und ich muss auf keine von euch verzichten."

Intakte Familie? Ja, das hatte sie bis eben auch gedacht! Nun erschien es ihr wie blanker Spott. Ein besonders übler Scherz des Schicksals, ein schlechter Witz, ein geradezu krankhafter Hohn. Und ausgerechnet ihr Mann schüttete ihn über ihr aus! Wie beschämend und kränkend, wie absolut widerlich! Was hatte sie getan, um so behandelt zu werden?

Dieses fremde Haus fühlte sich auf einmal wirklich fremd an, obwohl sie sich bis eben sehr wohlgefühlt hatte. Aber es war eine Lüge! *Alles* war eine Lüge! Ihr ganzes Leben war auf maroden, baufälligen Stelzen gebaut, die nun einknickten und sie in die Tiefe rissen!

Irgendwie funktionierte ihr Gehirn nicht richtig.

Es ließ alle möglichen Gedanken durcheinanderpurzeln, aber keine Gefühle mehr durch. Eine große schwarze Brühe schien darin herum zu schwappen und den Blick auf jede klare Empfindung zu verhindern.

War sie verrückt? Oder waren Sören und diese Frau verrückt, die gemeinsam etwas Perfides ausgeheckt hatten, ihr diese unsagbaren Forderungen um die Ohren hauten, ihr Herz und ihr Leben in Schutt und Asche legten und auch noch glaubten, alle Beteiligten könnten damit glücklich werden?

Mara wünschte sich Wut, um ihrer Empörung Ausdruck zu verleihen. Sie wünschte sich Trauer, um im freien Fall wenigstens von einem Tränensee aufgefangen zu werden. Sie wünschte sich Tobsucht und rasenden Zorn, denn das hätte ihr Energie zur Gegenwehr verliehen.

Doch da war nur Leere. Eine allumfassende Leere, die ihr jede Möglichkeit der Reaktion und sogar ihre Persönlichkeit raubte. Sie fühlte sich wie jemand, der im Unterholz überraschend von einer Schlange gebissen wird und tatenlos miterleben muss, wie alle Muskeln bis zur völligen Bewegungslosigkeit erstarren.

So musste es sein, wenn man lebendig begraben wurde. Man sah, roch und schmeckte nichts als schwarze Erde und während die unerträgliche Enge im Sarg zum Wahnsinn führte und den Kopf ausflippen ließ, tauchte die Seele in tiefe Bewusstlosigkeit, um das Sterben nicht miterleben zu müssen.

Bianca war verschwunden. Sie mochte noch auf dem Sofa sitzen, in diesem fremden Wohnzimmer, aber für Mara existierte sie nicht mehr, mit ihrem schüchternen Grinsen, das sich hinter dünnen, pechschwarzen Haarsträhnen verbarg, und ihren verdammten Händen zwischen den Knien.

Sören hingegen war zu einer Supernova gewachsen, die alles um sich herum verstrahlte. Ein gefährlicher Stern mit unsagbarer Zerstörungskraft, der kurz vor der Implosion stand.

„Wir fangen in diesem Urlaub an, unser neues Familienmodell zu leben", fuhr die Supernova unbekümmert fort. „Wir werden Bianca in unsere Familie integrieren, das sollte dir auch nicht schwerfallen, schließlich seid ihr seit dreißig Jahren befreundet."

Wart ihr befreundet, hätte es heißen müssen, *aber scheiß drauf.*

„Wir machen die Familienausflüge gemeinsam und verleben eine schöne Zeit, um uns alle daran zu gewöhnen. Wir müssen uns natürlich alle ein bisschen Mühe geben, damit das klappt. Kim erzählen wir, Bianca sei eine gute Freundin. Wir werden uns natürlich nicht vor ihr – und auch nicht vor dir – berühren oder küssen. Ich weiß ja, was Anstand ist. Aber wir müssen uns zusammenraufen, denn andernfalls …" Sören machte eine Pause, um sicherzugehen, dass Mara ihm aufmerksam folgte.

Was für eine skurrile, morbide Situation!

Inzwischen war auch Maras ganzer Körper taub. Sie spürte nicht mehr das Polster unter ihrem Hintern oder das Kissen auf ihrem Schoß. Nur noch ihre eigenen eiskalten Fingernägel, die sich in den Stoff bohrten und dort das feine Gewebe zerrissen.

Ich weiß ja, was Anstand ist. Wir verleben eine schöne Zeit. Ihr wart doch mal Freundinnen.

Mara schloss die Augen. Ihr Hirn war im Offlinemodus, ihr Körper scheintot. Dann brauchte sie auch ihre Sinne nicht mehr zu bemühen. Sie war plötzlich sehr müde und wollte nur noch, dass das aufhörte. Sören sollte seinen unsäglichen Redefluss mit all diesen unfassbaren Aussagen stoppen und sich mit Bianca oder dem Teufel oder sonst wem aus ihrem Dunstkreis verpissen!

Aber den Gefallen tat er ihr nicht. Natürlich nicht. Hier ging es ja um IHN. Es ging immer nur um IHN!

„Wenn du dich weigerst, dieses Familienmodell mit uns zu leben, Mara, dann bleibt mir leider nur die Scheidung übrig." Er sagte es, als würde er die Gebrauchsanweisung eines Geräts vorlesen. Kein Funken Mitgefühl oder Scham war in seinen Augen zu erkennen.

Er war ganz und gar Sören, der Teufelstyp, der immer bekam, was ihm seiner Meinung nach zustand. Derjenige, der Kollegen auf der Karriereleiter mit dem Ellbogen zur Seite boxte, ohne mit der Wimper zu zucken. Ein Charmeur und aufmerksamer Liebhaber, der so viel Zuneigung zu verschenken hatte, dass es für mehrere Frauen reichte.

Und ein armer Tropf, höhnte Maras Hirn, weil ihm die jahrelange Affäre und deren Geheimhaltung zu anstrengend geworden war!

Er war zu bequem für ein doppeltes Spiel, zu feige für eine Entscheidung und zu dreist für die Annahme, von ihm könne aus moralischen oder menschlichen Gründen einmal Verzicht verlangt werden!

Es war sehr klar, dass er sie eindeutig erpresste. Und das machte er gut, er hatte sich einige Argumente zurechtgelegt, die überzeugend waren:

Das Druckmittel Kim, die in einer richtigen Familie aufwachsen sollte, denn wurden Trennungskinder nicht grundsätzlich straffällige Schulversager?

Das Haus, das Mara hergerichtet und gepflegt hatte und um keinen Preis verlassen würde, denn sie würde niemals wieder so luxuriös wohnen, wenn der Geldgeber ihr abhandenkam! Als Alleinerziehende mit Teilzeitjob stand ihr ein armseliges Dasein in einer kleinen Stadtwohnung in einer heruntergekommenen Gegend bevor: Betreuungszeiten, die nicht zu ihrer Arbeitszeit passten. Ein leerer Kühlschrank und ein leeres Konto. Tage und Abende in Einsamkeit. Bus statt Familienkutsche mit Chauffeur. Der soziale Abstieg in all seinen abstoßenden Facetten. Das hatte er sich ja fein zurechtgelegt!

Der Lebensstandard, der einiges an Demütigung und Kränkung rechtfertigte, musste um jeden Preis gehalten werden, schon wegen Kim, die nicht auf von Hunden vollgepissten Spielplätzen spielen und Tütensuppen essen sollte! Und heulte es sich in bescheidenem Luxus nicht angenehmer als in einer Zweieinhalbzimmerwohnung im Brennpunktviertel?

Nicht zuletzt die Liebe, die sie bis gerade eben noch für ihren Mann empfunden hatte! Es klang absurd, auf traurige Weise lächerlich und sogar peinlich, aber ja, sie empfand Liebe für diesen Mann, der ihr gerade eröffnet hatte, er würde sie verlassen, wenn sie sich nicht bereit erklärte, seine Langzeitgeliebte ins eheliche Bett einzuladen.

Würde das womöglich auch noch folgen? Der obligatorische Dreier als belebendes Experiment?

Mara zwang sich, ins Hier und Jetzt zurückzukehren. Sie war selbst immer noch verwundert, weil sie, entgegen ihrer üblichen impulsiven Art, noch gar nicht aus der Hose gesprungen war.

Außerdem wurde ihr bewusst, dass weder Bianca noch sie selbst wesentlich zu diesem Gespräch beigetragen hatten, es war ein sörenscher Monolog geworden. Berüchtigt und gefürchtet bei allen, die sich ihm in den Weg stellten.

Mara sah sehr deutlich Kims blaue Augen vor sich, die niemals vom Balkon eines abgeranzten Plattenbaus schauen sollten.

„Ich muss erst darüber nachdenken und mir überlegen, wie ich mit eurer überraschenden Enthüllung und dieser unsäglichen Forderung umgehe", hörte sie sich selbst sagen.

Dies geschah einer anderen. Sie war nur zufällig anwesend, während eine Gruppe von Fremden ein Drama auf einer Bühne aufführten, mit dem sie nichts zu tun hatte. Es durfte sie nicht im Innersten treffen. Es durfte sie überhaupt nicht berühren, denn sonst zerfiel sie in tausend Stücke und dann war sie nicht mehr fähig, ihre Tochter zuzudecken, ein Glas Kakao einzugießen oder einen Fuß vor den anderen zu setzen.

Sören schien erfreut über ihre sanfte, klare und rationale Antwort. Er hatte wohl mit mehr Widerstand oder einem großen Auftritt gerechnet und war glücklich darüber, wie reibungslos alles lief. Er nickte.

„Schön", sagte er. Verzichtete darauf, die Faust in die Luft zu recken, nach Biancas Hand zu greifen oder etwas ähnlich Unangemessenes zu tun.

Es hat mit Respekt zu tun, dachte Mara. Und musste bitter lachen.

3. Kapitel

Bianca

Von einem entspannten kleinen Ausflug konnte keine Rede sein.

Bianca ertappte sich dabei, wie ihr Blick zehnmal in jeder Minute zu Mara schweifte und sie in Gänze überprüfte: Was tat sie? Was sagte sie? Wie verhielt sie sich und was teilte ihr Verhalten über ihre Gefühle mit? *Wir müssen ihr die Zeit geben, das zu verdauen,* hatte Sören angekündigt, großzügig und nonchalant. Er war bereit, Mara einen Schock und die Möglichkeit einer Regeneration zuzugestehen, allerdings nur, wenn sie sich an die Regeln hielt.

Das tat Mara. Sie hatte Brote geschmiert und eine Decke gefaltet. Sie schmierte Kim mit Sonnenmilch ein und setzte ihr ein weißes Hütchen auf. Sie schnitt Äpfel und Bananen in kleine Stücke und band ihrer Tochter die offenen Schnürsenkel. Sie beantwortete Kinderfragen und gab sich dabei Mühe, Dinge verständlich zu erklären.

Dabei blieb ihr Mund ein schmaler Strich und ihre Augen hinter dunklen Gläsern verborgen. Eine nichtssagende Maske, die keinerlei Kommunikation zuließ. Sie sprach nicht mit Bianca und auch nicht mit Sören, aber sie verzichtete auch auf Spitzen, Gezeter, Tränen oder einen dramatischen Auftritt. Schneller als gedacht schien sie sich in ihr unausweichliches Schicksal gefügt zu haben und was hinter ihrer Stirn vor sich ging, behielt sie eisern für sich.

Bianca empfand die Stimmung trotzdem als angespannt: Sie fühlte sich selbst ihren Emotionen ausgeliefert, die sekündlich wechselten, und fand irgendwie keinen Halt, wie ein Boot, das in einem Sturm kentert, der einfach nicht enden will.

Gern hätte sie sich mit einer Freundin besprochen, um selbst mehr Klarheit und ein Gefühl für das Richtige zu gewinnen. Doch da war niemand. Diese Freundin, mit der man über so etwas reden konnte, war Mara gewesen und nach ihrem Verlust hatte es keine mehr gegeben, die ihre Position einnahm.

Hinzu kam ein weiteres Problem: Die ganzen Aktivitäten in und um das Wasser herum wurden ihr zunehmend unangenehm. Es war nicht so, dass sie Wasser fürchtete *(Oder doch?)*, aber ganz sicher scheute sie es. Es hatte keinen Geruch und das machte es erschreckend. Natürlich war Bianca klar, dass Wasser durchaus einen Geruch hatte: Es konnte frisch, seifig, salzig oder faulig riechen, nach Algen, Muscheln, Fisch und tausend anderen Dingen.

Aber es schien, als ob ihre Riechzellen sich einfach weigerten, diese Gerüche, die bestimmt vorhanden waren, wahrzunehmen. Sie machten einen Bogen darum und deshalb blieb ihr die Welt das Wassers verborgen.

Am Morgen nach einem Frühstück ohne Gespräche hatten sie eine Wanderung unternommen und auf dem Weg in einem kleinen Museum Halt gemacht, das fossile Funde aus der Gegend zeigte.

Sie waren nicht lang dortgeblieben, weil Mara mit Kim auf dem Arm sich weigerte, in die Glaskästen zu schauen oder durch die Reihen zu gehen. Sie war am Eingang neben dem Kinderwagen stehen geblieben und hatte zunehmend Mühe, die quirlige Zweijährige unter Kontrolle zu halten. Kim wollte Sand, Spielplätze und ihr Plastikboot auf den Wellen, keine verstaubten, farblosen Artefakte.

Also waren sie nach einem mittelmäßigen Snack in einer Imbissbude – in der Mara weder die Currywurst, noch die Pommes anrührte, aber das hätte sie auch ohne den Vorabend nicht getan, weil es ihr mit Sicherheit dort zu schmutzig war und nach altem Öl roch – zum Campingplatz zurückgekehrt und hatten die Decke am See ausgebreitet und Kim in ihren rotgepunkteten Badeanzug und die Schwimmflügel gesteckt.

Bianca legte sich etwas abseits auf ihr Handtuch. Es kam ihr schäbig vor, sich neben Mara, die voll bekleidet unter dem in den Boden gerammten

Sonnenschirm saß, auf der Familiendecke auszustrecken. Sie ärgerte sich über sich selbst, weil es ihr schäbig vorkam. Die Fronten waren geklärt. Sie hatte, was sie wollte, und das war ihr gutes Recht, oder nicht?

Maras unheilvolles Schweigen trug nicht gerade dazu bei, den Tag genießen zu können.

Bianca blätterte mehr in einem Buch, als dass sie es las und bei ihrem Kreuzworträtsel fielen ihr die einfachsten Begriffe nicht ein. Sie legte den Stift weg, als ihr die Kugelschreibertinte in die Nase stieg und dort für ein unangenehmes Kribbeln sorgte. Von den Apfelschnitzen, die Mara scheinbar für alle geschnitten hatte, nahm sie nichts. Neben der fettigen Currywurst lag ihr auch eine völlig unklare Zukunft im Magen. Ihr Gewissen. Hass und Sehnsucht in unseliger Umarmung.

Nur Sören schien vergnügt wie eh und je, ganz der Familienvater im flatternden Freizeitgewand, der für eine Klärung der Fronten gesorgt hatte und nun die Früchte seiner Anstrengung genießen durfte. Die harte Arbeit, die er für die Firma geleistet hatte und die nicht minder harte Arbeit, seine ungewöhnliche Familie zusammenzuhalten, berechtigten ihn zu einer beflügelten Auszeit, in der er mit seiner sonnigen, stets lachenden Tochter Sandkuchen „backen", Fische beobachten und Ball spielen durfte.

Nur, dass die Tochter nicht sonnig war und auch nicht lachte. Lustlos patschte sie mit den Händchen auf die Sandhäufchen, die unter den Förmchen auftauchten, bis sie zerstört waren, und mehr als einmal fing sie grundlos an zu weinen.

Sie konnte nur mit viel Geduld und liebevollen Worten beruhigt werden. Sicherlich spürte das Mädchen, wie angespannt die Stimmung zwischen den Erwachsenen war. Die fremde Frau war ihr unheimlich, obwohl sie nett zu ihr war, und das unbewegte Gesicht ihrer Mutter wirkte unvertraut und beängstigend.

Am Nachmittag war Kim in ihrem Sportwagen eingenickt, die Mütze tief ins Gesicht gezogen und die nackten Beinchen von einer Decke geschützt.

Sören war zum Ferienhaus gelaufen, um frischen Kaffee für *seine beiden Frauen* aufzubrühen, wie er mit einem Lächeln gesagt hatte. Er hatte Bianca gefragt, ob er ihr ein neues Buch mitbringen sollte, da doch ihres offenkundig öde war. Er hatte Mara versprochen, die Kekse, die sie so gern mochte, nicht zu vergessen. Er war bemüht und aufmerksam.

Es war nicht zum Aushalten. Am liebsten hätte Bianca ihm das lässige Grinsen aus dem Gesicht geschlagen. Sie war entsetzt über ihre eigenen Gedanken und verlegte sich wieder darauf, ihre Konkurrentin zu beobachten, um mehr zu erfahren und besser reagieren zu können, falls das notwendig werden sollte.

„Studierst du mein Gesicht für eine Porträtzeichnung oder zählst du meine Pickel?", ließ sich irgendwann Mara vernehmen, die mit angezogenen Beinen unbewegt auf der Decke hockte und ohne einen Wimpernschlag auf das Wasser starrte.

Die spielenden Kinder unter den ausladenden Bäumen verliehen der Atmosphäre etwas Fröhliches und Unbeschwertes, doch der Frieden war trügerisch. All das hier hatte nichts Spielerisches. Es war ein Ausharren unter bedrohlichen Unwetterwolken, die jederzeit verheerende Blitze aufs Land schicken konnten.

„Ich kann nicht zeichnen, das weißt du doch", gab Bianca zurück. „In der logischen Folge müsste ich nach dem Ausschlussprinzip also deine Pickel studieren, die du allerdings gar nicht hast", ergänzte sie, in der Hoffnung, Mara würde die Aussage so humorvoll einstufen, wie sie gemeint war. Früher hatten sie oft Sätze hin und her geworfen wie Tischtennisbälle, lustige, fröhliche, sarkastische und zynische. Ihr Intellekt und ihre Seelen hatten sich im Gleichklang bewegt. Sie hatten einander sofort immer und überall erkannt. Sie hatten sich ihre eigene Welt geschaffen, an der sie gemeinsam bauten und in der keine von ihnen sich allein fühlte.

Mara und Bianca – der gleiche, feinsinnige Humor, dieselbe rasche Auffassungsgabe, der perfekte Zusammenschluss aus der sensiblen Prinzessin und der mitreißenden Kriegerin!

Wann hatte das aufgehört und warum? Und was blieb jetzt, nach alldem überhaupt noch davon übrig?

Mara blieb eine steinerne Statue, bis in die rot lackierten Fußzehen hinein wirkte sie unnahbar. Die Apfelschnitze auf dem Plastikteller hatten sich braun verfärbt und das Gekreische der Kinder am Ufer und auf der Liegewiese schmerzte in den Ohren.

„Lass es sein, Bianca", sagte Mara. „Hör einfach auf, mir ein Gespräch ans Bein nageln zu wollen. Erweise mir wenigstens so viel Respekt, mich nicht auch noch zu belästigen, nachdem du schon seit Beginn meiner Ehe meinen Mann vögelst und nun meine Familie kaputtmachst."

Sie wandte sich ab und blickte wohl über den See, aber das war nicht genau zu erkennen, weil sie eine Brille mit schwarzen Gläsern trug.

Immerhin war die Wucht der Information nun inzwischen so weit zu ihr durchgedrungen, dass es ihr gelang, sie in Worte zu fassen, die sogar zu verstehen waren. Das erforderte Mut, einen kühlen Kopf und eine unglaubliche Selbstbeherrschung.

Bianca glaubte von sich selbst nicht, dass sie ähnlich abgebrüht in einer solchen Lage hätte reagieren können. Sie wäre wohl Amok gelaufen oder zumindest einige Male richtig ausgerastet, bevor es vielleicht möglich gewesen wäre, sich langsam, sehr langsam an die veränderte Lage zu gewöhnen.

Aber Mara hatte nicht nur die ihr eigene Impulsivität besser im Griff als erwartet: Sie war durch einen Tsunami gestolpert und aufrecht auf beiden Beinen herausgekommen.

Obwohl es schon aus Selbstschutzgründen einfacher war, Mara zu hassen, kam Bianca nicht umhin, sie auch ein bisschen zu bewundern.

Aber gleich schlug auch wieder der Neid zu: Wenn Mara mit ruhiger Hand ihrer kleinen Tochter die Nase putzte – weil sie selbst niemanden hatte, um den sie sich kümmern konnte. Wenn Mara das Shirt über den Kopf zog und ihr Bikinioberteil enthüllte – weil sie neben einer tollen, weiblichen Figur auch alles andere hatte, was Bianca verwehrt blieb. Wenn Mara die Hand auf das Bein ihres Mannes legte, als wolle sie sagen: *Meins!*

Ach ja, hier war der Haken. Mara hatte heute den ganzen Tag noch nicht ihre Hand auf das Bein ihres Mannes gelegt. Sie hatte ihn überhaupt nicht berührt, nicht einmal angesehen, und sie würde es wohl auch nicht tun. Das Gefühl von Neid zerschmolz wie ein Gummibärchen auf einer heißen Herdplatte.

Bianca drehte sich herum, damit sie Mara nicht mehr ansehen musste.

Wieso nur weckte jeder Kontakt mit dieser Frau eine Art innere Abwehr in ihr? Weil der Schmerz, der sie umgab wie eine unsichtbare Hülle, an ihren eigenen erinnerte? Oder weil sie alles hatte, was unerreichbar war?

Wie auch immer, professionelle Distanz schien der beste Weg zu sein, sich mit der Situation zu arrangieren. Bianca hoffe, dass es sich nur um *einen* gemeinsamen Urlaub handeln würde. Ein paar Wochen konnten sie zusammen überstehen und danach würde sich das neue, eigenartige Leben für alle auf einer anderen Ebene einpendeln. Sie würden nicht mehr aufeinander glucken, sondern jede ihr eigenes Leben führen, wobei der einzige Berührungspunkt, der sie verband, Sören war. Es galt nur, *diesen* Urlaub ohne Reibereien und Katastrophen zu überstehen, und alle Geister konnten wieder in den Särgen im Keller verschwinden. Auch jene, die aus der Vergangenheit stammten und mit der aktuellen Lage nur mittelbar etwas zu tun hatten.

Mara schwieg und schaute den Menschen zu, die sich kreischend und fröhlich ins kalte Nass warfen. Die Kids mit den Schwimmnudeln oder Schwimmflügeln. Die füllige Großmutter mit dem

Plastikeimer in der einen und der tapsenden Enkelin an der anderen Hand. Den Mann in der gestreiften Badehose, den Bianca gestern schon gesehen hatte. Er hatte wieder den Hund dabei und sorgte für allerlei Abwechslung und Trubel.

Mara beeindruckte das nicht. Sie las nicht, sie sprach nicht – sie erfüllte nur ihre Pflichten und in den Pausen der Pflichterfüllung wachte sie als moralisches Mahnmal über dem versauten Urlaub. Sie schaffte das ohne eine Geste und ohne ein Wort, allein durch ihre physische Existenz.

Bianca fühlte sich an eine Lehrerin erinnert, vor der sie in der Grundschule Angst gehabt hatte: Die brauchte keine Noten, um einzuschüchtern, und sie schimpfte und tadelte auch nicht. Allein ihr Blick hatte genügt, um das Gefühl zu bekommen, etwas falsch gemacht zu haben. Nun ja, sie HATTE ja auch etwas falsch gemacht. Mara hatte allen Grund, sauer auf sie zu sein.

In der Tasche summte ein Handy und Bianca setzte sich auf, um danach zu wühlen. Sie war dankbar über die Aufforderung, sich mit etwas anderem zu beschäftigen. Es war absurd, zu glauben, sie könnten sich wieder wie Freundinnen – oder zumindest neutral – miteinander unterhalten. Der Zug war abgefahren! Je weniger Zeit sie mit Mara verbringen musste, umso besser für sie! Und dann auch noch allein! Hatte Sören gar keine Angst, dass seine Erst- und Zweitfrau sich gegenseitig die Augen auskratzten, während er in aller Seelenruhe Kaffee kochte und Plätzchen aus der Packung kramte?

Doch, hatte er, bewies die Nachricht, die aufgeploppt war.

Sie war von Sören. Er fragte, ob mit Mara alles in Ordnung war. *Danke,* dachte Bianca. *Dass du nach mir ebenfalls fragst.* Sie verzog das Gesicht und tippte, dass mit der Gattin alles okay war.

Das war es doch, nicht wahr? Mara zeterte nicht, als ob sie von Sinnen sei. Sie warf keine Gegenstände und stieß keine wüsten Beleidigungen hervor. Das war einfach nicht ihr Stil und es lag nicht nur an den Leuten um sie herum.

Bianca hatte weniger zu befürchten, als zu erwarten gewesen war und konnte endlich anfangen, sich zu entspannen. Aber woher kam dann dieses ungute Gefühl, als ob sich hinter der nächsten Ecke ein dunkles Wesen mit hungrigem Maul verbarg?

„Schön", schrieb Sören, (sie hasste dieses „Schön"), und dann folgte: „Komm her und fick mich!"

Unwillkürlich sah Bianca auf, um zu überprüfen, ob Mara bemerkt hatte, welch schlüpfrige Forderung sie gerade erhalten hatte. Ihr Gesicht musste sie doch verraten, sie hatte ihre

Züge gar nicht schnell genug wieder unter Kontrolle bekommen können! Hatte sie gelächelt? Gegrinst? Die Brauen gerunzelt? War sie rot geworden?

Ein rascher Blick zu Mara zeigte: Die Sorge war unbegründet. Mara blickte an Bianca vorbei auf den See, als könne nichts sie aus der Ruhe bringen, als sei Bianca so unwichtig wie eine Mücke in einer Halle, deren mickriges Summen im Gebrumm vieler Ventilatoren unterging.

Du bist nicht bedeutsam, sollte ihr Blick sagen, unbewusst oder absichtlich. *Du bist weniger als nichts, denn meine Aufmerksamkeit gilt dem blauen Himmel, den jauchzenden Kindern mit den Sonnenbrandrücken, dem nassen Mischlingshund mit dem Spielzeug zwischen den Lefzen. Nicht dir! Du bist keine Sekunde meiner Aufmerksamkeit wert.*

Es spielte keine Rolle.

Es war egal, weil Bianca jetzt aufstehen, ihr Handtuch liegenlassen, sich einen sowieso überflüssigen Gruß schenken und zum Ferienhaus gehen würde, um im ehelichen Bett Maras Ehemann zu vögeln. Direkt auf der glatt gezogenen Tagesdecke, die nackten Füße auf dem Boden, auf dem Maras Hausschuhe vor dem Nachtschrank standen.

Wer ist deine Aufmerksamkeit wert?, jubelte die Bosheit in ihr. *Schau lieber hin, liebste Freundin! Schenk mir eine Sekunde deiner geschätzten*

Aufmerksamkeit, damit du nicht wieder einer Menge Lügen auf den Leim gehst!

Sie stand auf und lief zum Ferienhaus, ohne sich die Mühe zu machen, nach Strümpfen und Sneakers zu angeln.

Sie nahm die Tagesdecke in Besitz, während Sören, schon an der Tür aufgeheizt von der prickelnden Situation, SIE in Besitz nahm. Sie öffnete sich, stöhnte, schwitzte und kostete ihren Triumph aus, den Geruch frischen Kaffees in der Nase und mit Sandkrümeln und Gras im Haar.

Das war der Moment, in dem sie die Frau zum ersten Mal sah. Sie war hässlich im Angesicht und drückte sich zwischen Tür und Schrank in die Ecke, das zottelige Haar vor den verhärmten Zügen, die spinnenartigen, bleichen Finger zu Krallen gekrümmt. Bianca schrie auf. Sören, der glaubte, ihm gelte der Schrei und er entspränge ihrer Leidenschaft, legte noch einen Zahn zu und verschloss ihr den Mund mit der Hand. Sie schlug ihm auf die Schulter und wand das Becken unter ihm hervor.

„Hör auf!", brüllte sie und ließ die Ecke nicht aus den Augen.

Es dauerte kostbare Sekunden, bis Sören begriff, dass es nicht angebracht war, weiter auf ihr herumzurutschen. Seine Erektion erstarb und das plötzlich schlaffe Ding zwischen ihren Beinen sorgte dafür, dass sich die gerade noch antörnende Nässe peinlich und unangenehm klebrig anfühlte.

Da war doch eine Frau gewesen! Oder drehte sie jetzt völlig durch?

„Hast du sie auch gesehen?" Bianca langte panisch nach der Decke und zog sie vor der Brust zu einem Wulst zusammen. Sie schwitzte und zitterte und das kam nicht von den körperlichen Freuden, die sie gerade verbotenerweise genossen hatte.

„Wen?", fragte Sören, verärgert über die Störung, die vielleicht nicht einmal einen Grund hatte. Er würde auch nach diesem Zwischenfall keinen mehr hochkriegen und das war – wie alles – Biancas Schuld.

Nun konnte er, dachte sie, neben seiner Gattin, die ihr Gesicht als Maske zu Schau trug und nicht einen Ton von sich gab, am See sitzen und frustriert und unbefriedigt an Grashalmen zupfen. Dieser Gedanke hätte belustigend oder grantig sein können, aber er war nichts davon.

Es war die Panik, die Bianca mit ihrem eisernen Griff umklammert hielt. Ein eiserner Griff wie von gekrümmten Klauen mit spitzen Nägeln.

Oh Gott! Sie spürte plötzlich aufwallende Angst wie ein tollwütiges Tier von innen gegen ihre Brust springen.

„Wen?", äffte sie Sören nach, dessen Ding zwischen den Beinen zu einem winzigen

Gewächs zusammengeschrumpft war, das baumelte, als er aufstand und sich mit einem Zipfel der Tagesdecke ihre Körperflüssigkeit vom Schenkel wischte.

„Na, die Alte, die aussah wie ein Gespenst! Sie stand da in der Ecke, neben dem Schrank!"

Bianca wies mit dem Zeigefinger auf die Stelle, doch Sören verstand nichts.

„Da ist überhaupt nichts, Liebelein", sagte er verständnislos. „Nicht mal ne Spinnwebe."

„Ich hab da gerade eine Frau gesehen", beharrte Bianca und traute sich nicht, vom Bett aufzustehen und nach ihren Klamotten zu angeln.

Wie auch immer, das Schäferstündchen war restlos verdorben.

„Sie stand da in der Ecke, eine dürre Gestalt in einem grauen, abgewetzten Kittel. Sie hatte strähnige Haare, die aussahen, als wäre sie gerade aus einem schlammigen Tümpel gestiegen. Ihr Blick war unbeweglich, ihre Pupillen riesig und tiefschwarz. Sie hielt den Kopf gesenkt und starrte mich an. Und sie hatte lange, spinnenartige Finger, die aussahen wie ..."

Sie holte tief Luft. Erstaunlich, wie genau sie die Erscheinung, die nicht mal drei Sekunden da gewesen und plötzlich wieder verschwunden war, beschreiben konnte. Es war, als hätte sich der Anblick wie eine Fotografie in ihr Gedächtnis gebrannt, die alle Einzelheiten zeigte.

„Wie sahen die Finger aus?", hakte Sören nach, der sich die Jeansshorts übergestreift hatte und nach seinem zusammengeknüllten Shirt suchte. Er fand es unter dem Bett, wo sich ebenfalls keinerlei Staubflusen oder Spinnweben offenbarten.

Bianca zögerte. Er würde sie bestimmt für durchgeknallt halten und das war das Letzte, was sie jetzt in dieser Situation gebrauchen konnte. Oder er würde sich über sie lustig machen – was noch schlimmer war.

„Sie sahen aus wie die von einer verwesenden Leiche", sagte sie aber schließlich doch.

Sie fürchtete sich zu sehr, um mit der entsetzlichen Vorstellung allein zu bleiben. Diese Alte hatte gewirkt, als wäre sie jüngst ihrem Grab entstiegen, um hier herum zu spuken und sich ein paar Seelen zum Mittagessen einzuverleiben. Am helllichten Tag! Eine Erscheinung, der weder ein Geräusch, noch ein Geruch vorausging.

Gespenstisch!

Das Schaudern riss Bianca zurück in die Gegenwart. Sie ärgerte sich, dass Sören so erpicht darauf war, die letzten Reste ihrer Vereinigung an der Tagesdecke abzuwischen, statt ihren Geruch noch eine Weile bei sich zu tragen.

Noch dazu war es eklig: Mara oder sogar das Kind mochten sich vielleicht auf diese Decke setzen und …

„Du hast bestimmt einen Sonnenstich", sagte Sören und zog das zerknitterte Shirt über.

Das war besser als *Du spinnst!* oder *Lass mal deinen Verstand überprüfen!*, bot sogar eine logische Erklärung für die Erscheinung.

Doch Bianca war sich sicher, dass weder ihre Sinne ihr einen Streich gespielt, noch ihr Gehirn ihr eine Halluzination vorgegaukelt hatte, ob von der Sonne oder von sonst was ausgelöst.

Sie hatte etwas gesehen! Eine Gestalt! Eine Frau! Eine – Leiche?

Du spinnst wirklich, sagte sie sich und verließ das Bett, nicht ohne die besudelte Tagesdecke wieder geradezuziehen. Mara würde es merken, wenn nicht alles an Ort und Stelle war, wie sie es verlassen hatte.

Sie wird es auch merken, dass die Decke nach einem Fick stinkt, an dem sie nicht teilhatte, meldete sich die gehässige Stimme in ihrem Kopf, die den Gedanken an eine lebende, hier herumwankende Leiche völlig ausschloss.

Vielleicht, dachte Bianca voller Ärger, hatte Mara ihnen diese kleine Überraschung bereitet. War ihrem Plan, sich heimlich zu vergnügen, auf die Schliche gekommen und hatte eine drittklassige Schauspielerin im Zombiekostüm dafür bezahlt, ihnen einen gehörigen Schrecken einzujagen.

Aber das war keine Schauspielerin in einem Kostüm gewesen! Bianca spürte jetzt noch, wie ihre Knie schlotterten, und hatte große Mühe, sich auf den Beinen zu halten.

Und Sören glaubte ihr sowieso nicht. Niemand würde ihr glauben.

„Lass gut sein", winkte sie ab und verließ das Schlafzimmer, in dem sie sowieso nichts zu suchen hatte.

Es war mitten an einem schönen Sommertag. Flirrende Sommerhitze, Hummeln an den blühenden Büschen, die die Gehwege säumten, glitzernde Wassertropfen, die unter heißen Körpern hervorsprangen, die sich auf der Hoffnung nach Abkühlung in den Natursee stürzten. *(Wer weiß, was du unten lauert? Du kannst ja nicht mal einen halben Meter weit sehen!)*

Es gab nichts, wovor sie sich fürchten musste! Monster – wenn es denn eins war – kamen bei Nacht und bis zur Nacht war es noch lange hin! *(Aber dann solltest du dich fürchten, bis dir Hören und Sehen vergeht, du kleine, gewissenlose Schlampe!)*

„Ich geh zurück zur Decke", rief sie Sören zu, der eilig das Tablett mit den Leckereien richtete. „Warte einen Moment, bis du nachkommst! Sonst hält deine Frau unser beider gleichzeitiges Fehlen vielleicht für keinen Zufall mehr! Wir sollten eh vorsichtiger sein, wenn dieses fragile Konstrukt auch nur eine Weile funktionieren soll!"

Sie wurde sicherer auf den Beinen, je weiter sie lief und je näher sie dem Trubel kam, der für einen Hochsommertag an einem Badesee typisch ist.

Mara hatte scheinbar ihre Position nicht um einen Millimeter verändert. Das Kind schlief auf der Decke, die Spuren roter Beeren im Mundwinkel, die Händchen zu Fäusten geballt.

Natürlich empfing Bianca wieder die gewohnt frostige Stille, die durch das Getobe und Geschrei um sie herum umso befremdlicher und abstoßender wirkte.

Fünf Minuten, nachdem sie in einiger Entfernung neben Mara Platz genommen hatte, hielt Bianca es nicht mehr aus. Sie stand wieder auf und griff nach ihrem Portemonnaie.

„Ich geh zum Kiosk, ein paar Pommes holen."

Mara bewegte keinen Muskel.

„Pommes braucht dein aufgedunsener Körper ganz bestimmt sehr dringend, zumal du heute schon eine Portion hattest", sagte sie nur und ließ jegliche Eleganz und Eloquenz, die sonst ihr Markenzeichen waren, völlig vermissen.

Aber Bianca hatte nur mit halbem Ohr hingehört und die Gemeinheit nicht richtig verstanden. Alles, was sie beschäftigte, war der Gedanke an diese Frau: War sie wirklich da gewesen? Und wenn ja, was wollte sie von ihr? Irgendetwas Eigenartiges ging hier vor. Und es war nichts Gutes.

4. Kapitel

Mara

Die beiden Menschen, die ihr – zu unterschiedlichen Zeitpunkten ihres Lebens – mal am wichtigsten gewesen waren, hielten sie wohl für bescheuert! Jedenfalls für blind und taub, und das ärgerte Mara noch mehr als der Betrug selbst.

Zwar tat sie so, als hätte sie sich fürs Erste mit den eigentlich unzumutbaren Gegebenheiten arrangiert, aber innerlich kochte und brodelte es in ihr.

Und Mara hatte mitnichten vor, diese Scharade den ganzen Urlaub hinweg und womöglich auch noch danach aufrechtzuerhalten.

Es war ein unerträglicher Zustand.

Morgens, mittags, abends lungerte Bianca, aufreizend eingeschüchtert, in ihrem Ferienhaus herum, um ihnen bei allen Mahlzeiten mit ihrem Schweigen und Starren auf die Nerven zu gehen.

Tagsüber begleitete sie die Familie auf jeden noch so kleinen Ausflug. Die ehemalige Freundin und jetzige Rivalin folgte Mara scheinbar auf Schritt und Tritt. Aber auch in jenen seltenen Stunden, in denen ihr Biancas Anwesenheit erspart blieb, verschafften ihr keine Erleichterung, denn merkwürdigerweise war Sören in eben diesen Zeiträumen auch nicht da.

Die Nächte verbrachte er mal im Bett der Ehefrau, die ihm die kalte Schulter zeigte, mal im behaglichen Wohnwagen der Geliebten, die vermutlich das gesamtmögliche erotische Programm mit ihm durchturnte.

Und zwischendurch verschwanden sie auch. Nicht gemeinsam. Sie kehrten auch nicht zusammen zurück. Aber man hätte ein taubes, blindes und geistig zurückgebliebenes Faultier sein müssen, das den ganzen Tag von einem Baum herabhing und kaum wahrnahm, was um es herum passierte, um nicht zu erkennen, was hier ablief.

Weil sie kaum eine andere Wahl hatte, kümmerte sich Mara so gut es ging um ihre Tochter und ließ den stinkenden „Misthaufen", den ihre ehemalige Freundin und ihr Mann auf ihrem Grundstück ausgeschüttet hatten, links liegen.

Es galt, Kim einen schönen Urlaub zu bereiten, der ihre Weltsicht und die familiäre Sicherheit nicht erschütterte. Und wieder in die eigene Mitte zu kommen. Mara wusste, wie das ging. Es war nicht einfach und es dauerte seine Zeit, aber sie würde sich diesen Ereignissen stellen und nicht daran verzweifeln.

Das waren Bianca und Sören nicht wert! Genaugenommen waren sie keinen einzigen Gedanken wert, sie gehörten auf den

„Misthaufen", den sie selbst produziert hatten, aus dem eine Wolke von Schmeißfliegen aufloderte, wenn man ihm zu nah kam.

Und die Genugtuung, die Sören erwartete, würde ausbleiben!

Er war sich seiner Frau so sicher, dass die Idee, sie könnte ihn verlassen, ihm absurd erschien. Er war so sicher, dass er die Trennung selbst als Druckmittel einsetzte, ohne zu ahnen, dass er damit in Mara etwas angestoßen hatte, von dem sie gar nicht gewusst hatte, dass es da war:

Nach dem ersten Schock und der zunehmenden Unverfrorenheit, mit der ihr begegnet wurde, gestand sich Mara ein, dass der Gedanke, die Zukunft ohne Sören zu verbringen, gar nicht so unangenehm war wie befürchtet. *Scheiß auf das großzügig geschnittene, helle Haus mit all seinen Annehmlichkeiten! Scheiß auf den riesigen Garten, der sowieso nur einen Haufen Arbeit machte, die allein an ihr hängen blieb! Scheiß auf das Rosenthal-Porzellan, die glänzenden Neuwagen, das prall gefüllte Bankkonto, die Urlaube und die geheuchelte Harmonie!* Wenn alle Urlaube künftig so liefen wie dieser, waren sie sowieso nicht erstrebenswert!

Mara dachte nicht im Traum daran, ihre Würde und die freie Entscheidungsfähigkeit gegen das Gängelband einzutauschen, das Sören ihr anzulegen gedacht hatte!

Sie würde ihren eigenen Weg gehen, wenn nötig ohne ihren Mann, der sowieso kaum eine praktische Unterstützung im Alltag geboten hatte, und wenn nötig, ohne den ganzen materiellen Luxus, der das Leben nur scheinbar leichter gemacht hatte.

Sören hatte einen fatalen Fehler begangen: Er hatte ihre innere Stärke und die Kraft ihrer eigenen Wünsche falsch eingeschätzt. Das würde ihm bald auf die Füße fallen. Doch davon wusste er noch nichts und Mara tat gut daran, ihre Pläne, die sich langsam im Kopf strukturierten und herauskristallisierten, so lange für sich zu behalten, bis sie einen Weg gefunden hatte, um sie umzusetzen.

Sören hatte den ganzen Tag schon schlechte Laune. *Seltsam,* dachte Mara belustigt und angewidert zugleich: Da befindet er sich schon in seinem selbstgeschaffenen Paradies und ist immer noch unzufrieden! Woran mochte das liegen?

Vielleicht an der unterschwellig miesen Stimmung, die auch nicht auf Befehl so einfach abzustellen war? Vielleicht an dem vorsichtigen, lauernden Umeinander-Herum-Schleichen der beiden Frauen, das für viel Spannung sorgte und zuweilen in offene, bissige Angriffe mündete?

Mara grinste bitter in sich hinein:

Die alte Weisheit stimmte; man konnte die Menschen um sich herum und die Ereignisse kaum mitbestimmen und nur in geringem Maß beeinflussen.

Aber man konnte durchaus selbst entscheiden, wie man zu den Entwicklungen stand und wie man damit umging.

Ihre eigene Einstellung stand ihr zum Glück klar vor Augen: Sie würde nicht um einen Mann kämpfen und betteln, der ihr deutlich signalisiert hatte, dass sie ihm nichts mehr bedeutete, wenn er auch das Gegenteil behauptete. Und sie würde nicht untergehen, nur weil ihr Schicksal sich eine besonders bösartige Verschlingung ihres Lebenswegs ausgedacht hatte, der sie sich nun stellen musste.

Sie hatte früher schon bewiesen, dass es ihr immer wieder gelang, sich aus dampfendem Mist wieder herauszuziehen. Sie hatte eine Familie, die sie unterstützte und einen Freundes- und Kollegenkreis, der sie auffing. Es würde hart werden und ungewohnt und manchmal würde sie gewiss an ihre Grenzen kommen – aber nichts und niemand würde sie dazu bringen, dem Vorbild ihres Mannes zu folgen und sich nach seinen verbalen Schlägen auch noch selbst welche zu verpassen.

Entscheidend war, dass sie handlungsfähig und aufmerksam blieb. Alles andere konnte sich finden.

Die schlechte Laune von Sören und das grimmige Schweigen seiner schwarzhaarigen Bettgefährtin sorgten allerdings auch bei Mara für missliche Untertöne.

Noch dazu war sie es, die beauftragt worden war, unterhaltsame Unternehmungen in der Umgebung für die eigenartige vierköpfige Familie zu planen.

„Also, wollt ihr jetzt zum Leuchtturm oder hoch an die Küste?", fragte sie ein weiteres Mal, eine altmodische Karte und drei, vier Flyer von Sehenswürdigkeiten in der Hand.

Bianca, die mit verschränkten Armen und dem Kopf auf dem Kinn am Küchentisch saß wie ein trotziger Teenager, hob die Hand in einer abwehrenden Geste.

„Mir egal", sagte sie, „aber am besten weit weg vom Wasser."

„Hier ist überall Wasser", gab Mara zurück. „Du campst an einem See in einer Landschaft, die von Flüssen durchzogen ist, und befindest dich in Steinwurfnähe zur Nordsee. Warum bist du überhaupt mitgefahren?"

Um meinen Mann vor meinen Augen zu vögeln, sagte ihr Blick, aber nicht ihr Mund, weil Kim auf dem Sofa vor dem Fernseher lag, in dem ein Trickfilm lief, und sowieso dank der schlechten Stimmung selbst schnell weinerlich und launisch wurde. Sie lauschte mit einem Ohr auf das, was zwischen den Erwachsenen passierte und Mara hatte ihre liebe Mühe damit, sie bestmöglich abzulenken und ihr die aufkeimenden Ängste, die aus dem Nichts und ohne Erklärung aufstiegen, zu nehmen.

Bianca zog die Nase kraus und schob die Unterlippe nach vorn.

„Ich bin mitgefahren, weil Sören mich darum gebeten hat."

„Wie süß." Mara grinste ihr Grinsen, bitter wie Chicorée, sauer wie eingelegte Gurken. „Springst du immer sofort, wenn Sören was von dir will? Das ist eine gute Strategie. Nach zehn Jahren Ehe mit allen Höhen und besonders vielen Tiefen kann ich dir versichern, dass er das sehr gern mag, wenn weibliche Wesen nach seiner Pfeife tanzen."

Bianca wich ihrem Blick aus.

„Morgen Leuchtturm, übermorgen Küste. Wir nehmen Zeug zum Picknicken und zum Baden mit", schaltete Sören sich ein.

Er saß auch am Tisch und fummelte an einer Taschenlampe, die flackerte und immer wieder ausging. Bianca hatte gejammert, sie würde sich nachts, wenn sie zum Klohäuschen musste, trotz der durch Lampen beleuchteten Wege fürchten und bräuchte eine zusätzliche Lichtquelle.

Für Mara hatte er selten so viel Fürsorge an den Tag gelegt. In ihrem eigenen Haushalt musste sie sich selbst darum kümmern, dass Batterien für

Geräte ausgetauscht und Wackelkontakte repariert wurden.

Sie warf ihrem Mann einen Blick zu, halb tadelnd, halb spöttisch, der besagte: *Mit deiner Ignoranz hast du immerhin dafür gesorgt, dass ich allein überlebensfähig bin. Davon profitiere ich jetzt, wie es aussieht.*

Aber er verstand nicht. Er drehte nur wieder und wieder die Lampe auseinander und versah sie mit zwei, drei heftigen Schlägen, doch nach einem letzten hoffnungsvollen Flackern blieb das blöde Ding aus. Bianca, der Hasenfuß, würde wohl nachts ohne Leuchte das Klo suchen müssen. Oder würde er sie sogar begleiten und ihr das Händchen während dieser dreihundert Schritte durch belebtes Gebiet halten?

Wer von uns dreien ist am ärmsten dran?, fragte sich Mara. *Also, ich bin es jedenfalls nicht!*

Sie stand auf, kramte in einer Schublade und förderte ein paar Kerzen zutage. Die warf sie auf den Küchentisch.

„Hexen haben immer Kerzen, keine Taschenlampen. Die erfüllen ihren Zweck bei Verwünschungen unschuldiger Geschlechts-genossinnen besser.“

Die Frauen teilten einen Blick, in dem farbige Funken sprühten.

„Ihr sollt euch vertragen, verdammt noch mal!“ Sören hätte, wie seine halb erhobene Hand zeigte, am liebsten auf den Tisch gehauen, beherrschte sich aber gerade noch wegen Kim, die neugierig herüberlugte. „Ich will, dass es funktioniert zwischen uns allen! Gebt euch doch endlich mal Mühe, dass unser Konstrukt klappt!"

Er wirkte beinahe lächerlich mit seiner anmaßenden Bitte, die eigentlich ein Befehl war und mit den zusammengezogenen Brauen, die seinem Gesicht zugleich etwas Ärgerliches und Trauriges gaben. Als sei er hier das Opfer!

Mara fasste es nicht!

„Das Leben erfüllt uns nicht immer alle Wünsche", schleuderte sie ihm entgegen. Biss sich mit einem Blick auf Kim selbst auf die Lippe.

„Du kannst uns vielleicht zu Handlungen zwingen", fügte sie sehr leise hinzu, „die uns nicht behagen, aber du kannst nicht unsere Köpfe kontrollieren. Oder unseren Willen oder unsere Emotionen! Versuch es also gar nicht erst! Und sei vorsichtig damit, wie weit du dich aus dem Fenster lehnst. Manchmal rutscht einem der Hauptgewinn schneller durch die Finger, als man gucken kann und dann muss man sich mit dem Trostpreis zufriedengeben."

„Wie meinst du das?" Sörens Augen verengten sich, die Falten auf der Stirn und zwischen den Brauen wurden tiefer. „Drohst du mir? Uns?"

„Wie könnte ich! Ich bin doch nur das schwache, kleine Frauchen, das jeden Morgen für die

Geliebte die Brötchen aufbackt und ihr selbst gemachte Marmelade kredenzt."

„Sei still!" Sören warf einen Blick rüber zu Kim, aber die verfolgte mit Augen und Ohren Mickey, der gerade auf eine bunte Achterbahn stieg.

„Den Mund verbietest du mir also auch?" Langsam fing es an, Spaß zu machen, die Spröde und Widerspenstige zu spielen. Man wurde unberechenbar und damit unangreifbar. Es bewies Stärke, die Sören sichtlich verunsicherte. Neben dem hartnäckigen eisigen Schweigen eine weitere Strategie, um der absurden Situation Herr zu werden und das Feld nicht gänzlich dem Initiator des kranken Spiels zu überlassen.

„Dein Widerstand wird dir nichts nützen, Mara. Ich nehme dir alles, was dir wichtig ist, wenn du dich nicht fügst und hier auf Rebell machst. Dein gewohntes, sorgloses, sicheres Leben, das Haus, die Bankkarte."

Mara lächelte. Nichts davon war ihr mehr wirklich wichtig.

Bianca rutschte auf ihrem Stuhl hin und her, sie fühlte sich sichtlich unwohl.

Mara wandte sich wieder ihren Unterlagen zu.

„Okay, ihr Täubchen, dann morgen Leuchtturm und übermorgen Nordsee. Wir können ein Fischbrötchen mit Zwiebeln am Strand essen und nach Wattwürmern suchen. Es gibt auch eine kleine Einkaufszeile in dem Ort, den ich ausgesucht habe, mit hübschen Läden voller Souvenirs, Klamotten, selbst gebasteltem nutzlosen Kram. Da kann sich Bianca etwas Neckisches für den Mann aussuchen, der nachts oder auch am Tage heimlich in ihr Bett steigt."

Bianca unterdrückte ein Stöhnen. Sörens Kiefer pressten sich fester aufeinander, als für sein Gebiss gut sein konnte.

„Es reicht jetzt, Mara."

„Oh nein." Sie wandte sich ihm zu und schenkte ihm das strahlendste Lächeln, das sie hinbekam. „Wann es mir reicht, entscheide ich immer noch selbst, lieber Gatte. Und dann lasse ich es dich und deine Gespielin wissen."

Sie stand vom Tisch auf, um Kim fürs Bett fertigzumachen. *Vor der Wanne knien und weiches Haar shampoonieren, ohne dass Schaum in die Augen geriet. Mit dem Fisch und dem Segelboot ein bisschen spielen, lustige Geräusche machen, die Arme ins Wasser hängen lassen. Die Kleine in ein weiches Handtuch hüllen und ins Bett tragen. Eine Geschichte vorlesen, das Nachtlicht mit den an die Decke projizierten Sternen bestaunen. Eine Weile raus hier aus diesem Umfeld zweier Menschen, die ihr schadeten!* Diese kleinen Auszeiten wurden ihr immer wichtiger. Sollten die beiden Verschwörer ihre heilige Abendplanung doch allein durchziehen! Mara würde sich indes darum kümmern, ihr Leben und ihre Zukunft zu regeln, und zwar ohne Lügen, Betrug und Täuschung.

„Komm, Kim", nahm sie die Zweijährige an die Hand, die nicht protestierte, sondern selbst froh zu sein schien, das Zimmer verlassen zu können. „Wascht eure Weingläser ab, wenn ihr besoffen oder fertig seid – ich will die morgen früh nicht auf der Spüle finden! Ich bin nämlich nicht eure Putzfrau und gedenke nicht, euch den Arsch nachzutragen. Und Unordnung hasse ich mindestens ebenso sehr wie belogen zu werden, aber das wisst ihr ja."

Kim schaute ihre Mutter mit großen Augen an, wenn sie auch noch nicht begriff, dass da gerade ein Wort gefallen war, das ihr bald als böse bekannt sein würde. Aber der harsche Tonfall der sonst sanftmütigen Mutter hatte sie beeindruckt.

Sören hätte die Aufforderung als Anlass nehmen können, um richtig Stunk zu produzieren. Aber er verzichtete darauf.

„Ist gut", sagte er nur. „Wir machen das."

Er wirkte nicht so, als würde er sich auf den öden Fernsehabend mit der Herzallerliebsten freuen.

Und auch Bianca war nicht gerade das vor Freude sprühende Leben. Sie hockte gedankenversunken und mit hängenden Schultern auf ihrem angestammten Platz, als wolle sie ihn bis morgen nicht verlassen.

Eigentlich, dachte Mara, sieht sie nicht aus wie die Siegerin, obwohl sie diese per Definition am Ende sein wird. Doch tatsächlich sprachen ihr Blick und ihr Körper eine ganz andere Sprache:

Irgendetwas jagte ihr Angst ein und brachte ihre Stimme, die sie sonst selbstbewusst einzusetzen wusste, zum Verstimmen. Ob es an der Situation lag oder an Maras Verhalten – oder vielleicht gar nichts damit zu tun hatte, weil es einen ganz anderen Hintergrund besaß – Mara war es völlig egal.

Der Anblick der Frau, mit der sie einmal viel Zeit und sehr persönliche Informationen geteilt hatte, ließ sie nicht minder kalt als der des Mannes, dessen Ring sie trug.

Schlappschwanz, dachte sie im Rausgehen. *Elender, jämmerlicher, kleiner Versager.* Und DER wollte ihr erklären, wie ihre Welt zu funktionieren hatte?

Ganz sicher nicht!

Der Plan, wie Sören ihn sich ausgedacht hatte, konnte keine Umsetzung finden.

Sie, Mara, war die Variable, die sich nicht in den ihr zugedachten Platz einfügte. Er würde es bald schon merken.

5. Kapitel

Bianca

Kein guter Stern, unter dem sie da loszogen.

Erst diese aggressiven Sticheleien der betrogenen Ehefrau, die eigentlich winzig klein mit Hut hätte sein müssen, um den ihr noch gehörenden Posten nicht ganz und gar zu verlieren. Dann diese Hitze, die Mücken, das am Körper klebende Shirt, der lange Marsch! Und schließlich der Gedanke an diese ekelhafte Frau in der Ecke, der ihr nicht nur Furcht eingejagt, sondern auch jede Lust auf ein Schäferstündchen zunichtegemacht hatte!

Seitdem waren Bianca und Sören nicht mehr zusammengekommen, obwohl es genug Gelegenheiten gegeben hätte, seit Mara sich immer öfter rauszog.

Aber Bianca hatte nicht gewollt, weil sie Angst hatte, die Frau würde wieder auftauchen und dann vielleicht sogar – Ja, was? Etwas machen? Sprechen? Sich bewegen? Sie angreifen? Ihnen etwas antun?

Es war grotesk! Wenn diese Frau ihrer Fantasie entsprungen war, dann stimmte etwas mit ihrem Kopf nicht, was Bianca sehr beunruhigte. Aber wenn sie real gewesen war und jederzeit zurückkehren konnte, dann war die Bedrohung noch viel größer als ein womöglich gerade heranwachsender Irrsinn! Dann waren sie vielleicht an Leib und Leben bedroht!

Bianca schleppte die schwere Kühlbox durch den Wald, der vom Parkplatz bis zum Ufer des Flusses führte, an dem der alte Leuchtturm und eine breite Strandlinie die Besucher empfingen. Immerhin war es unter Baumkronen etwas schattig, aber der Boden war sandig und erschwerte das Gehen.

Sie hatte keinen Blick für das Gestrüpp links und rechts des schmalen Weges, dem sie folgten.

Unwillig sah sie zu, wie Mara ihrer Tochter einen Kohlweißling und einen Zitronenfalter zeigte. Die beiden liefen den flatternden Tieren nach, schnupperten an wilden Rosen, suchten nach spitzen Stöckchen, mit denen sich etwas bauen ließ, und folgten Sören und Bianca in ihrem ganz eigenen Tempo, das deutlich besagte, sie würden sich nicht hetzen lassen.

Bianca beneidete die andere Frau um ihre Unbeschwertheit, wenn sie sich auch sicher war, dass diese nur mit viel Mühe und Selbstbeherrschung künstlich zur Schau gestellt wurde.

Aber ihr selbst gelang nicht einmal das!

Sören stampfte festen Schrittes voraus, es war nicht schwer, zu erkennen, dass ihm die Lage, die er selbst herbeigeführt hatte, irgendwie nun doch überhaupt nicht in den Kram passte.

Eine Sekunde lang gestattete sich Bianca den romantischen Gedanken, sie könne hier allein mit ihm durch das Unterholz streifen, die Finger ineinandergelegt, den wolkenfreien Himmel genießend und das Umfeld und andere Menschen ganz und gar ausblendend!

Dann schalt sie sich eine Närrin und wechselte die Kühlbox von der rechten in die linke Hand.

Ihre Schulter schmerzte, ihre Knie waren wacklig. Sie freute sich nicht im Mindesten auf die vielen Stunden eines öden Nachmittags, der vor ihr lag.

Sollte sie das Ganze einfach abbrechen, auf alles verzichten und nach Hause fahren? Sören in die Wüste schicken und mit alldem abschließen?

Sie war nahe dran, doch dann schenkte er ihr einen Blick, ein Lächeln, das hinter seinem Groll lag. Sein Duft, gesprenkelt von Gras und einem Hauch herben Parfüms, wehte zu ihr hinüber.

„Gib mir das, das ist zu schwer für dich."

Dankbar gab sie ihren Klotz am Bein ab und badete in seinem Lächeln, als könne es heilen, was in den letzten Tagen auch in ihr an Wunden geschlagen worden war.

Mara, die vorgab, Kim eine Schnecke zu zeigen, die über den lehmigen Boden zog, hatte es gewiss auch gesehen, was seine Qualität wiederum schmälerte.

Denk nicht an sie, sie spielt überhaupt keine Rolle! Bianca biss die Zähne aufeinander, bis ihre schmalen Wangen hohl wurden und die Knochen deutlich hervorstachen. Sie lief voran, obwohl sie am liebsten umgekehrt und weggelaufen wäre.

Sie beugte sich einer Macht, die sie tief im Grunde ihres Herzens als eine solche nicht mehr anerkannte – doch das war noch nicht bis in ihr Bewusstsein vorgedrungen.

Der Fluss wäre eine atemberaubend idyllische Erscheinung gewesen, hätte man auf den Bau der zahlreichen Industriebauten verzichtet, die am anderen Ufer in der Ferne lagen. Stählern, unattraktiv und völlig unbeeindruckt vom Geschehen um sie herum ragten sie in den blauen Sommerhimmel, den kein Wölkchen zierte.

Die übrige Landschaft auf der anderen Seite war reich an Bäumen und ließ nur hier und da mal das weitläufige Grundstück eines Besserbetuchten aus den Bäumen ragen. Das Wasser im Fluss war gleichzeitig entspannt träge und unbeschwert lebendig: Es floss, aber nicht zu heftig, und durch die Bepflanzung an den Ufern strichen sachte Winde, die die scharfen Halme erzittern ließen.

Von Zeit zu Zeit durchpflügte ein kleineres Boot oder ein größeres Schiff die sich kräuselnden

Wellen und verhalfen dem Wasser zu neuem Schwung.

In geruhsamer Gleichförmigkeit wechselten zwei Fähren zwischen den Ufern, die Fahrgäste und Fahrzeuge transportierten und mit ihrem einlullenden Gedröhne für eine malerische Unterhaltung sorgten.

Mara, die so etwas vermutlich schon sieben Millionen Mal gemacht hatte, steckte den Sonnenschirm in den Sand und breitete die karierte Decke aus, die Sören neben der Kühlbox und der großen Reisetasche hergeschleppt hatte.

Sie befreite Kim von Sandalen und Socken und drückte ihr eine kleine Schaufel in die Hand, sich offensichtlich sehr darüber freuend, mit welcher Begeisterung ihre kleine Tochter das kalte Nass an ihren Zehen begrüßte.

Eine perfekte Mutter war sie, dachte Bianca, teils neidisch, teils bewundernd. Perfekt wie sie im Buche stand, als wäre sie nur geboren worden, um diese eine Aufgabe im Leben zu meistern. Sie würde immer etwas haben, was ihr Halt und Kraft gab. Sie würde sich immer geliebt fühlen, weil dieser kleine Mensch, den sie selbst liebte und dessen Bedürfnisse sie vor ihre eigenen stellte, ihre Liebe mit gleicher Intensität zurückzahlen würde!

Sie, Bianca hingegen, war allein. Allein im Sinne von einsam. Niemand scherte sich um sie, keiner interessierte sich dafür, wie es ihr ging, was sie machte, dachte, fühlte. Sie war ein einsames Boot auf offener See, weniger mit der Welt verbunden als diese ganzen Kähne, die hier den Fluss rauf und runter tuckerten.

Ein sehnsüchtiges und etwas missgünstiges Ziehen durchpflügte ihren Leib und fast hätte sie sich geschüttelt, wäre da nicht diese plötzliche Ablenkung gewesen, die noch viel eindringlicher ihre Aufmerksamkeit einforderte.

Da, zwischen den Bäumen!

Oder war es ein Irrtum gewesen? Eine Lichtspiegelung, ein im Wind wehender Ast? Unsinn, es ging kein Wind. Da war es wieder!

Bianca kniff hinter der Sonnenbrille ihre Augen zusammen. Eine kalte Hand griff nach ihrem Herzen und für einen Moment vergaß sie völlig, wie heiß es an diesem Tag war. Sie erschauerte.

Am Rande des kleinen Waldes, durch den sie eben vom Parkplatz zum Strand marschiert waren, bewegte sich doch etwas!

Bianca stand auf und griff nach ihrem Hut. Sie vergaß, sich Schuhe anzuziehen, doch eigentlich hatte sie auch nicht ernsthaft vor, der Erscheinung – oder was immer es war – zu folgen.

Sie tat es trotzdem.

In der dämmrigen Belaubung des kleinen Wäldchens war es ein paar Grad kühler als am Strand in der Sonne und auch etwas leiser.

Tanzende Lichtflecken, die durch die Blätter fielen, huschten über den Boden.

Bianca meinte, sie höre geheimnisvolles Wispern und Flüstern, aber das war vermutlich ihren angespannten Nerven zu verdanken. Vielleicht waren es auch Vögel, Mäuse oder andere Kleintiere, die durchs Unterholz raschelten.

Sie stand da und sah sich um.

Sah nichts. Sah einen idyllischen, vom Licht weichgezeichneten Ort, der seine Schatten verbarg. Hörte Kim in der Ferne freudig kreischen, als Sören sie mit Wasser bespritzte. Dachte an Mara, die sich, einer huldvollen Königin gleich, mit einem stolzen Blick ihrer Familie widmete und sich sogleich wieder in ihr Buch vertiefte, das ihren aufgeweckten Geist noch ein bisschen schlauer machen und ihr sowieso schon gigantisches Wissen weiter vertiefen würde.

Bianca sah ein, dass sie eine Idiotin war, nicht nur, weil ihr Verstand langsamer arbeitete als der ihrer ehemaligen Freundin, sondern weil sie hier stand und einem Gespenst nachjagte, während die kluge ehemalige Freundin heile Welt spielte.

Und dann tauchte sie auf, wie aus dem Nichts, die Geisterfrau.

Bianca erkannte sie sofort, es war die Frau, die auch ihrem frivolen Stelldichein im Ferienhaus so rasant den Garaus gemacht hatte, obwohl sie diesmal nicht abstoßend und verwest aussah.

Vielmehr schien sie sehr jung zu sein, eine blasse, zarte Gestalt mit nassem, sehr langem Haar und Händen, feingliedrig und weiß wie Jasminblüten.

Sie stand neben einem Baum, tief in Gedanken versunken, und hatte die Augen geschlossen. Ihr Gesicht zeigte anmutige Züge, die Schultern unter dem flatterigen bunten Kleid waren knochig.

Bianca, deren Neugier plötzlich ihre Angst überstieg, kam näher. Bald schon konnte sie die Form der Brauenbögen über Augen, die im Schatten lagen, erkennen, die hohlen Wangen, die blauen Adern auf den Handrücken, die durch die papierne Haut schimmerten.

Nun konnte sie sie auch hören. Die Geisterfrau summte eine unbekannte Melodie, die traurig anmutete. Und sie sprach Worte, die der Wind herübertrug: *Die Kinder gehören mir ... im Schoß genährt ... an der Brust gestillt ... durchs Leben getragen ... Verborgen vor dem Leid für einen hohen Preis ... Es gilt,* meine *Schuld zu begleichen ... Es gilt,* deine *Schuld zu begleichen ...*

Seltsam, bis eben war kein Wind gegangen!

Noch bevor Bianca in die unmittelbare Nähe des geheimnisvoll lockenden Wesens gekommen war, setzte die Frau sich in Bewegung, sie schwebte über den Boden und nutzte doch gleichzeitig ihre Füße, die nicht in Schuhen steckten.

Bianca duckte sich ein Stück (als ob das etwas geholfen hätte), doch die Frau nahm sie gar nicht wahr. Zielstrebig steuerte sie aufs Wasser zu, dorthin, wo Sören, Mara und Kim am Ufer saßen.

Ausgerechnet, fuhr es Bianca durch den Kopf. Sie hasste Wasser! Sie machte einen großen Bogen darum, wann immer es ging, ausgenommen Toiletten und Spülbecken, aber alles, was größer war als eine Badewanne – und am besten noch mit trüber Brühe gefüllt, wie ein Fluss oder ein See – mied sie wie die Pest. (Warum nur hatte sie sich zu diesem Urlaub überreden lassen? Sie fragte es sich zum hundertsten Mal und fand immer noch keine Antwort.)

Die Frau wollte ans Wasser, unmissverständlich.

Und sie hatte, was das Gruseligste an der faszinierenden und fesselnden Szene war, jeglichen Geruch mit sich genommen.

Es hätte nach feuchtem Holz und Sand und Seetang riechen müssen. Nach der Asche des Lagerfeuers, das Unbekannte vor kurzem hier angezündet hatten und dessen Reste noch verstreut lagen. Nach Baumharz und Chlorophyll aus der üppigen Belaubung, nach Benzin aus den Bootsmotoren und nach Sonnencreme.

Aber es roch nach gar nichts, nicht einmal für Biancas feine Nase, die unzählige Nuancen auseinanderhalten konnte. Und das machte Bianca Angst.

Noch mehr Angst bekam sie, als die Fremde, die sich an diesem Tag für die attraktive, statt für die erschreckende Erscheinung entschieden hatte, direkt auf die kleine Familie zulief. Sie war schneller unterwegs, als man ihr zutraute und Bianca hatte Mühe, ihr zu folgen.

Was mochten die anderen sagen, wenn diese Gestalt sich plötzlich aus dem Wald schälte und wer weiß was tat, dachte sie bange. Was hatte die Frau überhaupt vor? Immer schneller lief sie, ihr Kleid wehte hinter hier her, irgendwas bunt Gemustertes, das um ihre Beine bauschte.

Bald hatte sie die Stelle erreicht, an der Kim ihr kleines Eimerchen ins Wasser tauchte, um ihren mit Papa gegrabenen Minitümpel zu befüllen.

Niemand machte Anstalten, ihr Einhalt zu gebieten. Mara, auf dem Bauch liegend, blätterte ihre Buchseiten um. Sören, der nach einer Cola aus der Kühlbox griff und sie mit gierigen Schlucken trank. Es war klar, dass die Fremde in dem bunten Kleid auf Kim zulief – warum reagierte niemand?

Bianca blieb stehen und versuchte, wieder Luft zu bekommen. Sollte sie laut schreien und wild gestikulieren, um auf die Gefahr aufmerksam zu machen?

Vermutlich sollte sie das, dachte sie, aber dann wurde ihr klar, dass die anderen Anwesenden die Frau nicht sehen konnten.

Bedeutete das, Biancas Sinne spielten ihr einen Streich? Aber sie *sah* sie doch ganz deutlich! Sie *hörte* sogar ihr intensives Klagelied, das noch immer gegen die Wellen ankämpfte!

Verlor sie den Verstand? War sie geisteskrank und die Fremde war gar nicht wirklich da? Oder war dort ein Geist, der nur von wenigen Menschen wahrgenommen werden konnte?

Durfte sie ihren Sinnen überhaupt noch trauen?

Das Gespenst befand sich nun in unmittelbarer Umgebung des Kindes und weil niemand sonst Anstalten machte, es von dort zu verscheuchen, rannte Bianca auf die Kleine zu und riss sie am Arm aus ihrer bequemen Position, um sie wegzuziehen.

Während Kim angesichts dieser rüden Behandlung anfing, empört zu brüllen, tauschte Bianca mit der Geisterfrau einen Blick, der ihr Schauer über den Nacken bis zur Stirn jagte und die Haarwurzeln auf ihrem Schopf aufrichtete.

Der Blick der Fremden sprühte vor Hass, aber es lagen auch Sehnsucht und Melancholie darin – eine Mischung, die Bianca weder zu deuten noch zu beantworten wusste.

Ihr war nur klar, dass die Fremde das Mädchen haben wollte – hatte sie nicht eben auch von verlorenen Kindern gesungen? Das durfte sie um keinen Preis zulassen!

Sie packte Kim fest am Oberarm und riss sie auf die Beine, drückte sie an ihren Oberkörper, wehrte mit der anderen Hand die Geisterfrau ab, die ihre Hände erhoben hatte. Hände? *Klauen!* Mit grässlich langen Fingernägeln und lederner, grünlichbrauner Haut, die seit Jahren im Schlamm gelegen hatten!

Die Geisterfrau, deren Antlitz wie von Zauberhand um hundert Jahre oder mehr gealtert war, stieß einen Schrei aus, der Kims Gebrüll um ein Vielfaches übertönte. Sie zischte aus einem zahnlosen Mund, um den sich faltige, braune Lippen wölbten. Sie schickte Blitze aus tief liegenden, toten Augen, unter denen sich die Haut in Fetzen von den Wangen schälte. Sie warf ihr nasses, strähniges, überhaupt nicht mehr schönes Haar herum und packte Kim am Bein.

Entsetzt sah Bianca, wie das Wesen, das nun wieder zu einem Geschöpf aus einem Horrorkabinett geworden war, die Zähne fletschte und sich mit weißen Leichenlippen dem Fuß von Sörens Tochter näherte.

Gleich würde sie zubeißen! Womöglich noch das ganze Kind verschlingen, lebendig bei Haut und Haar! Oder ein rätselhaftes Gift injizieren, wie eine Schlange, die vermutlich nicht minder erschreckende Töne dabei ausgestoßen hätte.

Bianca trat mit Kim auf dem Arm einen Schritt zurück und stieß das Wesen mit harter Hand gegen die Brust. Ihre Finger verfingen sich in dem Kleid, das nass und voller Brackwasser war. Sie versanken aber nicht nur in dem Kleid. Sie tauchten in matschige Haut und Fleisch ein, die keinen Widerstand boten.

Angewidert trat sie noch einen Schritt nach hinten und zog die Hand zurück, an der grüne, schleimige Brocken klebten. Die Hand stank nach Algen, sie wischte sie am Bein ab, zitternd vor Ekel und bodenloser Angst. Noch bevor sie hätte fliehen können, hatte die Geisterfrau ihre rasiermesserscharfen Zähne in den Fuß des Kindes gehackt. *Ich finde meine Kinder immer am Fluss,* rauschte es in Biancas Ohren.

Die Geisterfrau. Sie hatte gleichzeitig angegriffen und gesprochen, geflüstert vielmehr. Ihr Säuseln glich dem Rauschen des Windes und dem Spiel der Wellen. Der Geruch von matschigen Algen, vermischt mit verfaultem Fleisch wurde unerträglich. Es war nicht fassbar, aber die Frau, der nicht zu entkommen war, flüsterte, sang und biss gleichzeitig. Und sie lachte. Es klang, als würden Felsbrocken in einen metallenen Eimer fallen, ein schepperndes Geräusch, das in den Ohren schmerzte.

Bianca schrie nun auch. Sie sah das Blut, das dank der Zähne ihrer Angreiferin von Kims Fuß in den Sand tropfte, und schrie aus Leibeskräften.

Sie hörte erst wieder auf, als sie Sörens empörte Stimme vernahm: „Sag mal, spinnst du?"

Bianca fühlte, wie ihr jemand das Kind aus den Armen riss. Sie spürte eher als dass sie sah, wie Mara ihr eine heftige Ohrfeige verpasste, die ihr die Sterne vor den Augen tanzen ließ. War sie ohnmächtig geworden? Aber nein, sie stand ja noch! Bianca blinzelte. Sie roch das Blut, die rostige Wunde des Zinnmannes aus „Der Zauberer von Oz", die Ausdünstungen eines Schrottplatzes direkt aus der Hölle. Sören und Mara redeten wie wild auf sie ein. Kim auf dem Arm ihres Vaters weinte, klammerte sich an seinen Hals. Mara bebte vor Wut. Das Blut tropfte in den Sand. Die Geisterfrau war verschwunden, als hätte es sie nie gegeben.

Bianca ignorierte ihre brennende Wange und wankte zur Decke, wo sie sich fallen ließ, plötzlich aller Kräfte beraubt. Stumm beobachtete sie, wie Sören und Mara um das heulende Kind herumsprangen.

„Sie hat sich am Fuß verletzt!" Maras Stimme, schrill und niemals zu überhören, dafür sorgte Mara stets mit Vehemenz. Ihre Finger mit den hässlich abgebissenen Nägeln – die einzige für fremde Augen erkennbare Schwachstelle –

flatterten um den weiß-rot-gemusterten Fuß des Kindes herum.

„Da liegen Scherben, sie muss dort reingetreten sein." Sören, etwas ruhiger.

„Diese Scheißteenager, die ihren ganzen Müll immer liegen lassen! Lass mich das machen! Es ist nicht schlimm! Gib mir etwas Eis! Oder eine Coladose, die sind kühl genug. Und beruhige dich, damit Kim auch wieder runterkommt. Es ist alles gut, mein Engel, es ist nur ein kleiner Schnitt. Papa kümmert sich darum."

Bianca beobachtete das Schauspiel wie eine Besucherin im Theater. In ihren Ohren rauschte es und die Härchen auf ihrer Haut hatten sich noch nicht wieder in Liegeposition begeben. Sie *hatte* diese Frau gesehen, da war sie ganz sicher! Sie hatte sie gehört, gerochen, sogar gefühlt! Sie hatte gesehen, wie die Fremde nach Kims Bein gegriffen und sie *in den Fuß gebissen* hatte! Allzu deutlich standen ihr noch die spitzen Zähne vor Augen, die jeden Hai vor Neid hätten erblassen lassen! Die papierne Blässe ihrer Haut, der Blick ihrer stechenden Augen, das bunte Muster ihres Kleides, das vor ihren Augen zu Fetzen zerfallen war wie das Fleisch von ihrer Brust.

Kim weinte leise, beruhigte sich aber schnell, als Sören mit kundiger und sanfter Hand ihre Wunden verarztete.

Mara strich ihrer Tochter über den Kopf und bedachte Bianca mit einer finsteren Miene.

„Du hast sie in die Scherben geschubst!"

„Was?" Es fiel Bianca schwer, sich zu konzentrieren, zusammenhängende Dinge zu denken, die Sinn ergaben. Bis sie begriffen hatte, was Mara meinte, war die Zeit, in der man hätte reagieren können, vergangen.

Der Vorwurf (wie konnte Mara so etwas ernsthaft glauben?) brannte in ihr wie die Ohrfeige auf ihrem Gesicht. Es war doch die fremde Frau gewesen, die Kim Leid hatte zufügen wollen! Vielmehr hatte sie, Bianca, versucht, das Mädchen zu beschützen! Vor allem, weil sonst niemand reagiert hatte! *Weil sie die angebliche Geisterfrau nicht gesehen haben,* dröhnte ihr Verstand in ihrem Kopf. *Weil du die Einzige bist, die sie gesehen hat! Weil sie gar nicht existiert, sondern nur in deiner Fantasie! Weil du eine Macke hast!*

Bianca traten die Tränen in die Augen. Kim war zum Glück nichts Schlimmes passiert, die kleine Wunde würde schnell heilen, vor allem mit dem Käpt'n Blaubär-Pflaster, mit dem Sören sie zum Lachen gebracht hatte.

Aber was, wenn die Geisterfrau zurückkam und ihr echtes Leid zufügte? Würde immer jemand da sein, um sie davor zu bewahren? *Sie kann nicht zurückkehren, denn sie ist nicht echt,* pochte ihr Hirn. *DU hast sie in die Scherben geschubst!*

Nein. Bianca schüttelte den Kopf und wischte sich die Tränen von den Wangen. *Nein, das habe ich nicht. Oder?*

Herrgott, was für ein scheußlicher Urlaub! Statt gemütlich und friedlich auf ihrem Balkon in der Stadtwohnung zu sitzen und ein kühles Spritz zu trinken, hockte sie hier in der unmittelbaren Nähe zu einer Geistererscheinung, mit einem verängstigten Kind, einer innerlich vor Wut und Abscheu kochenden ehemaligen besten Freundin und einem Liebhaber, dessen Interesse an ihr längst erkaltet schien! Sie hätte sich daheim mit einer Freundin treffen können … Lange Serienabende machen, im Park spazieren gehen, morgens ausschlafen und in diesem kleinen Café an der Kreuzung Baguette und Café au Lait frühstücken können …

Doch nun saß sie hier inmitten einer grauenvollen Stimmung, die kaum zu ertragen war und nun auch noch mit einem unbeschreiblichen, unglaublichen Geisterbahn-Horror bestückt wurde, den außer ihr niemand zu bemerken schien! Wie abartig und selbstquälerisch war das eigentlich?

Bianca stand auf. Ihr war völlig klar, dass sie Sören und Mara nicht mit der Geisterfrau zu kommen brauchte. Sie hatten nichts gesehen, sie würden ihr nicht glauben. Sören machte sich ja schon lustig über sie, wenn es nur um ihre irrationale Angst vor Wasser ging! Wie würde er wohl reagieren, wenn sie ihm eine quicklebendige und doch verwesende Leiche beschrieb, die es nach seiner Tochter dürstete?

„Ich habe Kim nichts getan", sagte sie trotzdem. „Sie muss in die Scherben getreten sein, weil sie zufällig dort lagen, aber ich wollte ihr nur helfen, als ich sie schreien hörte und deshalb nahm ich sie hoch, um sie aus der Gefahrenzone zu bringen."

Mara funkelte sie böse an. Gewiss spürte auch sie noch die Haut an den Fingern, die sie so unsanft berührt hatten. Bianca jedenfalls fühlte ihre Hand noch immer an der Wange und auch das Klatschen in ihrem Ohr verstummte nicht. *Ich hab es verdient*, sagte sie sich. *Die Ohrfeige, den Schrecken dieser Erscheinung, die Horrorferien. Alles habe ich verdient.*

Ihr wurde überdeutlich bewusst, dass sie diese kleine Familie zerstört hatte. Oder zumindest dazu beigetragen, weil sie nicht in der Lage gewesen war, sich von Sören fernzuhalten.

Vielleicht auch, weil sie Mara, die immer alles besser machte und immer kriegte, was sie begehrte, eins hatte auswischen wollen. Alles war schiefgegangen, es war nichts mehr unter Kontrolle!

Aber war nicht auch Sören schuld an dieser unseligen Entwicklung? War ER es nicht, der an dieser für alle Beteiligten furchtbaren Ménage-àtrois festhielt, weil ER nicht bereit dazu war, auf einen Teil seines Lebens zu verzichten? Weil ER alles wollte: Die Geborgenheit und Sicherheit seiner Familie und die Spannung und Aufregung, die die Geliebte ihm verschaffte!

„Wo willst du hin?", fragte Sören, als Bianca sich erhob und mit wackligen Beinen von dannen ging, ohne sich mehr als das Shirt, das sie zum Schutz vor der Sonne trug, überzustreifen.

„Ich gehe zum Campingplatz zurück."

„Das kannst du nicht, das sind über zehn Kilometer."

„Ich nehme den Bus."

„Hier fährt kein Bus", fauchte Mara. „Und willst du so in einen Bus einsteigen, ohne Rock oder Hose? Hast du vor, mit deinen dürren Hühnerbeinen den nächsten Familienvater zu verführen, der dir zufällig begegnet?"

„Vielleicht fahren wir alle zurück zum Platz", beschwichtige Sören seine beiden Frauen. „Es ist über die Mittagszeit eh zu heiß für den Strand. Wir essen einen kleinen Salat und dann kann Kim sich Trickfilme im Fernsehen ansehen, während ihr euch in eure jeweiligen Behausungen begebt und ein bisschen zur Ruhe kommt."

Klar, dachte Bianca. *Mara residiert dann auf dem weichen Bett in ihrem klimatisierten Ferienhaus und ich brate vor mich hin wie ein Grillhähnchen im stickigen Wohnwagen. Tolle Idee!*

Andererseits war es gut, von der Familie wegzukommen, ein paar Stunden nur, bevor man sich zum obligatorischen Abendessen treffen und unter höchster Anspannung unsinnigen Small Talk betreiben musste, bis es endlich an der Zeit war, sich zurückzuziehen und in ein paar unruhige Träume zu sinken, die verhinderten, dass man sich am Morgen erholt fühlte.

Sie begann, sich anzuziehen. Mara packte die Sachen zusammen, Sören half Kim in die Sandalen. Bianca drehte sich herum und schaute erst Sören, dann Mara an. Sie musste es dennoch wissen!

„Ihr habt sie nicht gesehen, oder?"

„Wen?", fragte Mara, scharfsinnig wie immer.

„Was?", fragte Sören, etwas schwerer von Begriff.

„Die Frau in der bunten Kleidung. Sie hatte nasse Haare und schien mir … gefährlich zu sein."

„Du hast eine Frau gesehen?" Süffisant strich sich Mara das Haar aus der Stirn. „Mir scheint, hier ist eh schon eine Frau zu viel! Oder …", sie wandte sich an ihren Mann, „… hast du eine Dritte bestellt, weil die zwei, die du hast, nicht ausreichen?"

„Hier war keine Frau", brummte Sören und ignorierte die Spitze seiner Gattin. „Wir sind seit dem Morgen mutterseelenallein an diesem Strand!"

Bianca schniefte. Okay, nun wusste sie es genau. Entweder, sie verlor wirklich den Verstand, was angesichts der stressigen Lage, in der sie sich befand, wohl nicht einmal ein Wunder gewesen wäre. Oder sie sah Erscheinungen aus einer fremden Welt, die von anderen Menschen nicht wahrgenommen werden konnten.

Beide Optionen gefielen ihr nicht besonders, zumal die Gestalt nicht nur spitze Zähne und großen Hunger besessen hatte, sondern sie auch auf unangenehme Weise mit ihrer Angst vor dem Ertrinken in Verbindung brachte. Ihr nasses Haar und der Geruch nach Algen zeigten deutlich, dass sie eine Verbindung zum Wasser aufwies, was sie umso entsetzlicher machte. Sie ahnte, dass da noch mehr – noch viel Schlimmeres – kommen mochte als nur ein blutiger Kinderfuß, etwas, das ausschließlich mit ihr selbst zu tun hatte. Wie war sie nur hier rein geraten?

Seufzend griff sie nach zwei Zipfeln der Decke, die Mara gerade zusammenlegen wollte, um ihr zu helfen. Doch Mara riss ihr den Stoff aus der Hand.

„Kümmere dich um deinen eigenen Mist, da hast du genug zu tun", sagte sie. „Und komm nicht mehr in die Nähe meiner Tochter, sonst reiße ich dir das Herz aus dem Leib und verspeise es zu dem welken Kacksalat, den Sören gleich wieder abgepackt aus dem Supermarkt holt und mir als genauso göttliches Gnadengeschenk verkauft wie sich selbst!"

Wow, das konnte nur Mara! Gleichzeitig Sören und Bianca beleidigen und dabei auch noch eine unmissverständliche Drohung ausstoßen!

Wider Willen musste Bianca grinsen. Wie hatte sie früher Freude an Maras cleverer sarkastischer Art gehabt! An ihrer geschliffenen Eloquenz, ihren klugen Gedanken, denen sie nie hatte folgen können, die aber ganz neue Welten offenbarten und ihr immer das Gefühl gegeben hatten, es gäbe noch so viel zu wissen und zu lernen, etwas, wobei Mara ihr helfen würde! Wie viele laue Sommernächte auf Veranden und Winternächte an Kaminen hatten sie durchgequatscht, Schulter an Schulter, ein Weinglas in der Hand, im Herzen gefühlt Eins!

Biancas Grinsen fiel zu einem traurigen Bogen in sich zusammen, dann verwandelte es sich in Ingrimm. Alles vorbei! *Mara,* dachte sie flüchtig, *fehlt mir mehr als Sören.* Mit Sören hatte sie Lust geteilt, Abenteuer erlebt, sich begehrt und bewundert gefühlt. Aber Mara hatte einst ihre Seele berührt, ihren Intellekt geschliffen, ihre Kreativität geweckt und ihr Herz gestreichelt.

Der Gedanke erschreckte sie ob seiner Intensität und weil sie immer gedacht hatte, es sei Sören, den sie zum Überleben brauchte. Aber tatsächlich war es Mara, deren Verlust ihr an die Nieren ging.

Mara, das Biest. Mara, die Zauberfrau. Mara, die loyal bis in den Tod, gewesen wäre, wenn man ihr nicht das Herz in der Brust zerschlagen hätte. *Sie* war es, die Bianca in den einsamen Stunden vermisste! Das war nichts, was man begreiflich machen und erklären konnte. Nichts, was man selbst in Gänze verstand.

Obwohl es schnell verblasst war, hatte Mara das Grinsen gesehen, vielleicht auch alle Erinnerungen dahinter. Und wie schnell es verschwunden war!

Sie kommentierte es nicht. Sie warf Bianca die Decke zu, die zu groß war, um sie allein zusammenzufalten.

„Hilf mir", sagte sie auf ihre erfrischend direkte Art und ihrer gerade noch verkündeten Ablehnung zum Trotz. „Den Mittag über will ich meine Ruhe haben, aber du kannst mir am Nachmittag helfen, die dreckigen Handtücher zu waschen und danach gehen wir mit Kim ein Eis essen." Sie sagte nicht: *Ich hoffe, dir fliegt beim Ausschütteln der ganze Sand in die Augen* oder *Ich hoffe, du erstickst an deinem Eis*, obwohl Bianca es ihr nicht hätte verdenken können.

Es war nicht gerade die Einladung zu einem Cocktail, aber es war der Schimmer einer Friedensflagge, der durchs Dickicht wehte, wenn beide sich Mühe gaben.

Vielleicht.

6. Kapitel

Mara

Mara beging nicht, oder jedenfalls nicht lange, den Fehler, sich von ihren Gefühlen überwältigen zu lassen und dadurch handlungsunfähig zu werden.

Zwar steckte sie – wie es wohl jeder in ihrer Situation getan hätte – zuweilen in ihrem Groll, ihrer Wut und ihrer Verzweiflung fest, doch bald rief sie sich zur Ordnung. Sie brauchte ihren Verstand, ohne den sie Probleme nicht lösen konnte. Sie brauchte ihre Besonnenheit und ihre Kräfte, um strategisch denken und Entscheidungen treffen zu können. Sie brauchte ihre Zuversicht und das Wissen, dass sie jede Herausforderung würde meistern können, um klug und bedacht ihre nächsten Schritte zu planen.

Deshalb ließ sie sich keine Schwäche durchgehen, auch, wenn der Schmerz sie in manchen Momenten scheinbar zu Boden zwang. Doch die Genugtuung, dass sie durchdrehte und dadurch selbst Fehler beging, würde sie den beiden Turteltäubchen, die einmal ihre beiden Lebensmenschen gewesen waren, nicht gönnen!

Zudem galt es, Kim bei alldem zu schützen und ihr auch künftig allen Umständen zum Trotz eine unbeschwerte und glückliche Kindheit zu ermöglichen.

Sören selbst war keine ernsthafte Gefahr. Er war ein treuloser, aber gutgläubiger Arsch, der es gewohnt war, dass die Welt sich nach seinen Bedürfnissen drehte. Angriffe, welcher Art auch immer, würde er weder kommen sehen noch hart parieren. Auch Bianca, das naive Gänschen, das sich vor allem fürchtete, war keine Bedrohung, die ihr einen Strich durch die Rechnungen zu ziehen vermochte. Sie war in ihrem hübschen Köpfchen völlig wirr von ihrem Begehren nach Sören und sah nicht, was links und rechts um sie herum passierte.

Was Mara *tatsächlich* bedrohte, war viel subtiler: Es waren ihre eigenen Wünsche und Hoffnungen, darauf, dass sich die Scherben wieder zusammenfügen und kitten ließen. Es war ihre Sehnsucht nach einer funktionierenden Familie und ihr Verlangen nach einer innigen Freundschaft ohne Geheimnisse, die sie einmal genossen und dann wieder verloren hatte. Es war ihr Ideal von Liebe und Beziehungen, das sie mit einem höhnischen Grinsen zu verspotten schien und doch die Sehnsucht in ihrem Inneren glühen ließ wie ein aufwallendes Lavameer kurz vor einem Vulkanausbruch.

Sie würde aufpassen müssen, dass sie nicht zum Spielball ihrer eigenen wahnwitzigen Wünsche wurde, denn sobald sie sich eine Schwäche gestattete, würde ihr alles genommen werden, was ihr lieb und teuer geworden war. Das war nicht mehr viel, weniger als vorher. Eigentlich nur noch ihr Zuhause, ihr gewohnter Lebensstil, ihre Tochter. Aber es war genug, um darum zu kämpfen, mit allen Kräften, die ihr zur Verfügung standen.

Nun galt es, Sören zu beobachten und in Sicherheit zu wiegen, während sie im Verborgenen agierte. Bianca im Auge zu behalten konnte ebenso wenig schaden, doch die war leichter zu manipulieren und besonders einfach zu verschrecken. Alles keine große Sache!

Blieb ihr eigenes Herz, das zum Feind geworden war. Der Zeitpunkt, die lächerlichen Klein-mädchenträume zu begraben und sich der Realität, wie unwillkommen sie auch war, zu stellen, war längst da. Es war besser, diesen Fakt als gegeben im Hinterkopf zu behalten und entsprechend zu reagieren.

Denn ja, sie *hatte* entschieden. Sie hatte bereits in dieser Nacht entschieden, als sie, bebend vor Entsetzen, auf der Couch in diesem Ferienhaus gehockt hatte, während ihr Mann von seinem Traum, all seine geliebten Frauen unter einem Dach zu vereinen, berichtet hatte, in der unfassbaren Erwartung, sie würde dem zustimmen.

Sie würde Sören verlassen, so viel stand fest. Sie würde es auf eine Weise tun, die ihre gegenwärtigen Lebensumstände nicht gefährdete, denn die aufzugeben war sie hingegen nicht bereit. Sie würde dem bemitleidenswerten Auswärtsvögler – denn er würde das immer wieder tun, selbst, wenn Bianca ihn nicht mehr reizte, dann kam halt die Nächste! – den Laufpass geben.

Bianca konnte ihn gern behalten und sich mit seinen Launen und Macken herumärgern. Seine dreckige Wäsche waschen, seine Neigung, den Frauen in seiner Umgebung die Dinge zu erklären, die sie offenbar nicht verstanden, tolerieren. Sein Essen kochen, seine Haare schneiden, seine Schuhe polieren! Seinen Geiz, seine Besserwisserei, sein Grunzen in der Nacht, seine Barthaare im Waschbecken! Das alles und noch viel mehr konnte Bianca schlussendlich kriegen, doch zunächst musste Mara vorsichtig sein und das Spiel noch eine Weile mitspielen.

Es war immer gut, diejenige zu sein, die die Karten fest in der Hand hielt, während die Mitspieler sie in Panik fallen ließen und unter dem Tisch nach ihnen suchen mussten, während das Spiel, dessen Regeln man kaum durchschaute, unerbittlich weiter lief.

Mara hatte in den Nächten, wenn Kim schlief und Sören bei seiner dürren Geliebten verweilte, einen Plan notiert, den sie abarbeiten wollte, sobald sie zu Hause war. Sie hatte sich einen Anwalt im Internet gesucht, der auf Familienrecht spezialisiert war und gute Bewertungen erhalten hatte, und einen Termin via E-Mail abgesprochen. Sie hatte die Kontenverfügung ihres Mannes auf ihr Bankkonto widerrufen. Sie hatte Gesetzestexte und Urteile gewälzt und sich die Augen rot gelesen, um möglichst viel über Dinge wie Sorgerecht oder Recht auf Unterhalt zu erfahren. Pragmatisch und souverän, wie sie immer durchs Leben navigierte, waren dies die ersten notwendigen Schritte in die Freiheit.

Und auf ihrer Liste stand noch viel mehr:

Kims Betreuungszeiten bei der Tagesmutter verlängern. Babysitter für zusätzlichen Bedarf suchen. Stunden im Job hochschrauben. Die Hälfte der Sparkonten auf ihr eigenes Konto überweisen. Alle relevanten Unterlagen kopieren und außerhalb des Hauses deponieren. Eine Beratungsstelle aufsuchen, wenn Bedarf bestand und sie nicht weiterkam.

Wenn Sören glaubte, er konnte sie ungestraft verarschen und dann auch noch blankziehen, dann hatte er sich gewaltig geschnitten! Sie war schon häufiger im Leben auf widrige Umstände gestoßen und hatte sich durchbeißen müssen, sie würde auch diesen Weg bezwingen, wenn er auch widerwärtig war und sie sich einen anderen Ausgang gewünscht hätte!

Es war ein Schock gewesen, völlig ahnungslos in diesen furchtbaren Urlaub hineingestoßen zu werden und sich ohne eigenes Zutun vor den Trümmern des gewohnten Lebens wiederzufinden. Aber kein Schock der Welt konnte ihren Tatendrang mindern und ihr das Gefühl geben, ein hilfloses Opfer zu sein! Da mussten schon andere Geschütze aufgefahren werden!

In Gedanken versunken tastete Mara nach dem Notizbuch mit den geheimen, wertvollen Plänen für die Zeit nach der Trennung, das sie stets in der Hosentasche trug, damit Sören nicht darauf stieß.

Sie war im Kopf bereits so deutlich in der Zukunft angekommen – einer Zukunft ohne Sören und Bianca – dass sie sich zur Ordnung rufen musste, um nicht unangenehm aufzufallen.

„Wir sollten Lehmanns mal wieder zum Grillen einladen, das machen wir, wenn wir zurück sind", wiederholte Sören, wohl, weil sie nicht aufgepasst hatte. Lehmanns, die *seine* Freunde waren aber dann von ihr, Mara, bewirtet und umsorgt wurden! Na klar! Fragte er eigentlich jemals, worauf SIE Lust hatte, wenn er ihr Leben verplante? Mara reagierte nicht. Sören wirkte ungehalten. Er warf die Zeitung, in der er geblättert hatte, auf den Tisch.

„Ich geh Bier holen", sagte er und verschwand, nicht ohne Kim, die vergnügt im Sandkasten spielte, über den bemützten Kopf zu streichen.

Warum war er so grantig? Nur, weil sie nicht zugehört hatte? Oder hatte er doch in einem unbeobachteten Moment ihr Notizbuch gefunden und erfahren, welche wahren Pläne sie hegte? Vielleicht, wenn sie mal unter der Dusche gestanden oder geschlafen hatte? Eigentlich hatte Mara einen leichten Schlaf, schon Kims wegen, das hätte sie bestimmt gemerkt.

Aber sein Verhalten gab ihr Rätsel auf. Eine mühsam bezwungene, kaum verhohlene Aggressivität hing ständig im Raum, dabei lief doch alles genau so, wie er es sich vorgestellt hatte! Die Frau und die Geliebte verbrachten ihre Zeit zusammen, spielten zuweilen sogar schweigend Karten miteinander, um die Stunden totzuschlagen! Kim war immer sauber, satt, zufrieden und beschäftigt! Niemand behelligte den Herrn des Hauses mit Aufgaben oder Pflichten oder Ansprüchen! Seine Nächte verbrachte er gerecht aufgeteilt zur Hälfte bei Mara (die ihn nicht ranließ, so weit ging ihr Schauspieltalent dann doch nicht), und Bianca (die ihn bestimmt mehrfach die Nacht ranließ, um ihn zu halten oder sogar ganz für sich zu gewinnen). Es gab keinen Grund zur Aufregung.

Mara blickte ratlos hinüber zu Bianca, die sich, das musste man ihr zugestehen, in dieser Konstellation, in der sie selbst sich wohl auch unwohl fühlte, so unsichtbar machte, wie es nur möglich war. Das hatte sie früher auch schon getan, in der Schule, an der Uni, wann immer es darum ging, Erfolge einzustreichen, indem man sich zeigte. Mara dachte gehässig, dass ihre einzigen Erfolge im Leben sich wohl hinter geschlossenen Schlafzimmertüren ereigneten. Im selben Augenblick tat es ihr leid. Und weh. Bianca war nie ein Mensch gewesen, der sich in den Vordergrund drängte, deshalb hatte Mara in ihrer Gegenwart umso heller glänzen können. Sie waren so ein gutes Team gewesen! Und waren sie nicht tatsächlich quitt? Sören war zuerst Biancas Freund gewesen, eine fragile, junge Liebe, die nicht gehalten hatte! Dann hatte Mara ihn sich geschnappt, als absehbar wurde, dass er ihr das Leben ermöglichen würde, das sie sich wünschte.

Und nun war Bianca wieder am Zug, während Mara dieses Lebens im Grunde selbst überdrüssig geworden war. Sie hatte es nur nicht gleich gemerkt, jedenfalls nicht bis zu dem Zeitpunkt, da Sören ihr eröffnet hatte, was er getan hatte und was er in Zukunft zu tun gedachte.

Erst in den letzten Tagen war Mara bewusst geworden, wie unzufrieden sie selbst auch vorher schon in diesem weichgespülten Kokon scheinheiliger Harmonie gewesen war. Im Grunde hatten Sören und sie sich über den Alltag und Kims Belange hinaus schon lange nichts mehr zu sagen gehabt. Nur durch diesen offenen Knall war Mara gezwungen gewesen, selbst Bilanz zu ziehen, und hatte erkennen müssen, dass das, was sie zu verlieren im Begriff war, ihr sowieso nicht mehr viel bedeutete. Es war besser, allein nach vorn in eine Zukunft zu blicken, die man selbst nach der eigenen Vorstellung gestalten konnte, als sich immer in die Träume anderer Menschen pressen zu lassen wie ein Statist, der zur Gestaltung der Geschichte nichts Eigenes beitrug.

Sollte Mara Bianca am Ende sogar dankbar dafür sein, weil ihr, nicht zuletzt durch sie, die Augen geöffnet worden waren? Gegen ihren Willen freilich und völlig unvorbereitet – aber war ein Ende mit Schrecken nicht besser als endlose Quälerei?

Mara setzte sich zu Kim in den Sandkasten und häufte ein paar Sandtörtchen an, die Kim glucksend zerhaute, bis der Sand in alle Richtungen flog. Doch bald wurde die Zweijährige müde und nach einem kleinen Snack legte sie das Mädchen in ihr Bett, fernab von Sonne, Hitze und familiären Zwistigkeiten.

Als sie die überdachte Veranda des Ferienhauses wieder betrat, hatte Bianca sich nicht vom Fleck bewegt. Sie hatte nicht einmal ihre Sitzposition geändert, hockte noch genauso da, wie als Mara sie mit Kim an der Hand ohne ein Wort verlassen hatte. Ihr Blick war düster und in die Ferne gerichtet, die hellen Augen stachen deutlich aus dem schmalen Gesicht unter einem breitkrempigen Hut hervor. Ihren Hals bedeckten rote Flecken und ein feiner Schweißfilm.

„Wie kannst du seit Stunden da hocken und überhaupt nichts tun?", herrschte Mara sie an. Es ärgerte sie zu sehen, wie scheinbar gelassen Bianca all das wegsteckte. Nicht einmal eine Ablenkung benötigte sie, um ihren Geist zu beschäftigen. Während Maras Hirn permanent Schleifen und Serpentinen auf Hochtouren fuhr, wirkte Bianca cool und unberührt, als gäbe es nichts zu tun, außer die Situation zu genießen. Nie griff sie nach einem Buch, einem Rätsel, irgendeinem Gegenstand, den man in der Hand halten und an dem man herumfummeln konnte, um die eigene Nervosität zu besänftigen.

„Tut mir leid, dass ich dir im Weg herumsitze", gab Bianca zerknirscht zurück. Sie hätte grantig oder pampig werden können, einen gepfefferten Satz zurückschleudern, aber sie blieb ruhig und träge, fast schon lethargisch. Scham und Kummer zeichneten sich auf ihren Zügen ab. Als sie nach dem Limonadenglas auf dem Tisch griff, in dem sich bereits eine Wespe tummelte, zitterten ihre

Finger. Von wegen cool. Sie war alles anders als das!

Mara warf ihr einen Blick von der Seite zu.

„Warum schenkst du uns beiden nicht eine kleine Pause voneinander und machst einen kurzen Spaziergang?", schlug sie vor. Bianca war ihr zu nah, nicht nur räumlich. *Ruhe, Einsamkeit, Nachdenkenkönnen.* Sie brauchte Abstand, um wieder Luft zu kriegen. Sie blickte auf ihre abgekauten Nägel, beinahe überwältigt von dem Gedanken, weiterhin darauf herumzubeißen, bis Blut kam. Vielleicht wären die erzwungenermaßen gemeinsam verbrachten Stunden erträglich gewesen, wenn Bianca eine Fremde wäre, die ihr nie zuvor begegnet war. Aber zu ahnen, was sie dachte und fühlte, weil sie einander einfach zu lang und zu gut gekannt hatten, war eine wahre Tortur. Es multiplizierte die verwirrenden Gefühle zu den eigenen, mit denen Mara sich auch nicht herumschlug.

Sie brauchte wirklich dringend Abstand.

„Es ist zu heiß", erwiderte Bianca und schüttete die Limonade in die Büsche, die das kleine Grundstück umgaben. Das war zum Teil wahr, weil die Luft wirklich kochte, aber warum sollte das ein Grund sein, um sich nicht einmal aus dem Weg gehen zu können? Schließlich war es überall gleich heiß, ob auf einer Veranda sitzend oder über einen belebten Campingplatz flanierend!

Möglicherweise war es in der Nähe des kleinen Badesees sogar etwas kühler? Überhaupt, fiel Mara auf, dass Bianca kein einziges Mal bislang ins Wasser gegangen war, weder in den Naturtümpel, an dem sie ihren Urlaub verbrachten, noch in den erfrischend kühlen Fluss, den sie in den letzten Tagen häufiger aufgesucht hatten. Nicht einmal den kleinen Zeh hatte sie ins Wasser gestreckt. Sie mied Wasser, fiel Mara auf. Hatte sie das auch damals schon getan, während der Zeit ihrer Freundschaft? Ja, das musste wohl so sein! Im Grunde war es immer so gewesen, seitdem sie einander kannten – aber das Thema war nie zur Sprache gekommen. Bianca hatte nicht von selbst darüber gesprochen und Mara hatte nicht danach gefragt. Sie hatte es hingenommen – wie alle Macken, Ecken und Kanten der Freundin, die sie niemals infrage gestellt hatte, nicht einmal wenn sie nervten oder gar zu einer echten Last geworden waren. Nun fragte sich Mara, was wohl dahintersteckte. Nicht nur aus Neugier: Ergänzt um die Ereignisse der letzten Tage und Biancas zuweilen seltsames Verhalten mochte sich hier eine Geschichte entfalten, deren Lektüre unangenehm für sie alle werden konnte. Eine manifeste Phobie konnte Folgen nach sich ziehen, die unberechenbar waren.

„Warum schnappst du dir nicht ein Badetuch und legst dich eine Weile an den Strand? Du könntest dein Gemüt im Wasser abkühlen, das Wasser ist sauber. Ich war schon mehrfach drin und hab noch keine Salmonellen erwischt. Du hast doch Lust dazu, du trägst unter deinem Kleid einen Bikini." Wieder warf Mara der ehemaligen Freundin einen Blick zu. Der Vorschlag war nicht zufällig.

„Ich mag das Wasser nicht", sagte Bianca nur und schüttelte mit dem Kopf. Es sah ein bisschen so aus, als würde sich ein Hund schütteln, nachdem er nass und schmutzig geworden war. Für eine Sekunde war sie nicht sanft erschauert – sie hatte heftig gebebt.

Mara legte die Stirn in Falten. War das Angst, was sie hier sah?

„Du fürchtest dich vor dem Baden?", fragte sie verblüfft. Gab es das wirklich? Erwachsene Menschen, die das Wasser scheuten? Sie fragte nicht auf eine provokative Art, sondern es war ehrliches Interesse, die sie trieb. Zumindest hatte sich eine erste vage Ahnung bestätigt.

„Ich mochte Wasser noch nie, das weißt du doch eigentlich", erklärte Bianca. „Es ist tief und kalt und man sieht nicht, was sich unten am Boden verbirgt. Vielleicht Algen, Schlingpflanzen oder Tiere? Man kann runtergezogen werden und ertrinken …"

„Es gibt eine Wasserrettung."

„Die sind nicht schnell genug. Ertrinken ist bestimmt ein ziemlich scheußlicher Tod."

Nun erschauerte auch Mara. Unwillkürlich stellte sie sich Bianca vor, wie sie, entkräftet von zu vielen Schwimmzügen, inmitten eines riesigen Sees von einem geheimnisvollen Untier in die Tiefe gezogen und des Lebens beraubt wurde. Regte sich Schadenfreude und Genugtuung bei dieser Idee in ihrem Herzen? Sie fühlte etwas davon, aber noch mehr morbide Neugier, und sogar etwas Mitgefühl.

Ja, da war tatsächlich mal etwas gewesen. Es stieg ihr deutlich ins Bewusstsein. Eine alte Feindschaft zwischen Mensch und Element, nie thematisiert und ausführlich besprochen, aber irgendwie immer am Rande des Geschehens vorhanden: Bianca, die niemals in der Wanne badete, sondern nur duschte, obwohl es da gewiss keine Schlingpflanzen gab. Bianca, die im Schwimmunterricht vier Wochen lang in jedem Monat unter ihrer Regel gelitten und die Abschlussnote sechs lieber in Kauf genommen hatte, als auch nur einmal den Beckenrand zu berühren. Bianca, die angewidert geschaut hatte, wenn Mara damals das Gemüse im Topf, so lange es noch nicht zu heiß war, mit den Fingern umgerührt hatte. Damals hatte Mara geglaubt, ihr Ekel hätte der unappetitlichen Hand im

Suppenwasser gegolten. Nun erkannte sie, dass es das Wasser selbst war, das Bianca – ja, was eigentlich? Fürchtete?

Sofort schoss ihr alter Groll gegen Bianca wieder in ihr hoch, sie musste sich nur bewusst machen, was ihr unter dem Siegel der Freundschaft angetan worden war. Eine Ehe auseinanderzubringen war etwas ganz anderes als sich eine abgelegte Jugendliebe unter den Nagel zu reißen! Sie konnte dieses peinliche Wissen um Biancas Ängste vielleicht noch einmal gegen diese verwenden, wenn sich eine Gelegenheit bot! Das war ein hässlicher Gedanke – aber waren im Krieg und in der Liebe nicht auch die verbotenen Waffen ausdrücklich gestattet?

„Es gibt sogar Schlangen, die schwimmen können", sagte Mara, kühl beobachtend, was ihre Worte anrichteten. „Sie können sehr lang werden und schlängeln sich unter der Oberfläche durch und wenn sie auf menschliche Körper treffen …"

Sie wollte noch mehr erzählen, um Bianca richtig zu verschrecken. Von Seeungeheuern und fleischfressenden Fischen. Von Horrorfilmen, die sie einmal gesehen hatte, von Märchen und Mythen, vor denen sich Generationen von Kindern fürchteten. Von Neptun mit seinem Dreizack, einer wellenbefehlenden Hexe, schuppigen nassen Wesen mit Fischschwanz und spitzen Zähnen.

Aber Bianca schaute sie so entsetzt an, dass sie verstummte. Dann schrie sie. Und Mara, der dieser Schrei die Gänsehaut auf den Körper trieb, nahm wahr, dass Bianca sie gar nicht mehr anschaute. Sie war wie gefesselt von einem Geschöpf oder einem Geschehen, das direkt neben ihr stattfand.

Mara folgte dem Blick. Da war nichts. Nur die leere Hauswand und die Tür, aus der sie gerade gekommen war.

„Verschwinde!", schrie Bianca nun, den Tränen nahe. Sie war aufgesprungen und der Stuhl war hinter ihr umgefallen und auf dem Holzboden aufgeschlagen. *Verschwinde!* Sie meinte nicht Mara. Sie meinte jemanden, den sonst niemand sehen konnte, jemanden, der in Wirklichkeit gar nicht da war. Musste man sich Gedanken um ihren Geisteszustand machen?

„Hey!" Mara, Frau der Tat, stürzte auf die zitternde und heulende Geliebte ihres Mannes zu und packte sie an beiden Oberarmen, schüttelte sie sogar ein bisschen.

„Hey, schau mich an! Bianca! Was ist denn dort an der Hausecke?"

„Die Frau", wimmerte ihr Gegenüber, dem die Knie plötzlich wegsackten. Mara stellte mit einer Hand den Stuhl wieder auf und bugsierte Bianca mit der anderen Hand hinein. Entschlossen goss sie frische Limonade ins Glas und schob es ihr hin.

„Sie hat langes Haar, ganz verfilzt und zottelig. Ihre Haut ist schon verwest, ihre Kleidung hängt in Fetzen. Sie spricht immer von den Kindern." Bianca flüsterte. Sie war wie in Trance, konnte den Blick nicht von der Wand abwenden.

„Welche Frau denn? Da ist niemand!" Mara kniff die Augen zusammen. Aber keine Frau tauchte auf, weder vor ihren Augen noch in ihrem Ohr. Nur die Kinder hörte man in der Ferne schreien, die einen unbeschwerten Nachmittag beim Planschen verlebten.

„Sie ist tot", flüsterte Bianca nun, die Augen starr und groß, die Hände verkrampft im Schoß. „Sie ist schon vor langer Zeit gestorben, aber irgendwas treibt sie immer wieder in meine Nähe! Als ob sie mir etwas sagen will!"

Mara räusperte sich. Ein Geist? Eine herumwandelnde Tote auf zwei Beinen? Ein Dämon, der nach lebenden Seelen suchte? Am helllichten Tag in einem beschaulichen Ferienparadies? So ein Blödsinn! Kam das von der Sonne? Der nervlichen Anspannung? Drehte Bianca jetzt durch?

Blanke Angst stand in den Augen der mageren Geliebten ihres Mannes. Mara sah ihre knochigen Knie, sah die schmalen Schenkel, die sich gewiss jede zweite Nacht um die Hüften ihres Mannes schlossen, um ihn in die schönsten Abgründe der Lust hineinzuziehen – eine Lust, die ihr alles nahm, was ihr wichtig war. Barsch knallte sie die Kanne auf den Tisch. Bianca sah Geister? Gut, sollte sie haben!

Mara sprang an die Stelle, die Bianca seit Sekunden mit den Augen fixierte und an der sie wohl etwas zu sehen glaubte. Sie ging in die Knie und zog die Schultern nach vorn. Riss die Augen auf, griff sich ins offene Haar und wedelte mit den Strähnen.

„Buuuuh", hauchte sie. „Ich bin der böse Wassergeist, der dich heute Nacht holen kommt! Das ist deine Strafe, weil du eine Familie zerstört hast!" Sie gab sich Mühe, ihre Stimme sehr tief und heiser klingen zu lassen. Eigentlich war es albern und sie musste selbst fast lachen. Eigentlich war es auch gemein und sie hätte weinen mögen über die fehlende Würde, mit der sie hier das Überbleibsel ihrer einst engen Bindung beschmutzten. In ihrer grotesken Bewegung stieß sie mit dem Hintern gegen die Wand, die die Hitze des Tages speicherte und verströmte. Die Wirkung war aller Albernheit und aller Gemeinheit zum Trotz grandios.

Zwar wagte es Bianca nicht wieder, aufzuspringen oder gar fortzulaufen, sie bewegte sich sogar nur minimal, vielleicht, um vor den Augen des Geistes zu verschwinden. Wie ein hypnotisiertes Beutetier verharrte sie auf dem Campingstuhl, die Hände verkrampft zwischen die Beine gepresst, die Schultern bebend. Tränen liefen ihr über die Wangen, der Mund stand offen. Es folgte kein Ton. Bianca war von Kopf bis Fuß greifbar gewordene Angst. Schockiert, gelähmt, bewegungsunfähig.

Nun wurde Mara auch etwas mulmig zumute. Das hier ging weit über einen harmlosen Scherz hinaus – Bianca war offenbar nicht mehr Herrin ihrer Sinne und litt unter echten Halluzinationen. (Oder was sonst?) Sie hatte ihren Spaß und ihre Genugtuung bekommen, aber sie wollte keineswegs, dass Bianca völlig durchdrehte und womöglich noch Sören informierte oder hier ein Fass aufmachte, dessen Konsequenzen alle ausbaden mussten. Außerdem war der Umgang mit einer Frau, die Realität und Fantasie nicht unterscheiden konnte, für Kim unpassend, vielleicht sogar gefährlich. Sie ließ die Arme sinken.

„Da ist keine Frau", sagte sie in ihrer normalen Stimme. „Bianca, du hast eine Meise. Du solltest dich nach dem Urlaub mal gründlich durchchecken lassen. Oder weniger spannende Bücher zum Einschlafen lesen."

Mara setzte sich wieder hin und lauschte mit einem Ohr zum gekippten Fenster im Schlafbereich, wo Kim schlummerte. Kein Rufen, kein Jammern, sie war also nicht aufgewacht. Gut. Der Spuk war vorbei. Er war lustig und tragisch gewesen – und doch kam auch Mara nicht umhin, ein leises Zittern in den Muskeln und Knochen zu spüren. Solche Ereignisse konnten Wellen an Folgen nach sich ziehen, die überhaupt nicht mehr beherrschbar waren! Sie musste Bianca diesen Spleen schnell wieder austreiben! Jedenfalls schneller, als man ihr die Leidenschaft und Begeisterung für Maras Ehemann hatte austreiben können!

Nicht gern, aber zielsicher legte sie der Frau ihre kühle, trockene Hand auf den Arm.

„Es ist gut", sagte sie. „Da ist keine Frau. Vielleicht hast du nur einen Schatten von den großen Tannen gesehen, die wiegen sich manchmal im Wind." Es ging kein Wind, aber Mara sagte es trotzdem. „Oder du hast einen Sonnenstich. Wir werden ins Kühle gehen und dir ein paar Eiswürfel auf die Stirn packen."

Biancas Atem wurde ruhiger, langsamer, tiefer. Bald holte sie auf normale Weise Luft und stieß sie nicht mehr zwischen den gespitzten Lippen hervor. Die Gefahr, wie auch immer sie geartet war, war vorbei. (Mara zweifelte nicht daran, dass es keine echte Gefahr gewesen war. Eher eine … mentale?) Trotzdem musste sie noch etwas loswerden.

„Hör mal", sagte sie in einem Ton, dem man eher unter Geschäftsleuten fand, betont lässig, etwas distanziert und absolut selbstsicher:

„Ich weiß nicht, was mit dir los ist und ehrlich gesagt, interessiert es mich auch nicht. Aber wenn wir hier tatsächlich noch bis zum Ende des Urlaubs aneinandergefesselt sind, wie Sören es sich ja so nett vorstellt, dann fordere ich dich jetzt und hier auf, dich von meiner Tochter fernzuhalten."

Sie suchte Biancas Blick. Vergeblich, er ließ sich nicht festhalten. Wild flatterten die Lider und die Pupillen rasten in der Gegend herum, verweilten immer wieder an der leeren Hauswand.

„Halte dich von meiner Tochter fern", wiederholte Mara und legte alle Autorität in die Stimme, die sie aufzubringen vermochte. „Wenn du dich ihr näherst, dann mache ich dich fertig, Bianca. Hast du das verstanden?"

Sie beugte sich nach vorn und griff nach der Hand der Kontrahentin. Ihre Worte waren klar. Endlich wurde Biancas Blick das auch. Sie nickte.

„Es liegt mir fern …"

Den Satz vollendete sie nicht. Er blieb in der Luft hängen und verklang wie eine Melodie, nachdem der Pianist plötzlich vom Klavier verjagt worden war und sie nicht hatte zu Ende spielen können. *Es liegt mir fern …* Was wohl, dachte Mara. *Deine Familie zu ruinieren? Dir in den Rücken zu fallen? Dir deine Urlaubszeit zu verderben? Deine Tochter zu bedrohen?* Was denn nur?

Bianca nahm den Faden nicht wieder auf. Sie blieb noch eine Weile sitzen, nippte zweimal an der Limonade ohne Wespeneinlage und verabschiedete sich, noch bevor Kim aus ihrem Mittagsschlaf erwacht war. Sie müsse sich umziehen, sagte sie nur, und wirklich, unter den Ärmeln ihres Kleides prangten dunkle Schweißflecke und auch die Wirbelsäule entlang verlief eine feuchte Spur, die sich im Polster des Stuhls wiederfand.

Auch zum Abendessen kam sie, sehr zu Sörens Missfallen, nicht zurück, dabei hatte er extra den Grill angeworfen und eine erkleckliche Auswahl diversen Grillguts beim Metzger im Ort erworben.

Mara musste bei Bratwurst und Kartoffelsalat den Abend zur Unterhaltung ihres Mannes allein bestreiten und stellte erstaunt fest, dass ihr dieser Umstand plötzlich überhaupt nicht mehr gefiel.

7. Kapitel

Bianca

Sie tauchte immer häufiger auf.

Manchmal war sie jung und schön und wirkte sehr verlockend, fast wie ein Geist, der den Untiefen des Wassers entstieg, um jene, die sie wahrnehmen konnten, mit einem Lächeln in die Tiefe hinabzuziehen.

Manchmal war sie alt und abstoßend, ein verbrauchtes Geschöpf, das seinen Rückweg in die Gruft vergessen hatte, in die es sie zurückzog.

Die beiden unterschiedlichen Erscheinungsarten weckten auch unterschiedliche Gefühle, von Faszination, Sehnsucht und kühner Abenteuerlust bis hin zu panikartiger Furcht, aber all diesen Formen von Emotionen war gleich, dass sie die eigentliche Welt ins Wanken brachten. Die reale Welt, in der Bianca eigentlich lebte.

Ihr fiel es zunehmend schwerer, zwischen Realität und Fantasie zu unterscheiden, und sie fragte sich, ob sie angesichts ihrer nervlichen Belastung mehr und mehr den Verstand verlor.

Diese Möglichkeit machte ihr Angst, aber noch mehr lähmte sie die eigentlich unfassbare Vorstellung, die Spukgestalt könnte tatsächlich existieren. Greifbar sein, stofflich, in all ihrer Echtheit wirklich bedrohlich werden! Wenn die fremde Frau in Pfützen kauerte, an Flussufern die (zarten oder verwesenden) Füße ins Wasser tauchte oder ihr nasses Haar auswrang, während sie ihr schauerliches Klagelied erklingen ließ, sah Bianca sich selbst, wie sie von gnadenlosen Klauenhänden unter brackiges Wasser gedrückt wurde, bis ihre Lunge sich mit der Brühe füllte und ihre Gliedmaßen schlaff wurden. Sie sah sich von Uferrändern in unwegsame Tiefen stürzen, sie spürte beinahe die Flüssigkeit an der Haut und auf den Lippen, in Augen, Ohren, Mund und Nase. Sie fühlte, wie glitschige Pflanzen ihre flüchtenden Beine streiften und schließlich packten, um sie nach unten zu ziehen, und erschauerte.

Auch am Meer, dem Höhepunkt des pikanten Urlaubs zu viert, ließ die geheimnisvolle Geistererscheinung nicht lange auf sich warten.

Kaum hatte Bianca in respektablen Abstand zum Ufersaum, den die Wellen überspülten, Platz auf einem klappbaren Campingstuhl genommen, da sah sie auch schon das schwarze Haar im Wind flattern. Der Leib war diesmal völlig nackt und von dunklen Totenflecken übersät.

Bianca schloss die Augen und konzentrierte sich auf das Möwengeschrei und die Geräusche der Menschen um sie herum. Als sie die Augen wieder öffnete, war die Frau noch da. Sie grub die Füße in den Sand, fühlte heiß und prickelnd die kleinen Körner, drückte sich in den Stoff unter ihrem Hintern. Die Erscheinung blieb. Warum nahm sonst niemand sie wahr? Lag es daran, weil Bianca tatsächlich halluzinierte? Oder fehlte den übrigen Anwesenden, von denen es an diesem heißen Sommertag etliche gab, die Fähigkeit, dieses zwielichtige Geschöpf aus der Geisterwelt zu erkennen?

Zunächst spürte Bianca nichts von der erschreckenden, entsetzlichen Bedrohung, die sie sonst bei diesem Anblick meistens irgendwann überkam. Sie hörte nur die Fetzen des Singsangs - *… Gib mir doch meine Kinder zurück … Wenn du ein Einsehen hast … mach ungeschehen, was ich tat … Lieber Gott und Herr im Himmel … Die Strafe muss gesühnt werden …* - und eine unbeschreibliche Traurigkeit legte sich auf ihre Seele. Klagend die Stimme, herzzerreißend das Lied: *… So hole ich mir ein Kind … das bei mir bleiben wird … Ich werde aufpassen und es hüten wie meinen Augapfel … Lieber Gott, schenk mir doch ein Kind …* Biancas Seele hätte weinen mögen bei dieser innigen Klage, doch gleich darauf füllte sich ihr gesamtes Hirn von der ersten bis zur letzten Synapse mit sprachlosem Entsetzen.

Denn die Frau sang mitnichten nur von ihrem Wunsch, ein Kind zu besitzen – sie hatte sich bereits eins auserwählt! Zielstrebig und mit schnellen Schritten glitt sie auf Kim zu, die bislang unbehelligt mit ihrem Eimerchen und in einen gepunkteten Badeanzug gehüllt im Sand gespielt hatte, nur einen halben Meter von ihren Eltern entfernt.

Bianca sprang auf, wie sie es auf der Veranda getan hatte. Sah denn niemand, was da gerade passierte? Erkannten Sören und Mara nicht, dass ein Gespenst im Begriff war, ihrem kleinen Mädchen etwas anzutun? Es war kaum zu glauben, aber Sören lüftete kaum seine Mütze, obwohl er direkt in die Richtung sah und Mara drehte sich vom Rücken auf den Bauch und griff nach einer Flasche Wasser!

Die Unbekannte, die vielleicht eine Leiche war (oder etwas Schlimmeres), hielt auf Kim zu, die noch nichts bemerkt hatte. Bianca kam beim Rennen nicht gut vom Fleck, denn der weiche Sand bremste ihre Schritte. Sie keuchte bald, obwohl die Strecke nur minimal war.

Nach einigen Sekunden, die ihr wie Stunden vorkamen, war sie bei Kim angelangt, Erleichterung machte sich breit. Rechtzeitig, um sie zu retten! Aber wovor? Was hatte die Fremde im Sinn? Und konnte sie, Bianca, ein dürres kleines Hemd, sie davon wirklich abhalten?

„Hau ab!", schrie sie, sodass sie die Aufmerksamkeit aller binnen eines Sekundenbruchteils auf sich zog. Sie wedelte mit den Händen, wollte die Frau wegstoßen, gleichzeitig die Zweijährige auf den Arm nehmen und mit ihr weglaufen. Ihre Koordination verhakte und verhedderte sich.

„Verschwinde, du Ungeheuer!"

Nun waren auch Mara und Sören auf den Beinen – und noch ein paar andere Schaulustige, die einen kleinen oder größeren Skandal witterten und gewillt waren, diesen in die öde Abfolge ihrer ereignislosen Strandtage aufzunehmen.

Die Frau hatte sich Kim geschnappt. Schaumiges Wasser umspülte ihre Füße. Bianca sank in nassen Schlamm ein und spürte etwas kratziges Hartes am Zeh. Einen zersplitterten Krebspanzer? Über ihr kreischten Möwen und Austerntaucher, doch sie hörte nichts mehr. Sie vergaß die leuchtenden Farben der Strandkörbe, in denen Sonnenanbeter sich brutzelten und die Zeit totschlugen. Sie vergaß die weißen Wölkchen, die von einem eiligen Maler mit nachlässigen Pinselstrichen auf das satte Blau des Mittagshimmels geworfen worden waren. Sie vergaß die Schiffe in der Ferne, das Plastikeimerchen des Kindes vor ihr, den Ärger, den sie heraufbeschwören würde, wenn sie sich selbst nicht in den Griff bekam.

Alles, was sie noch wahrnahm, war dieses Höllengeschöpf, das nach dem Kind griff und gewiss blaue Flecken auf den Armen hinterlassen würde, bevor es die Kleine hinter sich her in das salzige Grab zog.

„Hol dir deine Kinder woanders!" Auch Bianca langte nun nach dem Mädchen und bekam es zu packen, schneller als die Frau, die überrascht aus beunruhigend starren Augen blinzelte, bevor sie ein mordsmäßiges Geschrei erhob, das einer Sirene glich. Immer noch konnte Bianca nicht fassen, dass niemand wahrnahm, was gerade geschah! Man konnte doch diese furchterregende Gestalt nicht ignorieren, die hier sämtliche Sinne in Grund und Boden brüllte und ganz eindeutige Pläne verfolgte, wie tot sie auch sein mochte! Nun war *sie* es, die blaue Flecken auf Oberarme schlug.

Kim, heulend und sich windend, fiel mit dem Kopf auf den Sand, bekam Wasser in den Mund, japste und schluckte, hustete. Sie wurde von ihrer Retterin einmal von den Füßen auf den Kopf gedreht und dann nach oben gerissen. Nur weg hier! Das Kind an sich pressen, weglaufen, entkommen! Um Wasser in Mund und Nase konnte sie sich später Gedanken machen, Hauptsache, es war nicht genug, um daran zu ertrinken! *So hole ich mir ein Kind … SO HOLE ICH MIR EIN KIND!* Die Frau kreischte schrill, es summte in den Ohren und selbst die Möwen flüchteten.

Als Sören endlich vor ihr stand, spürte Bianca ihrerseits harte Finger an den Oberarmen. Die strampelnde Kim wurde ihr aus den Armen gerissen und an die nach Luft japsende und vor Empörung und Angst rot angelaufene Mutter weitergegeben.

„Tickst du noch ganz richtig, Bianca?" Klatsch, klatsch, eine links, eine rechts. Beide Wangen brannten. Die Sirene verstummte plötzlich und dann war auch die Erscheinung verschwunden, als hätte ein feuchter Schwamm ein Tafelbild ausgewischt.

Bianca schaute sich verwirrt um. Sören mit wütendem Gesicht, direkt vor ihr, sie schüttelnd, schlagend, beschimpfend. Mara, die ihre jammernde Tochter an sich presste. Dem Kind war nichts passiert.

Zum Glück. ZUM GLÜCK!

Sie wussten es nicht oder sie wollten es nicht wahrhaben, aber das hatten sie allein Bianca zu verdanken, die schnell begriffen hatte, was passierte – und sofort zur Tat geschritten war, während alle Anwesenden nichts kapierten!

Um sie herum wurde getuschelt. *Eine Verrückte … Wollte das Kind entführen … Ertränken … Was es für Leute heutzutage gibt … Gefährlich … Psychopathin … Nicht mal an einem Strand hat man die Dinge im Griff … Arme Eltern …*

Bianca reckte trotzig das Kinn, dann haute sie Sörens Arme beiseite. Sie hatte nichts falschgemacht! Im Gegenteil, sie hatte eine

Bedrohung erkannt und darauf reagiert – und nur ihr war es zugutezuhalten, dass das verwöhnte Kleinkind, längst schon wieder beruhigt, nun wohlig an der Brust seiner Mutter am Daumen nuckelte!

„Ich mach deine Kasperscheiße nicht mehr mit", keifte Mara in Richtung Sören. „Deine bekloppte Geliebte verängstigt, bedroht und gefährdet mein Kind und mir reicht es jetzt! Mach, was du willst mit der – aber in die Nähe meiner Tochter kommt sie nicht mehr!" Maras Augen glühten vor Zorn und fast hätte sie wohl Bianca ebenfalls eine gescheuert, doch dann entschied sie sich, auf dem Absatz kehrtzumachen und sowohl ihren Mann als auch seine Mätresse einfach stehenzulassen.

Bianca sah ihr nach, wie sie mit heftig stampfenden Schritten (so gut das eben ging im Sand), davoneilte, das Kostbarste auf dem Arm, den Rest des ganzen Krempels zurücklassend.

Sie hob abwehrend die Hände.

„Die Frau", sagte sie mutlos und wohl wissend, dass ihr niemand glauben würde. „Ich hab gesehen, wie sie Kim gepackt und untergetaucht hat."

„Was denn bloß für eine Frau, Bianca? Du spinnst doch! Es gibt keine Frau!" Er hatte sie wirklich und wahrhaftig nicht gesehen. Nicht ihr wallendes Haar erblickt, nicht ihrem sehnsüchtigen Lied gelauscht, nicht ihre tödlichen

Krallenhände berührt, nicht ihren modrigen Totendunst gerochen. Er hatte auch nicht gesehen, wie sich ihr Gesicht in das von Mara verwandelt hatte, erst vor Kurzem, auf der Veranda vor dem Ferienhaus. (Hatte es das wirklich? Oder spann sie doch einfach nur, auf eine sehr intensive und bedenkliche Weise?)

Bianca wurde unsicher. Die Leute um sie herum redeten noch immer, es war nicht schmeichelhaft.

Sie konnte die Blicke spüren, halb mitleidig, halb abweisend, einige sogar voller Hass und Abscheu. Nur langsam sickerte die Erkenntnis durch, dass das Schauspiel sein Ende gefunden hatte und die Menschen widmeten sich wieder dem, was sie vor diesem Vorfall eben auch getan hatten. Ein Buch lesen, faulenzen, schwimmen, sich anschweigen, sich streiten, sich austauschen. Die Kinder ermahnen oder animieren. Eine normale Welt, der sie nicht mehr angehörte, obwohl sie mittendrin stand.

„Pass bloß auf, dass du nicht durchdrehst!" Sörens Worte klangen selbst wie eine Drohung. „Ich weiß nicht, was mit dir los ist, aber sieh zu, dass du das auf die Reihe kriegst und wieder normal wirst, sonst kannst du was erleben! Wenn du noch mal meine Tochter in Gefahr bringst oder meiner Frau etwas Schlimmes antust ..." Hochkochende Wut ließ ihn sprachlos werden.

Er verstummte. *Und was ist mit dir,* wollte Bianca fragen. *Was tust DU deiner Tochter und deiner Frau an?* Und da war diese Tote! Sie hatte sie gesehen und gehört … Es drehte sich im Kreis. Alle Erklärungen hatten sich erschöpft. Und es kam ihr zwar seltsam vor, sie war sich auch nicht ganz sicher, aber stand nicht so etwas wie ein schadenfrohes Frohlocken in den Augen des Mannes, der ihr kürzlich noch das Blaue vom Himmel versprochen hatte? Der wollte, dass sie Teil seiner Familie und Teil seines Lebens war?

Wie auch immer, nun wollte er, dass sie sich von Mara und Kim fernhielt und das sagte er ihr unmissverständlich. Es war, als würde man mit dem Fuß aus einem Obdach herausgetreten, das zwar nicht sehr behaglich oder gemütlich war, aber doch zumindest etwas Schutz vor den Widrigkeiten draußen geboten hatte. Vor der Kälte, in der eine Seele erfror. Vor der Nässe, in der eine Seele ertrank *(Oder ertränkt wurde?)* Vor der Gluthitze, die jedes positive Gefühl und jeden guten Gedanken zu Asche verbrannte.

Sören bekam immer, was er wollte. Sören bestimmte immer die Regeln aller Spiele. Sören war der geborene Sichdurchsetzer.

Also nickte Bianca beklommen. Es war auch nicht ganz so unsinnig, sich nicht mehr mit Mara und Kim direkt abzugeben. Zum einen konnte sie dann vielleicht etwas zur Ruhe kommen, weil der

Druck, eine völlig falsche und aberwitzige Scheinharmonie aufrechtzuerhalten, ihr nicht mehr die Schultern niederdrückte. Zum anderen hatte die geheimnisvolle Geistergestalt offenbar mit IHR ein Hühnchen zu rupfen – warum sonst tauchte sie immer in IHRER Nähe auf? Kim würde besser vor ihr geschützt sein, wenn Bianca sie nicht in deren Gesellschaft brachte. Oder war das ein Trugschluss? Sie hatte immer etwas von Kindern gefaselt, die sie haben wollen. Nie hatte sie gesäuselt, sie wünsche sich die abgelegte Geliebte eines verheirateten Mannes als Begleiterin in ihrer Gespensterwelt!

Weil Bianca es gewohnt war, Menschen – vor allem Männern und allem voran Sören – nachzugeben, hinterfragte sie den Sinn der Anordnung nicht einmal für sich selbst. Sie nickte bloß und schaute auf ihre schlammigen Füße. Die Abdrücke der Frau hatten sich längst die Wellen geholt.

„Bleib im Wohnwagen", verlangte Sören. „Keine gemeinsamen Ausflüge mehr."

Spürte sie Erleichterung? Oder die schmerzhafte Wehmut eines Verlustes? Beides? In jedem Fall fühlte sie deutlich selbst die erneut aufkeimende Wut, weil man sie überhaupt in eine solch pikante Situation gebracht hatte!

Nicht „„man", sondern Sören hatte das getan! Es wäre nur gut und billig, ihm auch mal eine zu scheuern, sie verspürte große Lust darauf. Andererseits … War das wirklich den Aufwand und den folgenden Ärger wert?

Womöglich war es am besten, doch weiterzuziehen! Allein. Sich abzuwenden, zu gehen, nicht zurückzublicken. Wie jede zaudernde und zweifelnde Frau erschien es auch Bianca unmöglich, selbst eine Entscheidung zu treffen. Allzu oft wartete sie damit so lang, bis andere Menschen oder das Leben selbst ihr eine solche abnahmen – aber war das wirklich richtig? Souverän und erwachsen? Sinnvoll?

„Ich hab die Frau wirklich gesehen", trumpfte Bianca im Gehen bockig auf. „Nicht ich bin die Gefahr, sondern dieses … Ding ist eine Bedrohung für eure Tochter!" (Oder vielleicht Mara selbst? Hatte sie nicht mit eigenen Augen beobachtet, wie die Spukgestalt auf der Veranda für Sekunden das Antlitz der Gattin gezeigt hatte, die ihre Besorgnis um das Kind vielleicht nur vorspielte und insgeheim plante, ihrem Mann einen richtig heftigen Schlag zu versetzen? War das im Bereich des Möglichen oder völlig abwegig?)

Weil sie nicht wusste, was sie glauben und welcher Wahrnehmung sie trauen durfte und weil sie an Sörens Augen sah, dass ihre Worte ungehört verhallten, griff sie träge nach ihrer Tasche und machte sich vom Acker. Auch sie nahm weder

Decke noch sonst etwas von dem Zeug, das für den Familienausflug imposant aufgefahren worden war, mit zurück zum Campingplatz. Sollte Sören sich doch selbst darum kümmern. Sie war ja nun ohnehin aus der angeblich so knuddeligen süßen Viersamkeit verstoßen.

Nun war es an ihm, die herumfliegenden Sandförmchen, Trinkbecher und krümeligen Handtücher aufzusammeln. Genauso, wie er eines Tages die Trümmer bergen sollte, die er in ihrer aller Leben schlug!

„Ich hab nur versucht, Kim zu schützen", sagte sie im Weggehen. Auch das blieb unerwidert.

8. Kapitel

Mara

Verrücktheit gut und schön, aber DAS ging wirklich zu weit! *Durchgeknallte, irre Ziege! Ehebrecherin! Betrügerin! Mörderin!*

Bevor Sören mit dem ganzen Zeug im Schlepptau auf dem Parkplatz angekommen war, hatte sich Mara so in Rage geredet, dass sie von einem Bein auf das andere treten musste, um nicht zu explodieren, zumal Kim auf dem Arm bald ziemlich schwer wurde und die Hitze es nicht leichter machte. Sie verfluchte Bianca im Stillen mit allen Schimpfwörtern, die ihr einfielen, und manchmal kam ihr auch eins laut über die Lippen.

Doch kaum war ihr Mann, der Verursacher aller Unabwägbarkeiten, weit genug herangeschlurft, um ihren Strandbesitz im Kofferraum zu verladen, entlud sich ihre ganze Wut auf ihn. Sie schnappte sich den Autoschlüssel aus seiner Hosentasche und konnte sich kaum so lange beherrschen, bis Kim sicher und angeschnallt in ihrem Sitz saß.

„War das dein Ziel, ja?", fauchte sie eine Frage, die keiner Antwort bedurfte. „Wolltest du, dass die Sumpfkuh durchdreht und unser Kind an Leib und Leben bedroht? Und wolltest du mir einen solchen Urlaub antun? Wirklich, Sören, wolltest du das wirklich?"

Sören sagte nichts. Es machte sie noch zorniger.

„Ein sehr erholsamer Urlaub, den du uns allen da schenkst, Schatz!", höhnte sie und ließ sich auf den Fahrersitz fallen, ohne die Füße auch mit ins Auto hineinzunehmen. Sie bemühte sich um eine geringere Lautstärke, weil Kim, erschöpft von der ganzen Aufregung, im Begriff war, einzuschlafen. Deshalb kam ihr lautstarkes Schimpfen wie das Zischen einer Schlange herüber.

Sören schwieg noch immer.

„Keine Minute verbringe ich mehr mit deiner Scheißnutte, damit du Bescheid weißt!" Es war an der Zeit für klare Ansagen. Sie hätte das schon viel früher tun sollen! Es fühlte sich befreiend an.

„Die Scheißnutte war mal deine Freundin", gab Sören nun mit dünner Stimme zurück. Etwas in seiner Stimme ließ sie aufhorchen, riss sie sogar aus ihrer stetig anschwellenden Wut heraus. War es … Bekümmertheit? Bedauern? Sorge? Oder sogar … Angst?"

Mara wollte die Füße ins Auto stellen und den Schlüssel ins Schloss stecken, um den Wagen zu starten, doch sie verharrte auf halbem Wege.

„Ich habe beobachtet, wie sie Kim unter Wasser gedrückt hat", sagte Sören, nachdem er sich auf den Beifahrersitz gesetzt hatte. Er wich ihrem Blick aus und schaute stur geradeaus durch die

Windschutzscheibe, wo es nichts Spannendes zu sehen gab.

„Du hast recht, sie ist gefährlich. Das Arrangement ist beendet. Wir werden sie meiden und dann wie geplant nach Hause fahren. Du wirst nichts mehr von ihr sehen und hören."

„Gefährlich?" Entgeistert schaute Mara ihren Mann an. Ja, das war dumm gelaufen und Bianca war ein Schaf, aber sie war doch nicht *gefährlich*! Sie kannte die Freundin über zwanzig Jahre lang, viel länger als Sören! Nein, er musste sich verguckt haben! Ein Irrtum, ein Versehen, ein Missverständnis! Sie hatte Bianca vorgeworfen, eine gefährliche Verrückte zu sein, ja, aber das hatte sie doch nur getan, weil sie so sauer auf sie gewesen war, wegen dieser ganzen Sache mit Sören und der Affäre … Sie hatte keine Sekunde lang ernsthaft geglaubt, dass Bianca Kim tatsächlich etwas hatte ANTUN wollen!

Ihre Augen versuchten, sich an etwas Vertrautem festzuhalten. Den Lämpchen und Knöpfen in der Armatur des Wagens. Dem Anhänger vom Heiligen Christophorus, der am Rückspiegel baumelte. Sörens blau-gelb gepunkteter Boxershorts. Auf dem Rücksitz seufzte Kim. Und da lief Mara ein eiskalter Schauer über den Rücken. Sie begriff, was Sören da gerade sagte, in seiner gesamten Tragweite, und schauderte. Nun hätte sie wohl Erleichterung verspüren müssen, denn Sören hatte damit ja auch verkündet, dass er offenbar die Zweitbeziehung nicht fortzusetzen gedachte. Alles konnte wieder so werden, wie es einmal gewesen war! Der Albtraum „Geliebte" neigte sich offenbar dem Ende zu.

Aber es blieb der Begriff „gefährlich". Er hing in der Luft wie ein unangenehmer Geruch und er war unverrückbar mit Biancas Namen verbunden.

Hinter Maras Stirn fingen Lichtblitze an, zu flackern und im Nacken schienen Ameisen herumzukrabbeln. Sie würde bald eine Migräne kriegen. Oder war das Angst? Aufsteigende Panik? Sie sah Bianca vor sich, die tausend Gelegenheiten gehabt hätte, Kim ernsthaft zu verletzen oder noch Schlimmeres. Bianca, die allein mit dem Kind am Pool geplanscht hatte (nicht darin, denn kurioserweise mied sie jede Form von Wasser, die über eine Dusche hinausging). Bianca, die ein Messer hielt, mit dem sie Kims Brot in Stückchen zerteilte. Bianca, deren Hände vielleicht noch unangenehmere Dinge zu tun vermochten, als nur den Körper ihres Geliebten zu streicheln, der zufällig Maras Angetrauter war. Und nicht zuletzt: Bianca, die mit vor Entsetzen weit aufgerissenen Augen auf die Hauswand zugestürzt war, um dort … ja, was eigentlich? Eine Gestalt zu vertreiben, die nur in ihrer Fantasie existierte? Was für eine verdammte

Fantasie war das gewesen – und was mochte sie in der labilen Bianca auslösen? Hatte Sören recht? War sie wirklich „gefährlich", im ganz ursprünglichen Sinne? Bedrohlich für Leib und Leben? Lebensgefährdend bedrohlich?

Wieder verspürte Mara dieses Schaudern, als ob eisige Finger ihr das Rückgrat entlangstrichen und dort eine Horde von herumwuselnden Insekten entfesselten, die sich nicht mehr einfangen ließen.

Dieses Gefühl war entsetzlich. Und mindestens ebenso heftig überkam Mara die Erkenntnis, dass sie mitnichten Erleichterung verspürte, was Sören selbst betraf: Sie war offenbar über den Punkt hinaus, an dem sie noch gewollt hatte, dass „alles wieder so wurde, wie es einmal gewesen war." Fakt war: Sie wollte Sören nicht mehr an ihrer Seite haben! Sie wollte ihn ebenso gern aus ihrem Dasein streichen, wie sie sich das für die ehemalige beste Freundin gewünscht hatte! Die Entwicklungen, die auch durch Bianca in Gang gesetzt worden waren, hatten in einer Erkenntnis gemündet, die unbequem und unumkehrbar war!

Sicher hatte Bianca dies nicht im Sinn gehabt (Hatte sie in ihrem Hormonrausch überhaupt *irgendwas* im Sinn gehabt?), und doch ergab sich eine unumstößliche Gewissheit: Die Zeit dieser Ehe und dieser Familie war vorbei!

Das Schaudern schlängelte jetzt genussvoll ihre Wirbelsäule entlang. Mara blickte stur geradeaus. Rechnete mit einem Versöhnungsangebot, das sie plötzlich fürchtete, weil sie nicht wusste, wie sie reagieren sollte. Er durfte noch nichts merken! Es war unberechenbar, wie er reagieren würde – und sie war nur auf der sicheren Seite, solange Sören ahnungslos blieb! Dafür brauchte sie erhebliches Schauspieltalent, was sie vermutlich nicht besaß. War also jetzt doch der Zeitpunkt, ihm reinen Wein einzuschenken? Nein, unmöglich – damit würde sie ihren so sorgfältig und akribisch geplanten Vorsprung komplett einbüßen! Das Theater musste aufrechterhalten werden, bis sie zu Hause und in Sicherheit vor allem war, was sich der dann verlassene männliche Held an Gemeinheiten für sie auszudenken vermochte!

Mara riss sich zusammen, um nicht die Hand wegzuziehen, als Sören seine darauflegte. Sie spürte aber selbst, wie kühl ihre Haut war, wie heftig sie zitterte. Das Schaudern drückte die Wahrheit durch die Poren hinaus und würde Sören wissen lassen, woran er war. Sie wendete sich ab. Ihr war plötzlich glasklar, dass Sören überhaupt nicht im Sinn hatte, diese Ehe aufzugeben. Er wollte seine Geliebte in die Familie integrieren – nicht die Ehefrau loswerden!

Und wenn nun etwas – oder jemand – dafür sorgte, dass Bianca aus seinem Leben und seinen

Gedanken verschwand, dann konnte es sein, dass Sören sich umso stärker an Mara klammerte und sie ihn überhaupt nicht mehr loswurde!

Das wollte Mara auf keinen Fall! Sie musste dringend seine Gedanken in einer Form beeinflussen, die Bianca wieder ins Boot holte! *Verdammt!* Warum hatte sie sich nur dazu hinreißen lassen, so laut herumzukeifen und Bianca einfach stehen zu lassen? Im Grunde war ja nicht mal etwas wirklich Schlimmes passiert! Sie hatte sich von der Wucht des Augenblicks überwältigen und blenden lassen! *Gefährlich* sollte Bianca sein? Wie lächerlich! Gefährlich war höchstens die zweifelhafte Aussicht, auch in fünf oder zehn Jahren noch an Sören gebunden zu sein! Oder von ihm im Rahmen eines Trennungskrieges plattgemacht zu werden, wenn eine Scheidung vollzogen wurde, die er nicht wollte!

„Ich halte Bianca nicht für gefährlich", hörte sie sich mit dünner Stimme und wohl wenig überzeugend sagen. „Sie ist wohl mal aus der Fassung geraten und hat eine lebhafte Fantasie, aber sie ertränkt doch keine Zweijährige!"

Mit jedem Wort, das sie sprach, wurde ihre Vorstellung glaubwürdiger. Sie straffte den Rücken, den Ameisen und kalten Fingern zum Trotz. Es galt, Sören weiter hinzuhalten, bis dieser Urlaub sein Ende gefunden hatte, um ihren

Vorsprung nicht zu verlieren. Erst in der Sicherheit der gewohnten Umgebung und mit einem fähigen Anwalt im Rücken würde sie ihn konfrontieren und die Trennung durchsetzen, erst dann würden Themen wie Scheidung, Unterhaltspflichten, Sorgerecht, Umgangsrecht und ähnliche Dinge auf den Tisch kommen. Bis dahin musste sie die Füße stillhalten und die Scharade mitspielen. Bis dahin musste sie Bianca wieder integrieren, um ihn damit bei Laune zu halten und ihm seine eigenen Bedenken in Bezug auf deren psychische Labilität ausreden.

Sprich weiter, forderte eine kleine Stimme im Hinterkopf sie auf. *Mach ihn dir gewogen, gib ihm, was immer er will!* Abgesehen davon glaubte sie wirklich nicht daran, dass Bianca mehr war als eine verwirrte arme Seele, die selbst unter großem Druck stand. Aus Erfahrung wusste Mara sehr wohl, wie fordernd und einnehmend Sören manchmal sein konnte. Er würde bei der Geliebten gewiss keine Ausnahme machen, wenn es darum ging, seine Interessen in den Vordergrund zu stellen! Gewiss war die arme Bianca einfach in eine nervliche Überanspannung gerutscht, weil auch sie immer versuchte, es ihrem Liebsten recht zu machen. Sie kannte das Gefühl gut, hatte es selbst tausendmal – freilich in anderer Ausprägung – erlebt. Und war es gründlich leid!

„Ich hab überreagiert", gab sie zu. „Eben, am Strand. Ganz sicher wollte Bianca unser Kind *nicht* ertränken." Mara legte Entrüstung in ihre Stimme hinein und wurde dann etwas leiser. „Ich habe mich mit der Situation inzwischen arrangiert und bin der Ansicht, wenn wir alle drei wie erwachsene Menschen damit umgehen, dann schaffen wir es, diesen Urlaub in Anstand und Würde hinter uns zu bringen. Von mir aus auch zu dritt. Ich bin zwar deine Frau, aber deshalb bist du nicht mein Eigentum. Dir muss freistehen dürfen, wer zu deinem Leben gehört und wer nicht, da werde ich nichts mehr boykottieren."

Mara wagte einen Blick. Sören zeigte Erstaunen, dann Ungläubigkeit, dann so etwas wie … Triumph? Sollte er das mal ruhig glauben! Sie verfolgte längst andere Pläne, doch es würde ihr nur schaden, wenn er zu früh davon erfuhr! Die Skepsis allerdings verunsicherte sie – Hatte sie zu dick aufgetragen?

Nein. Über Sörens Gesicht huschte ein breites Grinsen, das seine Züge etwas entgleisen ließ. Seltsam wirkte er damit, beinahe ein bisschen grotesk. Er fühlte sich nun wohl am Ziel seiner Träume, nachdem die langweilige Ehefrau ihm einen Blankoscheck ausgestellt hatte, seine Geliebte immer an der Seite haben zu dürfen! *Na warte, mein Freundchen,* dachte sie, ebenfalls zu Gehässigkeit und grimmiger Vorfreude fähig.

Wart's ab, du wirst dich noch umgucken in deiner grenzenlosen Arroganz, und dann ticken die Uhren anders!

Aber Hauptsache, er merkte nicht, was ihr wirklich durch den Kopf ging! Was er nicht tat, wie sein debiles Grinsen ihr verriet. Wie festgeklebt hing es in seinem Gesicht. Um ihn nicht mehr ansehen und auch nicht mehr reden zu müssen, startete Mara den Wagen.

„Ich nehme an, Bianca hat den Strand auch verlassen. Wir sollten die Augen offenhalten, ob wir sie irgendwo am Straßenrand aufgabeln können, sie kann ja wohl kaum die ganze Strecke zurück zum Campingplatz zu Fuß gehen."

Ein scheinbares Versöhnungsangebot und eine Geste zugunsten der Verliebten, die nicht länger verhasst war.

„Sie kann ein Taxi nehmen", brummte Sören, der offenbar immer noch sauer war. Zwei Minuten später:

„Sie kann sich bei ihrem Gehalt gar kein Taxi leisten."

Mara grinste ihrerseits, aber nur innerlich. Nach außen blieb ihr Gesicht regungslos. Na bitte, er kann eben doch nicht von ihr lassen! Wie auch immer – auf Biancas Künste, gerade die der Verführung, war Verlass!

Mara musste aufpassen, dass ihr nicht das Gelächter entschlüpfte, das sich in ihrem Hals nach oben drängte. Sie schluckte und räusperte sich. Mochten Bianca und Sören und Zukunft auf ihre schräge, entstellte Art miteinander glücklich werden! Sie und Kim waren raus! Zu den schauderhaften Ameisen gesellten sich Ameisen der Freude, die nicht weniger wuselten. Ihr ganzer Rücken kribbelte, ihr Kopf prickelte, die Migränebedrohung war verflogen.

„Soll ich für uns alle was Schönes kochen nachher?" fragte sie, was Sören mit zusammengezogenen Augenbrauen quittierte. Hatte sie im Überschwang der Gefühle nun doch übertrieben? „Ich meine, vielleicht hat sie ja wirklich verhindert, dass Kim Wasser schluckt, weil sie gesehen hat, dass die Kleine im Wasser gestrauchelt ist oder so." So konnte es in der Tat gewesen sein. Alles andere hielt Mara, wenn sie ehrlich war, in der Tat für undenkbar. Sören wirkte nicht ganz überzeugt, aber er dachte ja eh meistens mit dem Inhalt seiner Shorts, nicht mit dem Kopf und schon gar nicht mit dem Herzen. Er würde seine Wut und Furcht, wie echt auch immer sie waren, schnell überwinden und an deren Stelle wieder seine Lust an die erste Stelle seines persönlichen Gefühlsrankings schieben. Lust war gut, Lust war Maras Ticket in die Freiheit. Bianca war Maras Ticket in ein eigenständiges Leben!

„Wir sollten uns bei ihr entschuldigen. Du auch, du hast sie im Affekt geschlagen. Dabei wollte sie sicher nichts Böses."

Sören grummelte Unverständliches vor sich hin. Der Christophorus wippte hin und her, auf dem Rücksitz erklangen rührende, kindliche Schnarchlaute.

Welch höhnische Familienidylle!

„Wir entschuldigen uns mit einem Abendessen und dann sehen wir weiter", sagte Mara mit aller Überzeugung, die sie aufzubringen vermochte. Dabei war sie innerlich schon ganz weit weg. Sie war heilfroh, dass Sören die Kunst des Gedankenlesens nicht beherrschte.

„Sag doch bitte mal was dazu!", herrschte sie ihn an, weil er sie ohne Reaktion im Regen stehenließ, was sie ganz kirre machte.

„Von mir aus."

Okay, Begeisterung sah anders aus. Aber fürs Erste reichte es ihr. Ob Sören selbst immer noch sauer auf Bianca war – ihr vielleicht auch tatsächlich derart intensiv misstraute – oder ob er die Lüge in all ihren Aussagen witterte, würde sich noch herausstellen. Für den Moment war es gut, den alten Status quo wieder hergestellt zu haben. Sie blieb handlungsfähig und die anderen im Dunkeln.

Das war alles, was zählte.

Hoffentlich blieben sie es lang genug, um sich parallel im Geheimen und in Windeseile ein eigenes Leben aufzubauen, bevor Sören und Bianca den Braten rochen.

„Du kannst die kommende Nacht gern bei ihr verbringen, ich kriege vermutlich sowieso Kopfschmerzen."

Vielleicht war dieses großzügige Angebot verdächtig, aber Mara freute sich inzwischen auf jede Nacht, in der sie ihre Ruhe haben würde. Mochten Sören und Bianca sich auf erotisch-ekstatische Weise wieder versöhnen – für sie selbst war jede Stunde allein ein Gewinn! Umso besser, wenn sie Sören damit auch noch ein Geschenk machen konnte!

Und tatsächlich offenbarte er wieder dieses Grinsen, das besagte, das er ein großer Held sei, der alles im Griff hatte. Allein es aus den Augenwinkeln wahrzunehmen, löste Ekel und Abscheu in Mara aus, die sie unter Aufbietung all ihrer Kraft wegdrückte.

„Ich will, dass es dir gut geht", sagte sie zu ihm, als sie an der Ampel standen. Schaffte es sogar, eine Hand auf seinen Oberschenkel zu legen, mütterlich, besorgt, liebevoll.

Es waren die großherzigsten Worte, die sie seit Tagen zu ihm gesagt hatte. Und sie waren von Herzen gelogen. Es gab kaum etwas, das sie mittlerweile weniger interessierte als Sörens Befinden.

Aber das musste er ja nicht wissen.

Noch nicht.

9. Kapitel

Bianca

Nein, sie war ganz und gar nicht verrückt!

Bianca wusste, was sie gesehen hatte! Und gehört, gerochen, gefühlt! Aber sie brauchte mehr als ihre Eindrücke – sie brauchte eine Erklärung, eine Begründung, ein paar Fakten. Wissen über die rätselhaften Ereignisse würden wie ein Exoskelett sein, das ihren wackligen Zustand aufrechterhielt, bis sie sich wieder gefangen hatte. Bis diese Geistererscheinungen aufhörten – oder sie die endgültige Gewissheit hatte, dass sie halluzinierte.

Zurück im stickigen Wohnwagen, der nach feuchter Bettwäsche und Getreidekaffee roch, war sie zunächst geneigt, die in einem solchen Fall in Frage kommenden psychischen Erkrankungen zu googeln, um zu verstehen, was mit ihr passierte.

Doch etwas in ihr sträubte sich dagegen – das Problem lag nicht in ihr, es lag außerhalb ihrer Persönlichkeit und ihres Geisteszustands, da war sie sich sicher. Und dann war da so ein Gefühl von Wiedererkennen … Als hätte sie von der weiblichen Spukgestalt schon mal etwas gehört oder gelesen, aber sämtliche Einzelheiten vergessen …

Bianca kaute ihren Daumennagel herunter und starrte auf die Leiste der Suchmaschine.

„Frau, Wasser, Geist" gab sie ein. Über zwanzig Millionen Ergebnisse. Bianca klickte ziellos herum. Sie las über Elementarwesen, Wassergeister, Nixen und Undinen. Sehr schöne oder schauerliche Legenden, in denen man sich stundenlang verlieren konnte. Es waren lebensfremde Geschichten, Märchen. Und sie trafen nicht den Kern.

Sie las, bis sie müde wurde. Keine der Informationen entsprach dem Wesen, das sie erlebt hatte.

Als es dunkel wurde, schaltete sie den Computer aus und begab sich in die Dusche, um sich den Dreck und den Ärger des Tages abzuspülen, und auf das Erscheinen von Sören zu hoffen. Er war doch gewiss nicht mehr sauer auf sie und hatte längst eingesehen, dass er einem Irrtum aufgesessen war, als er geglaubt hatte, sie könnte seiner Tochter etwas zuleide tun! Bestimmt tauchte er bald auf und dann konnte sie sich in seine Arme schmiegen und diese ganze hässliche Sache für eine Weile vergessen. Seinen herben, zitronigen Geruch einatmen, von dem sie nie genug bekam. Die Wogen glätten, die Zweifel wegstreicheln! Sich geflüstert und gesäuselt „Liebelein" nennen lassen!

Sören kam und kam nicht.

Zwei Tassen Tee später schaltete Bianca den Laptop erneut an, es ließ ihr keine Ruhe. Und es würde ihr die Zeit vertreiben, sodass sie nicht immer an Sören würden denken müssen.

Sie strengte ihr Hirn an. Was war relevant gewesen? Die Frau, alt und jung, hässlich und schön, tot und lebendig, furchteinflößend und verlockend, erschreckend und faszinierend, vermodernd und unsterblich! Das konnte sie aber ja nun schlecht alles in die Suchleiste eingeben!

Was noch? Sie war immer am Wasser aufgetaucht. Sie war, wandelbar und in Sekundenschnelle flüchtig, vermutlich ein Geistwesen, aber keines derer, von denen sie eben gelesen hatte. Weiter! Es fiel ihr wie Schuppen von den Augen: Der klagende Gesang, das Gefühl von Sehnsucht und bodenlosem Schmerz – die Kinder! Sie war auf der Suche nach Kindern gewesen!

Bianca klickte erneut in die Suchleiste.

„Frau, Wasser, Geist, Kind".

Nichts.

„Geist am Wasser sucht Kind"

Neun Millionen Treffer.

Und da war sie.

Die Frau, die ihr so viel Angst gemacht hatte und doch nicht mehr zu verdrängen war. Sie hatte einen Namen und sie war sogar ziemlich berühmt:

La Llorona.

Es war, wie eine alte, lang vermisste Bekannte wiederzusehen, ein beinahe zärtliches, fröhliches Gefühl. Aber nur im ersten Moment, denn als Bianca die Seite angeklickt und zu lesen begonnen hatte, verwandelte sich ihre Freude über ihren Treffer ins Schwarze in panisches Entsetzen:

Diese Frau, die sie die ganze Zeit über gesehen hatte, war tatsächlich ein Geist! Und es war kein freundlicher Geist! Bianca spürte, wie sich bei jeder Zeile ihre Kehle mehr und mehr verengte, bis sie kaum noch Luft bekam. Abwesend nahm sie einen Schluck vom Tee, um festzustellen, dass die Tasse längst leer war. Ihre Augen brannten und in ihrer Herzgegend entwickelte sich ein ziemlich hässliches Gefühl, doch sie konnte nicht aufhören zu lesen.

Die Llorona, auch „die Weinende" oder „die Wehklagende" genannt, war eine Gestalt aus der lateinamerikanischen Mythologie, die nicht nur eine tragische Lebensgeschichte mitbrachte, sondern auch eine reale Gefahr! Der Legende nach hatte sie einst, um ihren sie mit einer anderen Frau betrügenden Ehemann zu bestrafen, ihre Kinder in einem Fluss ertränkt und war nun dazu verdammt, in Wassernähe herumzuspuken. Ihr einziges Bestreben war es, die Kinder zurückzubekommen – und weil ihre eigenen Kinder ihr verwehrt blieben, vergriff sie sich an fremden, die sie in ihr nasses Grab hinabzog und niemals wieder freigab!

Es gab etliche Versionen der Legende, die sich von Region zu Region unterschieden. La Llorona trat in unterschiedlichen Erscheinungsformen auf und die Einzelheiten variierten zuweilen, aber allen Versionen war gleich, dass die Weinende als eine Todesbotin galt!

Mit aufrechtstehenden Härchen auf den Armen las Bianca weiter. In Mexiko und anderen lateinamerikanischen Ländern, erfuhr sie, warnte man auch heute noch Kinder und Jugendliche davor, sich am Abend allein an Flussufern aufzuhalten oder dunkle Gassen zu betreten. Llorona warte nur darauf, sie ins Wasser zu zerren. Manchmal, hieß es weiter, frage sie, von Verzweiflung, Sehnsucht, Rachsucht und Neid auf glückliche Familien getrieben, Männer, wo ihre Kinder seien. Der Mann habe daraufhin zu antworten: „Sie spielen am Fluss", was ihren Fluch bräche. Könne der Befragte keine Antwort geben, so sei er des Todes.

Llorona, die Todbringende. Die weinende Mutter, deren Kinder unter den eigenen Händen qualvoll ertrunken waren. Und das nur, weil der Mann sich außerhäuslich vergnügt hatte! Was für ein schreckliches Schicksal!

Bianca waren die Tränen in die Augen getreten. Sie spürte die Geisterfrau so nah, als stünde sie direkt hinter ihr. Aber sie fühlte auch bodenlose Angst: All ihre Befürchtungen und Sorgen waren berechtigt gewesen! Dieses Gespenst kam nicht nur, um sein Los zu beklagen und etwas Trost und Zuwendung abzustauben! Es hatte noch immer einen mörderischen Plan, den es bis in alle Ewigkeit umsetzen würde!

Nun war Bianca ein vernünftiger Mensch, der von der Wissenschaft viel hielt. Vor einigen Tagen noch hätte sie sich bei der Erzählung einer solchen Geistergeschichte amüsiert und behaglich gegruselt und sie dann als Humbug abgetan. Aber das war, bevor sie dieser Gestalt gegenübergestanden hatte! Es war, bevor sie Kim aus den stinkenden, verwesenden Klauen hatte retten müssen! Es war, bevor sie selbst zu der offiziellen Geliebten eines Mannes geworden war, dessen Frau mit einer Dreiecksbeziehung sich kaum einverstanden gezeigt hatte!

Die Luft ging Bianca endgültig aus.

Sie spielen am Fluss, deine Kinder.

Was für ein schräger Zufall war das? Der abtrünnige Ehemann, entsprach der nicht Sören? Und die böse Geliebte – war das nicht sie selbst? War es nicht nur recht und billig, wenn die Llorona sie beide bestrafte, wo sie doch das ganze Leid durch ihre ungehemmte Begeisterung füreinander überhaupt erst verursacht hatten?

Denn auch diese Parallele war unübersehbar: Die geschädigte und hasserfüllte Ehefrau war Mara, jene Mara, deren Gesicht die hässliche Fratze an der Hausmauer auf der Veranda für einen Moment gezeigt hatte!

Atmen, Bianca, atmen. Es ist eine Legende. Ein Märchen. Eine Geschichte, mit der man Kindern Angst macht. Etwas, das man sich am Lagerfeuer erzählt, um in geselligen Runden wohlige Schauer auszulösen! Vielleicht war sie im Begriff, in eine Psychose zu rutschen, wodurch auch immer diese ausgelöst sein mochte. Aber es bestand auch die theoretische Möglichkeit, dass zwischen Himmel und Erde mehr war, als der menschliche Geist begreifen und die Wissenschaft beweisen konnte!

Die Llorona hatte allen Grund, sie zu hassen! Warum sonst erschien sie ausgerechnet ihr ständig, während sie allen anderen verborgen blieb? Und es war klar, was sie wollte! Bianca schnappte nach Luft, was immer schwieriger zu werden schien. Die Todesbotin wollte das Kind! Sie wollte Kim und sie hatte schon zweimal versucht, sie sich zu holen! Würde sie beim nächsten Mal erfolgreich sein? Und was dann? Stand dann sie selbst auf der Abschussliste, sogar dann, wenn sie die richtige Antwort auf die ominöse Frage wusste?

Nun ergab alles Sinn, wenn der Sinn auch grauenvoll zu sein schien: Ihre rätselhafte und unerklärliche Angst vor Wasser. Diese unglückselige Dreiecksbeziehung, in der *sie* die undankbare Rolle der Geliebten spielte, welche die Llorona in ihrer gescheiterten Ehe mit Sicherheit gehasst hatte wie die Pest. Die Bedrohung des Kindes, die offenbar außer ihr niemand wahrnahm!

Sie spielen am Fluss, deine Kinder.

Sie werden dort so lange spielen, bis du sie zu dir holst. Und danach holst du mich! Und gebe Gott, so werde ich vielleicht auch, dir ebenbürtig, als rachsüchtiges, verfluchtes Gespenst durch die Zwischenwelten wandern, immer mit den Füßen in Pfützen und das Haar zu einem nassen Knoten geschlungen …

Stopp!

Bianca rief sich mit aller Gewalt selbst zur Ordnung. Im Hier und Jetzt bleiben! Ergib dich nicht deinen kruden Fantasien! Es ist nur eine Legende, ein Mythos, verlockend, faszinierend und gruselig – aber nicht echt. *Es ist nicht echt, Mädchen, hörst du?*

Ihr Verstand kämpfte.

Alte Ängste (Wo kamen die eigentlich her?) drängten nach oben und verbissen sich in ihren Synapsen, bis die Vernunft erschöpft nachgab. Das Monster existierte! Und es war in einer kaum erklärbaren, aber auch nicht zu ignorierenden

Weise mit ihr und ihrem Schicksal verbunden. Sie würden dem nicht entrinnen.

Ein Schluchzer entrang sich ihrer Kehle, der beim kleinsten Geräusch, das von außen hereindrang, zu einem erschrockenen Japser wurde. Bianca brauchte all ihre Kraft, um einigermaßen klar im Kopf zu bleiben. Der Geist war das Einzige, was ihr noch blieb, nachdem ihr Herz – nach dem Verlust von Mara und angesichts der immer unerfüllten Liebe zu Sören, den sie niemals ganz für sich haben konnte – bereits in Trümmern lag.

Ein weiteres Geräusch aus der Welt draußen, die unendlich weit weg zu sein schien und doch in ihrem Nacken saß – Hundegebell, spielende Kinder, lachende Erwachsene, die Kulisse entspannter und fröhlicher Urlauber – brachte Bianca dazu, die Suchergebnisse auf dem Bildschirm wegzuklicken. Weg damit, das Drama nur schnell aus dem Blickfeld bringen, aus den Augen, aus dem Sinn!

Und dann entpuppte sich eins der Geräusche aus der Realität als Sören, der in der Tür stand. Er war zu ihr gekommen, nach diesem schrecklichen Tag, nach dieser unschönen Auseinandersetzung. Er würde mit ihr vielleicht zu Abend essen und ein Glas Wein trinken, sie in Ruhe erklären lassen, dass sie niemals vorhatte, Kim zu schaden. Er würde ihre Wange streicheln und die Nase in ihr

Haar drücken, sich an ihre Seite schmiegen, Haut an Haut. Es war *ihre* Nacht, jene Nacht, die, entsprechend der Abmachung, Sören und ihr gehörte!

Zum Teufel mit dem Monster aus dem Wasser! Sie würde sich davon nicht mehr beirren und ängstigen lassen! Sie würde allem und jedem die Stirn bieten: Mara und ihrer Eifersucht, Sören und seinem besitzergreifenden Wesen, der rätselhaften, bedrohlichen Fremden!

Es war an der Zeit, endlich auch mal ein Stück vom Kuchen einzufordern und sich nicht immer eingeschüchtert in irgendeiner Ecke zu verstecken!

„Komm rein", sagte sie mit rauer Stimme. Es sollte eine Einladung sein, klang aber, beeinflusst noch von Furcht und Zweifeln, sehr ruppig, und so zögerte Sören auch.

Schließlich betrat er aber doch den Wohnwagen.

Sie konnte ihn riechen, bevor sie ihn sah: Ein vertrauter, heimeliger Duft, der von Geborgenheit und Sicherheit kündete und die Gespenster zum Verschwinden bringen würde. Sein Geruch, tröstend wie eine kuschelige Decke, übertünchte auch den widerlichen Modergestank, der scheinbar die ganze Zeit im Wagen gehangen hatte, vermutlich aber doch bloß auf ihre Einbildung zurückzuführen war.

10. Kapitel

Mara

Die Migräne kam mit Verspätung, aber sie kam doch noch – und sie kam mit aller Wucht.

Mara kannte das bereits, es war ein altes Problem, ebenso vertraut wie ein ungeliebter Verwandter, der immer wieder auftauchte und nicht loszuwerden war, den man mit einem gewissen Fatalismus irgendwann einfach ertrug, hoffnungsvoll darauf wartend, dass er sich irgendwann wieder verabschiedete. (Tatsächlich dachte sie beim Gedanken an diesen ungeliebten Verwandten sofort an Sören, aber sie verdrängte dieses Bild.) Stress machte es schlimmer, zuweilen löste Stress es aus: Und sie war massiv unter Stress, oder etwas nicht?

Jedenfalls wüteten die Schmerzen in ihrem Schädel, einer Dampframme gleich, schon während des verlogen-idyllischen Abendessens mit Mann und Tochter. Unter Mühen brachte sie Kim ins Bett, schenkte sich das allabendliche Vorlesen, nicht aber das Zähneputzen, und zog sich, nachdem die Kleine friedlich mit Stofftier im Arm und die Decke bis zur Nasenspitze hochgezogen, eingeschlummert war, ins eigene Bett zurück.

Nun würden, das wusste sie aus Erfahrung, nur noch Stille und Dunkelheit helfen, bis morgen hoffentlich der Spuk vorbei war und nicht mehr hinterlassen mochte als ein kleines Pochen hinter den Schläfen.

Mara hatte damit gerechnet, dass Sören wie üblich süßsauer, sogar beleidigt reagieren würde, weil sie die Ruhe der Kissen und die Einsamkeit dem geplanten gemeinsamen Fernsehabend vorzog. Er nahm es persönlich, wenn sie sich diesen Raum zur Gesundung freischaufelte, als sei er ein direkter Affront gegen seine Bemühungen, ihre wacklige Zweierbeziehung intakt zu halten.

Doch an diesem Abend war er erstaunlich milde, sogar verständnisvoll. Er nickte nur wissend, als sie die zitternden Hände über den Ohren an den Kopf presste und mühsam die Luft durch die Nasenlöcher aufsaugte. Es wäre sowieso egal gewesen, Mara hätte sich auch nicht um ihn kümmern können, wenn dies ihr Bestreben gewesen wäre. Er schien es aber auch gar nicht zu erwarten.

Überhaupt trug er bereits Schuhe und eine Jacke, als er ins Schlafzimmer kam; es war kühl draußen geworden. Ach richtig, fiel Mara ein, sie hatte die Tage durcheinandergebracht, den Schmerzen sei Dank. Die kommende Nacht gehörte Bianca, die sicher schon sehnsüchtig in ihrem Wohnwagen

171

auf den Herzallerliebsten wartete, mit Kerzen, Duftlämpchen und Rosenblättern auf der Tagesdecke. Sie war der Rivalin fast dankbar dafür.

Sören sah, wie sie sich quälte.

Er brachte ihr unaufgefordert ein Glas Wasser, kochte sogar noch einen Tee, den er bereitstellte. Reichte ihr das Triptan aus der Handtasche, das sie eilig zwischen die Lippen schob und schluckte. Sie betete, dass es ihr bald besser gehen mochte, und verschwendete keinen Gedanken an die geplanten Vorhaben ihres Mannes. Er reichte ihr eine zweite Tablette. Der Anfall war heftig, es konnte nichts schaden, ihm mit aller Macht zu begegnen. Sie nahm die zweite Pille. Trank das ganze Wasser aus und auch den reichlich gesüßten Tee, ihre Kehle war wie ausgedörrt.

„Brauchst du noch etwas?", wollte er dennoch wissen. „Ich kann dir alles besorgen, es gibt im Ort auch eine Nachtapotheke."

Mara schüttelte den Kopf. Sie hatte alles, was sie brauchte. Bis auf Ruhe. Die würde sie erst kriegen, wenn Sören weg war, aber allzu deutlich durfte sie ihn nicht auffordern, seinen geplanten Vorhaben nachzugehen. Er würde sonst Lunte riechen und die Nacht vielleicht bei ihr verbringen wollen. Zwar gönnte sie Bianca die einsamen Stunden und die Enttäuschung, wenn er nicht auftauchte, aber den Preis, ihn dann die ganze Zeit um sich haben zu müssen, mochte sie doch nicht bezahlen.

„Ich gehe dann", verkündete er und sie rang sich ein Lächeln ab.

„Ist okay", gab sie unter Mühen zurück. Unter ihrer Schädeldecke spalteten fiese kleine Gnome Steine mit spitzen Hacken. Es dröhnte und kreischte, die Übelkeit rauschte bereits auf heftigen Sohlen heran.

„Wirst du klarkommen, auch mit Kim und allem?" Immerhin fragte er nach, was freundlich und aufmerksam war. Aber sie wollte, dass er ging. *Hau ab*, wollte sie sagen, *verschwinde und lass uns allein. Du bist hier nicht mehr erwünscht. Ich bin ohne dich besser dran und was mein Kind betrifft, so brauche ich dich keineswegs! Habe ich nie – ich hatte das nur nicht erkannt.*

Sie sagte das nicht. Reden war anstrengend, es brachte noch mehr in ihrem Kopf zum Sägen – und warum sollte sie ihn Lunte riechen lassen, wo doch bisher alles gut verlaufen war? Der Urlaub war fast vorbei und er hatte bislang nicht geahnt, mit welch gigantischen Veränderungen sie ihn nach der Rückkehr nach Hause zu überraschen gedachte. Sollte er sich bei seiner Süßen ruhig etwas Rückendeckung und mentale Kraft holen, er würde sie brauchen!

„Ich kann mich um Kim kümmern", sagte sie schwach, aber selbstsicher. „Das habe ich sonst ja auch getan, trotz Migräne." Kim schlief tief und fest und wachte kaum je auf nachts. Und wann war Sören jemals aufgestanden, wenn etwas gewesen war? Während der Kleinkindzeit oder bei Krankheit war ihm das eigene Wohlergehen viel zu wichtig gewesen, um auch nur auf die Idee zu kommen, die ebenfalls berufstätige und pflichtenbeladene Gattin könnte Unterstützung brauchen! Jetzt brauchte er auch nicht mehr mit seiner geheuchelten Fürsorge um die Ecke zu kommen.

Troll dich, raunte, rauschte und dröhnte es in ihrem Kopf. Allein sein Anblick machte den Schmerz noch schlimmer. Aber Mara riss sich zusammen. Zwang sich erneut ein verunglücktes Lächeln ab.

„Mach dir keine Sorgen, wir kommen schon klar." *Weil wir ein gutes Team sind,* fügte sie im Geiste hinzu. *Kim und ich. Ohne dich.*

„Gut." Er grinste das dümmliche Grinsen eines verliebten jungen Burschen, der gleich seiner Herzensdame begegnen wird, um ihr galant und aufwendig den Hof zu machen.

War dieser Idiot wirklich so verknallt in die schäbige kleine Bianca mit den zwei linken Füßen und den tausend Ängsten? Herrgott, dachte Mara, wie armselig und bemitleidenswert gebärdeten sich Vertreter der menschlichen Spezies, sobald ihre Hormone sie dirigierten!

Wie auch immer. Das Hämmern im Schädel würde bald nachlassen und dann kamen die große Erschöpfung und der totenähnliche Schlaf.

In nur wenigen Tagen war dieser Horror Geschichte und sie konnte neue Wege beschreiten, stark und zuversichtlich. Wege, auf denen kein selbstverliebter Kerl mehr ein unüberwindbares Hindernis darstellte!

Die Müdigkeit umfing sie wie ein schwarzer Mantel aus schwerem Stoff, dem sie nicht mehr zu trotzen vermochte. Sie ließ es zu, dass er sich auf ihre Schultern und ihr Gemüt legte, bis ihre Augen zufielen und der Atem tief und regelmäßig wurde.

Sie vertraute wie immer darauf, dass sie trotzdem aus dem Schlaf hochschrecken und aufmerksam genug sein würde, falls mit Kim etwas wäre – sie zweifelte nicht daran. Das hatte immer funktioniert. Mütterliche Instinkte waren gewichtiger als jede noch so heftige Migräne.

Als der Schlummer den hämmernden Schmerz und die flimmernden Lichtpunkte vor ihren Augen verwischte, war Mara dankbar für die Auszeit und das war auch der letzte Gedanke, den sie mit in den Schlaf nahm.

11. Kapitel

Bianca

„Sie ist weg!"

Gott sei Dank, dachte Bianca, noch im Halbschlaf zwischen dem Wunsch, in ihren lebendigen Träumen zu verweilen und dem Zwang, aufwachen zu müssen, schwankend. Sie meinte die Llorona. Es war gut, dass sie weg war!

„Kim ist weg!"

ER meinte nicht die Llorona. Er meinte das Kind. Mit einem Schlag schreckte Bianca aus dem Schlaf auf und saß mit wirren Haaren und verklebten Augen im Bett. Der Schweiß presste sich aus allen Poren, als sie die Stimme erkannte und die Tragweite des Gesagten begriff:

„Verdammt, Bianca, mach die Augen auf und komm auf die Füße! Kim ist verschwunden!"

Sören stand vor ihr, vollständig angekleidet, und statt Brötchen zum Frühstück oder einer ähnlichen Nettigkeit hatte er ein Smartphone in der Hand. Mit der anderen zerrte er am Zipfel ihrer Bettdecke, die sich mit ihrem Schweiß tränkte.

Wo war die Llorona? Stand sie hier irgendwo in der Ecke? Panisch sah Bianca sich um. Die weinende Frau tauchte nicht auf. *Na klar,* gab ihr eine Stimme im Herzen ein, *weil sie ja jetzt hat, was*

176

sie will. Wenigstens fürs Erste. Und als Zweites bist du dran, du Ehezerstörerin!

Mit einem Satz war Bianca auf den Beinen und griff nach Shirt und Hose.

„Was meinst du mit: *Sie ist verschwunden?*", fragte sie, während sie mit zitternden Fingern an ihren Schnürsenkeln nestelte. Es war unerträglich heiß in dem stickigen Gefährt, oder vielmehr kam es ihr so vor, denn gestern Nacht war es empfindlich kühl gewesen, und das Wetter änderte sich nicht von einer Stunde zur nächsten so extrem, oder? Nun, es verschwanden ja auch nicht einfach kleine Kinder von einem Campingplatz. ODER?

„*Weg* heißt, dass sie heute Morgen nicht in ihrem Bett lag", herrschte Sören sie ungeduldig und genervt an. Sie schrieb es seiner eigenen Angst um die Tochter und dem Schock zu und sah es ihm nach. Was er da gerade sagte, baute sich aus Bruchstückchen und Gedankenfetzen nur langsam in ihrem Hirn zu einem vollständigen Bild zusammen. Sie war schwer von Begriff, wie Sören selbst immer bemängelte, vor allem unter Stress. Und dieser Stress, der sie unsanft aus dem Schlummer gerissen hatte, war mehr als Alarmstufe rot.

„Wie meinst du das?", fragte sie wieder. Sie begriff es wirklich nicht.

„Mara stand heute Morgen auf und wollte nach ihr sehen, weil es ungewöhnlich war, dass sie so lange schläft. Sonst brabbelt und spielt sie in ihrem Bett und wartet geduldig, bis wir uns um sie kümmern. Sie macht keinen Radau, sie ist ein liebes und geduldiges Kind." Er sprach mit ihr wie mit einer Idiotin, aber vermutlich war es ihm hoch anzurechnen, dass er ihr so ausführlich erklärte, was passiert war. Dass er sie *überhaupt* informierte.

„Kim war nicht in ihrem Bett", wiederholte er. „Sie ist spurlos verschwunden. Mara ist außer sich vor Sorge!" *Und ich auch,* schwang darin mit. Es war überflüssig, es auszusprechen.

„Wo kann sie denn bloß hin sein?" Was für eine dümmliche Frage! Und doch auch wieder nicht, denn Kim war zwei Jahre alt. Sie war ganz sicher nicht in jugendlichem Leichtsinn oder kindlichen Trotz weggelaufen! Wenn ein so kleines Kind verschwand, dann bedeutete das zwangsläufig, dass jemand … sie entführt hatte!

Wer zum Teufel – und warum?

Bianca griff nach ihrer Jacke, dem Handy, der Tasche. Der Modergeruch von gestern stach ihr wieder in der Nase und sie musste sich abwenden, von Sören, von der flackernden Panik in seinen Augen, vor der Heftigkeit der Gefühle, die ihr entgegen wallten.

War es für sie als zuverlässige und fürsorgliche Geliebte nicht ihre Pflicht, den sorgenden Vater aufzufangen und zu stützen? Noch dazu, wo die Ehefrau, die selbst betroffen war, es nicht konnte?

Bianca verspürte dazu wenig Lust, was sie selbst erstaunte – aber noch vielmehr erschreckten sie die eigenen Ängste, die plötzlich aufkamen. Die waren nämlich besonders scheußlich gefärbt:

Vor ihrem inneren Auge brachte eine schon seit Jahrzehnten oder Jahrhunderten tote Gestalt mit krallenartigen, tropfnassen Händen zu Ende, was sie in den letzten Tagen vor den Augen aller, die nicht sehen wollten, begonnen hatten.

Bianca sah die kleine Kim Wasser spucken und schlucken und schrecklich röcheln, bis ihr, von unbarmherzigen Fingern unter Wasser gezwungen, die Luft ausging. Sie sah den kleinen Körper leblos auf dem See treiben, auf einem Fluss, in einem Meer, in einem Tümpel. Sie roch Algen, Salz und Verwesung. Sie sah die weit aufgerissenen Augen, die zum Schrei geöffneten Lippen, in die ein Schwall Wasser eindrang, aus der ein Schwall Wasser herausschwappte.

Ihr wurde schwindlig.

Bevor sie fiel, setzte sie sich.

„Die Frau", hauchte sie, wohl wissend, dass er – gerade in der jetzigen Situation – von ihren Hirnflausen ganz und gar nichts hören wollen würde.

„Wir werden sie suchen", teilte er ihr mit und schnitt ihr das Wort ab, ihren Einwand ignorierend. Sie hatte auch zu leise gesprochen. Vielleicht hatte sie gar nicht gesprochen und nur gedacht, sie täte es, doch bevor sie ihr Vorhaben hatte ausführen können, hatte sie der Mut verlassen.

Das Kind war weg, aus welchen Gründen auch immer. Würde sich eine Frau, noch dazu die Geliebte des Vaters, nicht verdächtig machen, wenn sie etwas von einer Geistergestalt faselte, die keinerlei Substanz aufwies? Die Irrenanstalt rückte in umso greifbarere Nähe – und damit wollte Bianca nun wirklich ganz und gar nicht in Verbindung gebracht werden.

Was war zu tun? Aus praktischer, pragmatischer Sicht? Sie wollten Kim suchen. Gut, dabei konnte Bianca helfen. Auch konnte sie Mara, die sich einst bei kleinen und großen Ärgernissen immerhin mal ganz gut von ihr hatte trösten lassen, beruhigen, wenn diese das zuließ. Sie konnte den Polizisten Kaffee kochen, die Suche mit koordinieren, wenn die Eltern zu aufgeregt waren. Sie konnte zur Hand gehen, schützen und stützen, sich nützlich erweisen …

Und sie würde, so lange sie in Gesellschaft blieb, selbst nicht Gefahr laufen, als nächstes Entführungsopfer der rachsüchtigen Spukgestalt zu enden! Obwohl, musste sie sich eingestehen, die Llorona vermutlich kein Federlesen machen würde: Sie würde die Person, die sie wollte, auch mitten aus einem Pulk Menschen picken, die nicht wissen würden, wie ihnen geschah, wenn ein Nächster aus ihren Reihen verschwand!

Aber nun erst mal Kim! Jetzt war nur das kleine Mädchen wichtig! Vielleicht war ja auch alles ein Irrtum, ein Versehen – vielleicht war Kim aus dem Bett geklettert, weil sie sich gelangweilt hatte, und war durch die Gegend gestromert, um den Strand wiederzufinden, an dem sie gestern so viel Spaß gehabt hatte! Vielleicht hatte eine freundliche Nachbarin sie aufgegabelt und in ihrem Ferienhaus mit frischen Erdbeeren, Apfelsaft und Fernsehen versorgt und nur vergessen, sofort jemanden zu informieren! Vielleicht würde sich alles als harmlos herausstellen und die Kleine bald wohlbehalten wieder in den Armen ihrer sicherlich verzweifelten Mutter landen …

Bianca wurde die Kehle eng. Sie redete sich diese unwahrscheinlichen Fantasien ein, aber sie wusste wohl, dass es auch nicht mehr als das war: Fantasien. Nichts war hier harmlos oder auch nur normal! Es war kein Irrer unterwegs, der auf kleine Mädchen stand und keine verwirrte Frau, die sich ein Kind wünschte, aber keines bekommen konnte, weshalb sie sich das erstbeste schnappte.

Hier waren andere Dinge im Gange … Dinge, gegen die die Polizei nichts ausrichten konnte.

Im zweiten Anlauf erst schaffte sie es, sich die Schuhe zuzubinden und auch das Schwindelgefühl ebbte zum Glück ab.

Überhaupt war ihr Kopf unerfreulich wattig und pappig, als hätte sie die ganze Nacht durchgefeiert und viel Alkohol getrunken! Dabei hatte die gestrige Nacht überhaupt keinen Grund zum Feiern geboten, nicht den winzigsten – und die Menge an Wein, die sie konsumiert hatte, war lächerlich gering gewesen.

Zwei Gläser, nicht mal voll! Warum verschwamm ihre Erinnerung? Der Anblick der noch halb vollen Rotweinflasche und den beiden benutzten Gläsern daneben auf der Küchenzeile bestätigte ihre Annahme, dass es kein Kater sein konnte. Vielleicht war es der Aufregung zuzuschreiben. Bianca stand auf und atmete tief durch, froh darüber, einigermaßen stabil auf den eigenen Beinen zu stehen. Keine Frau tauchte in irgendeiner Ecke auf. Kein Geruch sprach auf das Alarmsystem in ihrem Inneren an. Es war alles gewöhnlich – bis auf die Tatsache, dass ein Kind vermisst wurde.

„Jetzt mach schon", herrschte Sören sie an, der bereits halb aus der Tür draußen war. Sie folgte ihm. Sie würde stolpern. Zwei Stufen, im feuchten Gras wäre sie fast ausgerutscht. Sie brauchte drei

Anläufe, um mit dem Schlüssel das Schloss zu treffen. *Wie wäre es mal gewesen mit einem freundlichen: „Ich hole Brötchen für uns zum Frühstück"*, dachte sie erbost, aber nur eine Sekunde lang. Sofort stieg ihr ins Bewusstsein, was Sören da gerade offenbart hatte und sie schämte sich ihrer Egozentrik und des fehlenden Mitgefühls.

Sogleich durchströmte sie erneut eine unbegreifliche, unfassbare Angst, die weit mehr umfasste als das eigentlich fremde Kind. Und ein ganzer Ozean an Bedenken, die alles und nichts betrafen, von der größten Monstrosität, die womöglich gerade im Dunkeln lauerte bis hin zu einem lächerlichen Affentanz um ein verschwundenes Kind, das alles auf den Kopf stellte und nachher fröhlich lachend zufällig wieder auftauchte, den Mund eisverschmiert, die nackten Füße voller Sand, das Grinsen im Gesicht unverfälscht und von bewahrtem Vertrauen in die Welt kündend.

„Ich werde sie suchen", sagte Sören nun, mit dem sie kaum Schritt halten konnte. „Und du wirst dich derweil um Mara kümmern. Bitte." Es klang wie ein Befehl, aber Bianca merkte es gar nicht. Natürlich würde sie das! Was denn sonst? Oder … Sollte sie nicht lieber mit suchen? Sollten nicht *alle* mit suchen? Die umstehenden Nachbarn, die anderen Gäste, *die Polizei*?

„Habt ihr die Polizei informiert?", fragte sie, als sei das nicht völlig klar. Und das war es auch nicht, wie Sörens Antwort verriet.

„Die Tür war nicht abgeschlossen, warum auch immer", schimpfte er. „Kim ist durchaus wendig genug, um aus dem Reisebett zu klettern, vielleicht hat sie uns gesucht, war verwirrt in dem fremden Haus, ist deshalb weggelaufen und streut jetzt weinend da draußen rum. Wir werden sie erst mal suchen und noch keine Pferde scheu machen. Die Polizei sorgt nur für noch mehr Angst und Panik! Was glaubst du, wie Mara durchdreht, wenn die hier mit dem Sondereinsatzkommando, Hunden und Hubschraubern ankommen! Und überhaupt, wenn rauskommt, dass Mara mit ihrem Migränekopf ihre Aufsichtspflicht vernachlässigt hat und Kim deshalb entwischen konnte, dann kriegt sie ein echtes Problem!"

Bianca schwieg, obwohl ihr zu dieser Aussage einige Fragen auf der Zunge lagen.

„Ich werde sie finden, ich suche einfach alles ab", ermutigte Sören sich selbst. „Kim kann nicht weit gekommen sein, sie hat kleine Stummelbeinchen und vermutlich große Angst."

„Sie könnte aber doch auch entführt worden sein", wagte Bianca einzuwerfen, die ihrem Liebhaber hinterher hastete, vorbei an Wohnwagen, Zelten und hübsch gestalteten

Holzhäusern mit großzügigen Veranden. Sie passierten den Kiosk, die Toiletten und Waschräume, die Tonnenhäuschen, den Volleyballplatz. Sören wollte angesichts dieser verheerenden Option offensichtlich aufbrausen, zügelte sich aber dann.

„Ja", sagte er düster. „Das ist möglich. Aber es ist nicht wahrscheinlich."

Bianca kam sich ziemlich blöd vor – vielleicht war sie das auch, saublöd. Ganz sicher war sie es! Nicht nur, dass sie ihren kostbaren Erholungsurlaub mit einem Familiendrama verschwendete, bei dem sie selbst bislang nur verloren hatte, nun steckte sie auch noch in einem Albtraum fest, dessen Ausmaße sich wohl kaum erahnen ließen! Ganz zu schweigen von der Bedrohung durch die wandelnde, pitschnasse Leiche, die sich offenbar ihr erstes Kind an diesem Ort geholt hatte!

„Warum sollte Kim euch gesucht haben, wenn das Reisebett doch im Schlafzimmer steht? Und sich dabei verirrt haben? In eurer unmittelbaren Umgebung?", fragte sie trotzdem, um ihre These zu untermauern.

„Das spricht für deine These einer Entführung", gab Sören zurück, wirkte aber trotzdem nicht überzeugt, jedenfalls nicht beunruhigter als vorher. „Aber es war dunkel im Zimmer, die Jalousien fressen jedes Licht. Sie ist vielleicht im

Haus herumgelaufen und hat es dann aus Versehen verlassen und nicht mehr zurückgefunden."

Bianca konnte sich das kaum vorstellen. Ein Kind weinte und rief in einem solchen Fall, oder nicht? Aber würden Eltern nicht auch dann wach werden, wenn sich ein Fremder über das Bettchen beugte und sich am eigenen Nachwuchs vergriff?

Schloss man beide Möglichkeiten aus, jene der Entführung durch einen menschlichen Fremden und die des versehentlichen Weglaufens, dann blieben aus ihrer Sicht nur noch zwei andere übrig: Entweder, der Kinderdieb, vielmehr die Kinderdiebin, kam auf extrem leisen Sohlen, weil sie eben nicht menschlich war. Oder – und das war ein Schock!

Mara.

Mara mit ihrem Migränekopf.

Mara mit der Wut auf ihren Mann und seine Geliebte. Mara, die immer Nägel mit Köpfen machte und keine Skrupel kannte, wenn ihr jemand ans Bein pissen wollte. Mara, die womöglich …

Ja, was?

Ihrem eigenen Kind etwas Schlimmes angetan hatte, bloß, um ihren abtrünnigen Ehemann zu bestrafen?

Bianca bekam keine Luft mehr und das lag nicht nur am Lauftempo. Als sie die winzigen

Fasshäuschen hinter sich hatten, sah sie vor ihrem geistigen Auge, wie sich in den schauderhaften Zügen der Gespenstergestalt Maras Augen offenbart hatten, ihr Mund, ihre Brauen, ihr Kinn, der ganze angespannte und genervte Ausdruck ihres Gesichts. Und als sie am Ferienhaus der Familie ankamen, war sie fast schon von Maras Schuld überzeugt. Es erfüllte sie mit Grauen, was sie dort wohl erwarten mochte.

Tatsächlich empfing sie aber nur ein völlig aufgelöstes heulendes Elend. Die immer toughe und zielstrebige Mara wirkte, als habe jemand ihre Seele in tausend Stückchen zertrümmert und dann falsch wieder zusammengesetzt. Sie kauerte auf der Sofakante, ein Kissen vor dem Bauch und ein Stofftier in der Hand – welches Klischee! – und kam kaum damit hinterher, sich den stetig fließenden Strom an Tränen von den Wangen zu wischen.

„Was will *die* denn hier?", brauste sie jedoch auf, als sie Bianca hinter Sören das Haus betreten sah. Bianca musterte sie aus zusammengekniffenen Augen und befragte ihr Bauchgefühl. War das hier eine Kindsmörderin, die ein Schauspiel abzog? Wo ist dein Kind, Llorona?
Es spielt am Fluss!
Da ich die richtige Antwort kenne, Llorona, wirst du mich nun verschonen?

Oh, *du warst schon verloren, als die kleinen Füße im Schlamm versanken und mit einem Collier aus todbringenden Algen geschmückt wurden! Als sich die Lungen mit Wasser füllten und der künftigen Luft für immer verschlossen! Verloren bist du!*

Linkisch und fast ein bisschen peinlich berührt ließ Bianca sich neben Mara auf dem Sofa nieder, sich an jenen Abend erinnernd, an dem Sören das große Geheimnis auf den Tisch gepackt und alle Beteiligten gezwungen hatte, ihm direkt in die Augen zu blicken. War das tatsächlich erst ein paar Tage her? Gefühlt lag Äonen dazwischen!

Mara wiederholte ihren Angriff und betonte ihren durchaus alternativen Willen:

„Warum hast du sie hergeschleppt? Mein Kind ist weg! Ich will nicht, dass sie hier ist! Du hast schon wertvolle Zeit vertrödelt, wie wäre es, wenn du jetzt mal damit anfängst, Kim zu suchen? Und nimm *sie* mit, verdammt!" Die letzten Worte erstickten in einem nur halb ausgeführten Schluchzen. Zugegebenermaßen wirkte der Widerstand der besorgten Mutter auch nicht sehr überzeugend, weshalb Sören ihn auch ignorierte.

„Ich geh jetzt", sagte er. Sie würden ihn bis zum Abend nicht wiedersehen. „Ich werde Kim finden, Mara", ergänzte er, aber er wirkte, als glaube er selbst nicht wirklich daran. „Ihr ist nichts Schlimmes passiert, es war bestimmt nur ein kleines Versehen, das wir schnell in den Griff kriegen werden. Sie ist sicher in der Nähe und wird erleichtert und froh sein, wenn ich sie gefunden habe. Streitet euch bitte nicht, du brauchst deine Kräfte. Bianca kann dir in dieser Ausnahmesituation eine Hilfe sein, wenn du es zulässt."

Der Blick, den die Frauen tauschten, sprach Bände. Hass auf der einen, Scham und Schuld auf der anderen Seite. Und dazwischen, sorgsam verhüllt und deshalb kaum spürbar, eine Verflechtung zarter, dünner Sehnsuchtsstränge, die aus einer sehr alten Zeit stammten und fast dem Vergessen anheimgefallen waren.

Aber Mara lenkte ein. Vielleicht musste sie das, um nicht wirklich vor Angst und Verzweiflung durchzudrehen. Manchmal war Hoffnung die einzige Kraft, die erhalten blieb, wenn sonst alles verloren ging.

„Du wirst sie finden", wiederholte sie mit leiser, seltsam flacher Stimme. *Du wirst sie finden, bevor die Llorona ihr böses Werk vollendet,* wiederholte Bianca im Geiste. Als sie diesmal ihre Hand tröstend und schützend über die ihrer Freundin legte, zog Mara die Finger nicht weg. Sie ließ es geschehen, zu erschüttert, um sich zu wehren.

12. Kapitel

Mara

Unfassbar, wie stark sich das Zeitempfinden verschieben konnte. Mara starrte dem Sekundenzeiger hinterher, der in Zeitlupe über das Ziffernblatt glitt. Die Sekunden waren trügerisch. Sie waren zugleich ein Mahnmal und ein Signalschrei, weil mit jeder Bewegung des Zeigers ihre kleine, hilflose Tochter länger da draußen unterwegs war, allein oder – Gott bewahre – in der Gewalt eines Fremden, der ihr vielleicht etwas Schlimmes wollte. Und zugleich wuchs mit jeder verstreichenden Sekunde die Zuversicht, dass Sören das Problem lösen würde, immerhin war er endlich aktiv geworden.

Wie hatte das nur passieren können? Mara versuchte, sich zu erinnern, aber der gestrige Abend zerfloss, umwölkt von Schmerz und Übelkeit, zu einem einzigen Rauschen, das leidvoll in den Ohren und Schläfen pochte.

Sie hatte die üblichen hämmernden Kopfschmerzen gehabt. Sie hatte, wie immer, ihre Medikamente dagegen eingenommen und war früh zu Bett gegangen, während Sören sich zu Bianca verabschiedet hatte. Kim hatte zu dieser Zeit längst satt und zufrieden den Schlaf aller unschuldigen Kinder genossen. Sie neigte nicht zum nächtlichen Wachwerden, sondern schlief wie ein Stein. Und sie lief auch nicht weg! Wenn sie morgens aufwachte, kletterte sie aus ihrem Bett und schmiegte sich an die Seite ihrer Mutter, bis diese sich endlich dazu bequemte, in den Tag zu starten. Oft genug war aber auch Mara die Erste, die munter wurde und dann weckte sie Kim mit einem lustigen oder zärtlichen Ritual und hob sie aus dem Bett, natürlich niemals den Kuschelhasen vergessend. So war es immer gewesen, Hunderte Male. Auch die sich regelmäßig wiederholenden Migräneattacken hatten daran nichts geändert. Was war in der letzten Nacht so anders, so grauenvoll ungewöhnlich gewesen?

Während Mara sich in Schuldgefühlen und Fragen ohne Antworten suhlte, bereitete Bianca wie ein rühriger kleiner Hausgeist ein Frühstück zu. Sie stellte Mara eine Tasse schwarzen Kaffee und ein pappiges Rührei hin. Mara ließ beides kalt werden. Vom Koffein würde sie nur noch aufgeregter werden und der Geruch des Eis verursachte erneute Übelkeit. Sie zählte die Fransen an den Sofakissen und blickte lange aus dem Fenster, obwohl es nichts zu sehen gab. Es drängte sie, selbst aufzuspringen und loszulaufen, um nach Kim zu suchen, doch sie rief sich vernünftig ins Gedächtnis, dass jemand hier sein musste. Jemand musste das kleine Mädchen empfangen und trösten, wenn es von seinem aus Versehen unternommenen Ausflug von draußen in die Welt zurückkehrte, sie in den Arm nehmen, ihr einen Kakao zubereiten, mit ihr sprechen und singen, bis sich ihr aufgeregtes kleines Nervensystem beruhigte. Das war Maras Job: Die Stellung zu halten und auf das Beste zu hoffen.

Zweimal versuchte Bianca, ein Gespräch in Gang zu bringen, worauf Mara nicht einging. Was hatte sie der Geliebten ihres Mannes schon zu sagen? Und welche Art von Small Talk hätte den gigantischen Klumpen eisiger Angst verringert, in den sich ihr zusammengequetschtes Herz verwandelt hatte?

Kims fröhliches Lächeln vor dem geistigen Auge legte sich ihr wie ein schwerer Lodenmantel auf die Schultern, das Gewicht war kaum zu ertragen. Sie sah das niedliche kleine Gesicht vor sich, ohne es berühren zu können, und wand sich in inneren Qualen. Dann schob sich ein anderes Bild dazwischen: Bianca, die sich an der Haut ihres Mannes rekelte, lustvoll stöhnend, abstoßend schwitzend, widerlich erregt. Dieser Zusammenhang weckte Wut und Abscheu in Mara. Und schließlich die Vorstellung von Bianca, die Kim auf dem Arm hatte, nicht behütend und liebevoll, wie eine Mutter das getan hätte, sondern getrieben von Panik und Druck. Die Bianca am Strand, die das ins Spielen und Bauen vertiefte Mädchen in einer hastigen, vielleicht sogar brutalen Bewegung aus ihrem Tun gerissen und von einer Frau gefaselt hatte, die es nicht gab – diese Bianca machte Mara angst. Sie machte ihr große Angst, ganz gleich, was sie vorher gedacht und gesagt hatte! Und hier war sie, auch, wenn sie schweigend Kaffee aufbrühte und Schnittlauch und Cocktailtomaten zu den Eiern in die Pfanne gab, so tat, als wolle sie sich nützlich machen, obwohl sie – ja, was eigentlich getan hatte? Mara wusste es nicht, sie hatte tief geschlafen. Der Begriff „gefährlich" schlug ihr in hämmerndem Stakkato gegen die Stirn. Hatte die Geliebte sich an dem Kind vergriffen? Oder mit ihrem Wahnsinn etwas ausgelöst und gefördert, das dieser Katastrophe Vorschub geleistet hatte? Wer sonst hätte ein Interesse an Kim haben sollen – und warum? Hinter einer pädophil geprägten oder ganz anders gearteten Entführung fand sich kaum genug Logik, um viele Gedanken daran zu verschwenden. Beziehungstaten war der Begriff, der viel näher stand, so nah, dass es Mara den Atem verschlug.

Plötzlich musste Mara aufstehen und im Raum herumgehen, der Drang, sich zu bewegen, wurde übermächtig. Der, Bianca ins Gesicht zu schlagen, auch.

„Das alles ist nur deine Schuld", blaffte sie Bianca an.

193

„Was genau", schoss Bianca zurück, „dass du dich so mit Tabletten und Wein zuballerst, dass du nicht einmal merkst, wenn dein Kind aus dem Bett entführt wird? Oder abhaut! Weil es die Nase voll von euren Streitereien hat? Oder von der Stimmung, die hier zwischen uns herrscht, genervt ist?"

Mara hätte den Angriff mit einer Rechtfertigung parieren können, etwa damit, dass sie sich nicht abgeschossen, sondern nur ihren Kopfschmerz behandelt hatte, wie sonst auch, und dass ein paar sorgsam dosierte Triptane keine Betäubungsmittel oder Drogen waren. Aber sie verspürte nicht die geringste Lust, sich zu verteidigen. Vielmehr war echte Aggressivität das Gebot der Stunde und genau das, was sie Bianca gegenüber von Anfang an hätte zeigen müssen.

„Was ist denn mit dir", brauste sie daher auf. „Ein paar Schmerztabletten sind ja wohl nichts im Vergleich zu deiner Psychose, bei der du offensichtlich Wesen wahrnimmst, die überhaupt nicht existieren!"

Sie kam nah an das Spülbecken heran, an dem Bianca mit schaumigen Händen den Pfannenwender gerade abschrubbte. Sie kam so nah, dass sich Parfüm und Atem der Frauen vermischten.

„Psychose", wiederholte sie. „Du hast eine amtlich bestätigte Meise, schöne Bianca. Richtig stabil warst du ja nie, wie ich aus der gemeinsamen Vergangenheit nur allzu genau weiß, aber inzwischen bist du ja vielleicht sogar gemeingefährlich!"

Bianca ließ den Schwamm ins Becken fallen. Schaumfetzen stoben auf und setzten sich ihr auf Wange und Haar.

„Die Frau ist echt", flüsterte sie. „Sie ist so echt wie du und ich – und sie will deine Tochter."

Sie schwafelte noch mehr. Sie erzählte etwas von einem mexikanischen Mythos, einer gescheiterten Ehe und ermordeten Kindern, von einem Racheengel, der wie eine Wasserleiche aussah.

Mara hörte nicht zu. Ihre Nerven waren sowieso schon zum Zerreißen gespannt – überhaupt war das vermutlich schlecht, was Ort, Zeit und Gelegenheit betraf, um miteinander zu zanken – aber wenn sie sich auch noch auf diese Wahnvorstellungen einließ, dann konnte sie für ihren eigenen Verstand auch nicht mehr garantieren.

„Halt deine Klappe", herrschte sie die ehemalige Freundin an. „Behalte dein Horrormärchen für dich und belaste mich damit nicht auch noch zusätzlich!"

Bianca presste die Lippen aufeinander. Es klapperte laut, als sie die abgetrocknete Pfanne zurück auf den Herd stellte und das Besteck und den Pfannenwender in die Schublade warf, in der sowieso alles durcheinander lag. Vorbei war es mit Maras mühsam aufrechterhaltener systematischer Ordnung, im Außen wie im Innen.

„Von wegen, Frau! Du warst es selbst", führte Mara fort, als hätte sie gerade eine bahnbrechende Erkenntnis gehabt. „DU hast meine Tochter heute Nacht geholt und mit ihr weiß was gemacht, vielleicht, um deiner ominösen „Frau" ein Opfer zu bringen? Wer weiß, was sich dein schräger, gestörter Schädel so ausdenkt! Das erklärt auch, warum sie nicht geweint und gerufen hat, als du sie mitnahmst – weil sie dich kannte und dir vertraute!"

Sie nickte, als müsse sie sich selbst die Wahrheit vermitteln. Je länger sie sprach, umso passender wurden ihre Worte, umso treffsicherer geriet ihre Theorie.

In Maras Inneren wallte ein Bündel an überflutenden Gefühlen nach oben. Die Emotionen, die Sören und ihre alte Freundschaft betroffen hatten – Eifersucht, Wut, Sehnsucht, Trauer – wurden überflutet von der Sorge um ihr Kind und entfachten eine Sturmwelle, die alles mit sich riss. Sie hätte schreien mögen, Bianca verdammen, beleidigen, demütigen, beschimpfen!

Aber sie behielt sich im Griff. Ging auf Abstand, weil sie gewalttätige Tendenzen verspürte, die ihr im Alltag völlig fremd waren. Es mochte gut sein, dass sie die Hand gegen Bianca erhob oder Schlimmeres. Keine kleine harmlose Ohrfeige wie jene am Strand, sondern ein Schlag, der sie womöglich zu Boden streckte. Es gab nichts, was sie nicht tun würde, um ihre Tochter wiederzubekommen, so viel stand fest. Es war an der Zeit, abzurechnen und ein paar Dinge, die im Chaos versunken waren, aufzuräumen! Mochte Sören draußen blind und ratlos herumsuchen – des Rätsels Lösung befand sich dort nicht. Es war hier, ganz nah bei ihr. Es befand sich in Biancas Kopf und ihr war jedes Mittel recht, um es zu knacken.

„Du hast mein Mädchen weggeschleppt und versteckt", brachte sie ihre These auf den Punkt. „Du wirst mich damit erpressen, damit ich meinen Mann freigebe! Wenn du nicht ganz und gar irre bist und sie längst ..." Daran wollte sie nicht mal denken. Das hielt sie auch nicht für möglich, schon gar nicht für wahrscheinlich. Kim war nicht tot, denn tot nützte sie Bianca nichts. Sie hielt sie vermutlich nur verborgen und würde sie, völlig verängstigt und eingeschüchtert, aber hoffentlich unversehrt, wieder herausrücken, wenn sie hatte, was sie wollte. Und was sie wollte, lag klar auf der Hand.

„Kim gegen Sören, ist es nicht so? Wann kommt dein Angebot für eine Auslöse? Was willst du noch außer dem Mann? Mein Haus? Den Garten?

Das Ferienhaus in Schweden? Die Küche, meine Garderobe, den Wagen? Den Familienschmuck?"

Sie spürte die Kante der Arbeitsplatte im Rücken und den Druck ihrer verschränkten Arme auf der Brust. Das Atmen wurde schwer, war nicht mehr selbstverständlich. Was sollte sie noch aufzählen? Sie hätte alles, alles gegeben, um ihre Tochter wieder in die Arme schließen zu können!

Und sie war sich nicht mehr sicher. In gar nichts.

Trotz aller Differenzen war sie sich bis gestern wohl noch sicher gewesen, dass Bianca kein Mensch war, der Kindern aus eigennützigen Gründen Schaden zufügte. Ein Blick in die Augen ihrer ehemaligen Freundin bestätigte, dass dort wie eh und je noch dieselbe Seele wohnte. Aber Mara hatte schon einmal falsch gelegen, so fürchterlich falsch – als sie ihrem Mann vertraut hatte, dem sein späterer Verrat offenbart auch nicht sehr schwergefallen war! Was wusste sie schon über Menschen? Die konnten sich verbiegen und verstellen und ein Schauspiel abziehen! Fakt war, dass Kim weg war – und die Wahrscheinlichkeit, dass sich ausgerechnet jetzt ein Pädophiler auf dem Campingplatz herumtrieb, belief sich auf nahezu null! Noch dazu die Möglichkeit, dass er ins Haus eindrang und ungesehen mit dem Kind verschwand! Aber Bianca, die hätte durchaus Möglichkeiten dazu gehabt – und Gründe noch viel mehr!

Das Entsetzen nahm viel Raum in Maras Brust ein und ließ noch weniger übrig zum Atmen.

Sie schob fahrig Kims Teetasse zur Seite, in der noch ein Beutel Fencheltee von gestern baumelte. Die Wachsmalstifte auf dem Tisch, das begonnene Gekritzel daneben. Das Spielzeug auf der Ablage des Hochstuhls, den Kim eigentlich nicht mehr brauchte. Das Messer, mit dem sie ihrem Mädchen gestern das Wurstbrot in Stückchen geschnitten hatte. Ihre Agen füllten sich mit Tränen. Oder hatte Bianca – bei Gott – einer gewalttätigen Ader nachgegeben und ihrem Kind doch ein echtes Leid zugefügt? Bei ihrem maroden Geisteszustand war auch das nicht ausgeschlossen! Sie zwang sich mit aller Macht, diesen Gedanken nicht weiterzuverfolgen, sonst würde sie selbst durchdrehen. Es galt lediglich, Bianca weiter auf den Zahn zu fühlen. Sie musste die Wahrheit rausfinden und ihre Tochter retten!

„Du bist die Einzige, die einen Grund hat, mein Kind aus dem Weg zu räumen und mir damit zu schaden. Oder Sören, auf den du aus welchen Gründen auch immer, ebenfalls eine Hasskappe hast. Was ist dein Ziel, Bianca? Deine Bedürfnisse durch Erpressung durchsetzen? Freie Bahn kriegen und den zerschmetterten Ehemann mit viel Mitgefühl und Trost auffangen, wenn er durch den Verlust seiner Tochter den Boden unter den Füßen verliert? Dich rächen, weil wir dir durch unsere Ehe ja so wehgetan haben? Alte Kamellen aufwärmen, deine Position stärken, uns mal so richtig eins reinwürgen, auf dass es unsere Beziehung endgültig so richtig zerschmettert und die Bahn für dich wieder frei wird?"

Bianca antwortete lange Zeit nichts. Aber sie hielt sich an der Hausarbeit fest, als gäbe es sonst nichts mehr zu tun auf der Welt, als müsste sie sich selbst ein Stück weit bezwingen. Verkrampft polierte sie Gläser, die längst trocken waren. Schüttete Weinreste in den Ausguss. Schrubbte den Herd, obwohl der blitzblank war, weil Mara ihn nach jeder Benutzung wienerte.

„Du glaubst das doch nicht wirklich?", fragte sie nach einer sehr langen Zeit, in der nur die Geräusche ihrer Aktivitäten und das Ticken der Uhr an der Wand erklungen waren. „Du glaubst doch wohl nicht wirklich, dass ich ein Kind benutze, um dir oder sonst wem eins reinzuwürgen!"

„Du kannst Sören sowieso haben, falls es dir darum geht", gab Mara zurück. Sie hatte gar nicht zugehört. Oder wollte nicht darauf eingehen, denn doch, genau das glaubte sie tatsächlich!

„Ich will ihn nicht mehr, du kannst ihn haben. Ich will nur meine Tochter zurück, und dann mache ich einen Abgang, ob elegant oder unbeholfen. Du kannst ihn gern haben, den abgelegten Ehemann, er taugt als solcher sowieso nicht besonders. Wirst du dann ja sehen. Obwohl – du weißt es ja längst, denn bevor ich überhaupt mit ihm zusammenkam, war ja deine offizielle Beziehung mit ihm schon gescheitert. Warum machst du denselben Fehler zweimal, Bianca? Glaubst du jetzt, zehn Jahre später, könnte er dir die Wünsche erfüllen, die er damals ignoriert hat?"

Das saß.

Jedes Wort hatte Bianca ins Innerste getroffen, Mara konnte es ihr ansehen. Für einen unsicheren, schwachen Moment fragte sie sich, worum oder worüber sie überhaupt stritten, wenn doch auf der Hand lag, dass ein Mann wie Sören diese Auseinandersetzungen und diesen Krieg überhaupt nicht wert war. Denn eine solche Botschaft hatte sie auch in Biancas Augen aufblitzen sehen: die schwindende Loyalität gegenüber ihrem Liebhaber. Sie war der Kontrolle des Verstandes für einen Moment entschlüpft und hatte sich offen gezeigt. Aber dann war der Augenblick vorüber und Biancas Gesicht eine geschlossene Stahltür. Manchmal ging es eben auch ums Prinzip und niemand war gern der Verlierer, nicht wahr? Die innere Zustimmung wandelte sich erst in Ungläubigkeit, dann in Triumph.

„Du willst dich trennen?", fragte Bianca in einem Ton, als sei das völlig indiskutabel. War es vermutlich auch, jedenfalls in ihrer kleinen, engen Vorstellungswelt.

„Ja", bekräftigte Mara, ahnend, dass sie sich damit verletzbarer machte, aber auch offensichtlich erleichtert darüber, endlich jemandem – und sei es die Feindin – den Entschluss, der in ihr gärte, mitteilen zu können.

„Wann hast du das entschieden?"

Bianca griff nach zwei Gläsern und schenkte ihnen beiden Wasser ein. Dann setzte sie sich an den Küchentisch, eine stumme Aufforderung an Mara, es ihr gleichzutun. Diese blieb aber auf dem Sprung, voller Skepsis, Misstrauen und unterdrücktem Zorn. Sie hatte immer noch keine Antworten und ihr Kind blieb verschwunden.

Aber schadete es, sich zu erklären? Alles einmal loszuwerden?

„Ich hab es entschieden, nachdem ihr mir die Wahrheit über eure Affäre auf den Tisch geknallt habt und Sören diese wahnwitzige Idee hatte, uns alle drei im Urlaub gemeinsam um sich haben zu wollen. Aber kaputt war die Beziehung vorher schon, ich wollte das bloß nicht wahrhaben. Du kannst ihn also kriegen, werdet glücklich und lasst Kim und mich künftig in Ruhe."

Bei dem Gedanken an ihr Kind traten ihr erneut die Tränen in die Augen. Sie wirkte mit den vorgezogenen bebenden Schultern plötzlich viel kleiner und auch lange nicht mehr so kampflustig.

„Weiß Sören das schon?"

„Was geht dich das an?" Mara schniefte.

„Er weiß gar nichts", schnaufte sie selbstgerecht, „und sein Größenwahn verhindert auch, dass er anerkennt, dass andere Menschen durchaus auch Entscheidungen für sich treffen können, die sich auf ihn auswirken. Er glaubt immer, ER sei der Macher, der einzig Fähige unter den Inkompetenten, der einzig Sehende unter den Blinden! Dich und mich schubst er doch auch nur nach Lust und Laune herum! Und nun ist mein Kind weg und ..."

„Ändert das etwas an deiner Entscheidung?" Bianca hielt das Glas mit der Hand umklammert, obwohl sie nicht einmal daran nippte.

„Ich werde so oder so gehen", bekräftigte Mara. „Aber zuerst will ich meine Tochter finden. Ohne Kim gehe ich nirgendwo mehr hin."

„Vielleicht wäre es ganz klug, die Polizei ins Boot zu holen?"

Da war es, das gefürchtete Wort! Nein, nein, nein, auf gar keinen Fall! Die Beamten würden mit einem starken Suchtrupp hier anrücken, freilich, mit spezialisierten Kräften, Wärmebildkameras, Spürhunden. Sie würden Spuren untersuchen und Fragen stellen. Sie würden das Gelände durchkämmen und auf den Kopf stellen, Himmel und Hölle in Bewegung setzen, eine gigantische Maschinerie in Gang setzen!

Und sie würden Mara unerbittlich überprüfen, die dank einer Unpässlichkeit *(Wie hatte das nur passieren können?)* nicht dazu in der Lage gewesen war, auf Kim aufzupassen. Sören hatte sie darauf hingewiesen, als sie das Handy schon in der Hand gehabt hatte. Nicht nur, dass schuldhafte Einsätze der Polizei sehr teuer werden konnten, wenn sie sich nachher als nicht gerechtfertigt rausstellten, etwa, weil ein Kind einfach weggelaufen und nicht entführt worden war, sondern auch, dass Müttern im Falle einer möglichen Trennung das Sorgerecht in der Regel aberkannt wurde, wenn sie bewiesen hatten, wie unzuverlässig sie in der Betreuung waren.

„Unzuverlässig" bedeutete nach Definition, diese Mütter ließen zu, dass ihre Kinder über Nacht spurlos verschwanden. In ihrer momentan empfindsamen Lage und im Hinblick auf eine bevorstehende Scheidung konnte sich Mara alles leisten, aber nicht diesen einen Vorwurf, auf den es letztendlich ankam!

Wenigstens war Sören – ein naives Schaf oder einfach unaufmerksam – in diesem Punkt auf ihrer Seite gewesen und ihr nicht in den Rücken gefallen. Er hatte nicht darauf bestanden, die Polizei zu informieren, was er hätte tun können, immerhin war es ja auch sein Kind! Mehr noch, er wurde aktiv und gab sein Bestes und suchte die ganze Gegend nach dem Mädchen ab – irgendwo musste sie ja auch tatsächlich stecken! Und so hoffte Mara, dass ein Polizeieinsatz sich in Kürze sowieso von selbst überflüssig gemacht haben würde.

Die Frage ihrer Rivalin ignorierte sie. Aber sie nahm widerwillig einen Schluck Wasser, ihre Kehle war wie ausgetrocknet. Als hätten sich brutale Hände darumgelegt und einmal kräftig zugedrückt, alles Leben herauspressend!

Dann nahm sie wieder ihre Abwehrhaltung vor dem Kühlschrank ein: die Beine verschränkt, die Arme vor der Brust gekreuzt, den Hintern an den Klotz hinter sich gedrückt, die Stirn in Falten gelegt. Die Anspannung, die zwischen den beiden Frauen, die sich einmal innig gemocht und dann ebenso innig verabscheut hatten, war intensiv genug, um sie beinahe mit den Händen greifen zu können.

Hinzu kam Maras Gefühlscocktail, der sich aus inneren Vorstellungen ergoss, in denen Kim hilflos, verängstigt und allein irgendwo in einer fremden Umgebung auf sie wartete. (Den ganz schlimmen Vorstellungen, jenen blutig-brutalen, die man sich nicht einmal auszudenken wagte, mochte sie einfach keinen Raum geben. Sie fanden in ihrer geistigen Welt keinen Platz und würden dies ganz gewiss auch nicht tun, bis der Spuk sich in erleichternde Luft auflöste oder das ganz Schlimme, Unaussprechliche sich mit beweisbarer Sicherheit bewahrheitete.)

Es gab wenig, was sie tun konnte, um ihre Emotionen soweit in Schach zu halten, sodass sie sie nicht komplett überwältigten. Eine dieser raren Möglichkeiten war, Bianca zu quälen, dann fühlte Mara sich wenigstens nicht als Einzige elendig und hundsmiserabel. Vielleicht hatte sie etwas mit Kims Verschwinden zu tun, vielleicht auch nicht. Mit Druck würde sie es jedenfalls nicht aus ihr herauspressen, aber Manipulation konnte ja auch subtiler vonstattengehen. Und falls Bianca nicht an Kims Verschwinden schuld war, konnte Mara immerhin mit Worten dafür sorgen, dass es ihrer Rivalin nicht besser ging als ihr selbst.

„Du kannst meinen Mann behalten", wiederholte sie in einem eisigen Ton, der von fatalistischer Resignation kündete, andererseits aber auch eine erstaunliche innere Stärke im Gepäck hatte. Ganz so, als wüsste Mara längst mit absoluter Überzeugung, wohin ihre Ziele sie führen würden und als sei sie durch nichts und niemanden in der Welt mehr von ihnen abzubringen.

„Ihr passt eigentlich auch ganz gut zusammen – zwei Loser, die sich gegenseitig das Leben schwermachen können." Ihre Stimme triefte vor

Verachtung und Sarkasmus. „Wenn du dann also meinen Mann freiwillig überschrieben bekommst, kannst du mir auch sagen, wo du meine Tochter versteckt hast, um die Erfüllung deiner Bedürfnisse aus mir herauszupressen."

Bianca starrte auf die Wasserflasche, als ob sie die Kohlensäurebläschen zählte. Sie wirkte, als hätte sie Mara den Inhalt ihres Glases am liebsten ins Gesicht geschüttet oder – besser noch – das Glas vorher mit Salzsäure gefüllt.

„Ich habe deine Tochter nicht versteckt." Sie betonte jedes einzelne Wort. „Ich habe ihr weder etwas angetan, noch will ich mit ihr irgendwelche Bedürfnisse erfüllen, wie du es nennst! Ich habe sie seit gestern nicht einmal gesehen! Und ob du es glaubst oder nicht: Wie sehr wir einander auch das Scheußlichste an den Hals wünschen, so möchte ich doch nicht, dass deinem Kind ein Leid geschieht. Um ihretwillen nicht und weil es Sören vernichten würde natürlich – aber auch, weil es für dich ein absoluter Horror wäre."

„DU bist mein absoluter Horror! Und dieser schauerliche Urlaub, der in eine solche Katastrophe gemündet ist! Ohne deine Anwesenheit wäre das alles nicht passiert! Wieso bist du überhaupt mitgefahren – weil Sören es verlangt hat?"

Mara blickte Bianca in die Augen, das heißt, sie versuchte es, aber es gelang nicht, weil Bianca ihrem Blick auswich und die Lider niederschlug.

„Machst du immer alles, was er sagt, wie ein artiges, braves, folgsames Mädchen? Bist du sein Anhängsel, sein Schoßhündchen, seine Marionette? Na, herzlichen Glückwunsch zu dieser absurden Abhängigkeit."

Bianca hob den Kopf. Ihre Augen waren dunkel von Wut.

„Das kann ich ja wohl nur zurückgeben! Wer ist denn hier die Abhängige von uns? Während ich jederzeit einen Schlussstrich ziehen und gehen kann -"

„- falls du dazu psychisch in der Lage bist!"

„... bist du durch das Kind und die finanziellen Verknüpfungen noch ewig an Sören gebunden! Wirf mir nicht vor, was du selbst nicht besser machst!"

„Immerhin ficke ich keine verheirateten Männer!"

„Na, das kann ja vielleicht noch kommen, sobald du einmal von der verlockenden großen Freiheit gekostet hast, nachdem du die Trennung vollzogen hast."

Zorn wie aufsteigende Wellen. Gischtender Schaum, brechende Wassermassen, Rückzug. Dann Stille.

„Sören wird am Boden zerstört sein, wenn du ihn verlässt." Bianca war wieder leiser geworden.

„Er hat doch dich. Es wird ihm ein ausreichender Trost sein, zwischen deinen behaglichen Schenkeln zu liegen und sich wie ein toller Hengst zu fühlen, der es dir richtig besorgen konnte."

„Diese widerliche Ausdrucksweise ist gar nicht deine Art, Mara."

„Und das willst ausgerechnet du beurteilen? Welchen Teil von mir kennst du denn nach all den Jahren?"

Darauf sagte Bianca nichts. Was hätte sie auch sagen sollen? Zehn Jahren kalten Schweigens und der Entfremdung standen zwischen ihnen. Es war die Wahrheit: Sie kannten sich nicht mehr.

Erst nach vielen Minuten nahm Bianca wieder den Gesprächsfaden auf.

„Vielleicht will ich Sören auch gar nicht mehr haben", sagte sie leise, so leise, dass sie kaum zu verstehen war. Mara konnte es ihr nicht verdenken. Sie hätte Triumph und Genugtuung fühlen können – Bianca hatte auch die Nase voll von seinem selbstgerechten, fordernden Gebaren, er würde am Ende ganz allein zurückbleiben! – aber die Angst um ihre Tochter schnürte ihr erneut die Kehle zu. Und die Gewissheit, dass sie und Bianca offenbar doch noch mehr gemeinsam hatten, als sie gedacht hatte. Diese Erkenntnis ließ erneut ihre Wut hochkochen und vermischte sie mit einer grenzenlosen Angst, was keine gute Mischung war.

„Du kennst mich nicht mehr, Bianca, aber mach nicht den Fehler, mich zu unterschätzen. Ich habe es satt, immer nur schön lieb die Rolle zu spielen, die ihr alle für mich vorgesehen habt! Die starke, souveräne, eloquente Mara, die niemals ausfällig und schon gar nicht primitiv wird! Das würde nicht in euer Weltbild passen, richtig? Und deswegen macht es mir gerade Freude, mal so richtig aus eurer kleinen fiesen Rolle, die ihr mir zugesteht, heraus zu hüpfen und den Proll in mir das Kommando übernehmen zu lassen. Du bist eine Hure, Bianca! Ich kann es doch mal aussprechen, oder? Eine verdammte, billige, kleine Nutte, berechnend und simpel gestrickt!" Mara spürte, sie redete sich selbst in Rage, sie redete beide in Rage. Die Atmosphäre vibrierte seit Stunden von dem, was zwischen ihnen stand und verschwiegen wurde, aber zunehmend auch von dem, was sie aussprachen.

Leider ließ sich Bianca jedoch nicht auf die plumpe Provokation ein, was ungewöhnlich für sie war, noch dazu in dieser psychisch brenzligen Ausnahmesituation. Sie holte tief Luft, wohl zum Gegenanschlag. Erstaunlich, wie harmlos ihre Frage danach blieb.

„Du willst den Proll in dir das Kommando übernehmen lassen? Dann wird die Realisierung einer friedlichen Trennung von Sören aber schwierig. Nur, falls du die eigentlich im Sinn haben solltest."

„Sagt die Beziehungsspezialistin, die im Rahmen ihrer erfüllenden Partnerschaften ein Arsenal an Reife und Weisheit zusammengetragen hat?" Maras Spott war kaum zu überhören. Wie auch immer, sie konnten sich drehen und wenden, sie würden nicht mehr zusammenfinden. Ihre Einstellungen waren Lichtjahre voneinander entfernt, ihre Emotionshüllen wie Magnete, die sich gegenseitig abstießen. „Du bist ein armseliges Frauenzimmer, das immer nur die Reste pickt, die die schöneren, schlaueren und besseren Frauen übrig gelassenübrig gelassen haben." Wieder eine Beleidigung. Mara schämte sich, das war wirklich nicht ihre Art. Auch diesmal reagierte Bianca nicht wie gewünscht. Mara wusste nicht, was schlimmer war: Dass ihre Schüsse ins Leere liefen oder dass es nicht schaffte, sich durch ihre Angriffe besser zu fühlen.

Und doch wusste sie insgeheim, warum dem so war: Es war ein Nebenkriegsschauplatz.

Nut wenige Minuten der zweifelhaften Freude dauerte es, sich an Bianca abzureagieren, da rutschte wieder die Gefahr, in der ihr Kind schwebte, in Maras Bewusstsein. Dagegen half nichts. Kein Streit, wie primitiv und roh er auch ausgeführt wurde. Kein Kampf, keine Schlacht, kein Weltenbrand.

Völlig unvermittelt barg sie das Gesicht in den Händen und weinte. Sie war froh, über die gerade noch zusätzlich vergrößerte Kluft, die verhinderte, dass Bianca sich neben sie gesellte und ihr tröstend die Hand auf die Schulter legte. Das hätte sie wohl kaum ertragen und Bianca, immerhin sensibel genug für absolute No-Gos, schien das zu spüren.

Die ehemalige Freundin und jetzige Feindin stand auf, nachdem klar war, dass Mara sich doch nicht setzen würde, und griff nach den Resten des von Mara kaum angerührten Frühstücks, dessen Teller sie bei ihrer Aufräumaktion hatte stehenlassen. Trotzig schob sie sich Gabeln voll kalten Rühreis und gebutterte Toastbröckchen in den Mund, kaute frustriert, spülte mit Wasser nach. Mit voller Absicht verzehrte sie das, was Mara übrig gelassen und verschmäht hatte, als läge eine wertvolle symbolische Demonstration darin.

„Weißt du was, Mara", sagte sie mit vollem Mund, Genuss vortäuschend. „Ich glaube, dass DU das armselige Frauenzimmer bist, das sich schämen und vor der Welt verbergen sollte. Bist du nicht vielleicht eine Mutter, die ihr Kind als

Waffe missbraucht, um den Mann nach ihrer Pfeife tanzen zu lassen? Hast letztendlich DU deine Tochter selbst entführt und versteckt – oder ihr gar etwas Furchtbares angetan – um deinen Mann zu bestrafen oder ihm zumindest eine nachhaltige Lektion zu erteilen?"

Sie stand auf, ging an Mara vorbei, wobei sie nicht gerade sanft ihre Hüfte streifte, und warf das benutzte Geschirr mit voller Wucht ins Spülbecken, wo es klirrend zerbrach.

„DU bist das Monster, Mara", sagte sie und ihr Blick hätte massive Felsformationen zur Sprengung gebracht. „DU hast deiner Tochter Schaden zugefügt und spielst uns nun die verängstigte, trauernde Mutter vor. Aber in Wahrheit lachst du dir ins Fäustchen, weil du nun frei bist, nicht mehr gebunden durch Mann und Kind – und die verdammte Geliebte, die zwangsläufig mit ins Boot genommen werden musste! Deine scheinheilige Art täuscht mich nicht – und all deine Angriffe lassen mich kalt! Weil ich nämlich längst erkannt habe, wer und was du wirklich bist! Ein Ungeheuer!"

Mara blieb der Mund offenstehen. Sie hatte gedacht, an diesem Tag könne sie – abgesehen von einer schrecklichen Nachricht, die ihre Tochter betraf – nichts mehr erschüttern, aber diese Worte trafen sie bis ins Mark. Sie sah, dass es kein Spiel war und auch keine Strategie. Sie sah, dass Bianca meinte, was sie sagte, dass sie der vollkommenen Überzeugung dessen war, was sie gerade geäußert hatte. Sie erkannte den Wahnsinn in den Augen dieser Frau, die ihr schon seit langem keine Freundin mehr, nun aber schlagartig völlig fremd geworden war.

13. Kapitel

Bianca

Sie warteten, wobei die Minuten und Stunden sich endlos dehnten. Sie stritten und schwiegen. Sie umkreisten einander wie Kriegsschiffe, von denen keines den ersten echten Angriff starten will, und gingen sich aus dem Weg, so gut sie es vermochten. Sie nahmen eine Kleinigkeit zu sich, um bei Kräften zu bleiben, ohne dabei etwas zu schmecken und sie genossen die Umstände ihrer gemeinsamen „Zwangshaft" kein bisschen.

Die Sonne stieg am Horizont in den Zenit, sank auf der anderen Seite quälend langsam wieder Richtung Boden und verschwand schließlich rot glühend und Unglück verheißend hinter den Wäldern in der Ferne.

Sören hatte sich regelmäßig melden wollen und das tat er auch, aber er hatte keine guten Nachrichten. Er suchte Stunde um Stunde die ganze Gegend nach Kim ab, fuhr sogar zu den Stellen, an die sie in der letzten Zeit Ausflüge unternommen hatten, checkte Gebäude, Büsche, Uferstriche, Wege und Plätze. Er reichte ein Bild von Kim herum und erkundigte sich bei allen Menschen, die ihm begegneten, bei anderen Gästen, Urlaubern, Einheimischen, der Verkäuferin in der Bäckerei, dem Gärtner, der

Eigentümerin des Kiosks. Er lief sich die Füße und das Herz wund. Doch er erreichte überhaupt nichts. Niemand hatte etwas von Kim gesehen, niemand auch nur eine winzig kleine Spur gefunden. Das Mädchen blieb verschwunden.

Mit der sinkenden Hoffnung hätte sich eigentlich auch die Stimmung der beiden miteinander auf Gedeih und Verderb ausgelieferten Frauen weiter verschlechtern müssen, doch die war im Grunde von Anfang an so mies gewesen, dass es kaum etwas zu verschlechtern gab.

Mara bekam ihre Anfälle. Mal heulte und jammerte sie, mal beschimpfte und beleidigte sie Bianca, die als bereitstehender und offenbar geeigneter Puffer einiges an überflutenden Emotionen auffing, ob sie wollte oder nicht.

Anfangs hatte Bianca die Not ihrer ehemaligen Freundin noch geteilt und verstanden, trotz ihres eigenen Grolls. Aber zunehmend verstärkte sich ihr Eindruck, dass hier – auch auf *ihre* Kosten – eine Inszenierung aufgeführt wurde, die wirklich an die Substanz ging.

Biancas eigene Welt und Wahrnehmung war hingegen klarer denn je: Mara war die inkarnierte, wiederauferstandene Version der legendären Llorona, die einen eindeutigen Auftrag verfolgte, von dem sie sich um keinen Preis abhalten ließ. (Oder nicht? Konnte es wahr sein?)

Das Mädchen würde da draußen nicht gefunden werden, denn der Schlüssel zum Geheimnis steckte in Maras Herzen fest. Mara, da war sich Bianca sicher (Wirklich?), wusste, was passiert war. Mara barg die Fäden in ihrer Hand. Mara hielt alle zum Narren und würde am Ende ihren Triumph auskosten, weil sich niemand der Tragik ihres Auftritts hatte entziehen können. Wenn Sören erkannte, was tatsächlich geschehen war, würde es zu spät sein. Zu spät für ihn und Bianca, zu spät für Kim, zu spät für Mara selbst.

Im Verlauf des trostlosen Tages und begleitet von dem widerlichen Singsang der beleidigenden Worte gewann Biancas erste Ahnung zunehmend an Stärke und wurde bald zu einer Gewissheit:

Maras eigene peinliche Hände, ihre einzigen mühsam und vergeblich versteckten Schwachpunkte, hatten das kleine Mädchen in der vergangenen Nacht tief unter Wasser gedrückt, bis der kleine Körper erschlaffte und die Lunge ihren Dienst einstellte. Diese Hände – Bianca konnte den Blick kaum noch davon abwenden – hatten die Leiche hastig und eilig unter Gestrüpp vergraben, wo sie bald gefunden werden würde – und dann kam die Wahrheit ans Licht. Diese Hände trugen Sörens Ehering, aber sie hatten auch sein Leben zerstört. Diese Hände hatten Kim gestreichelt, gewickelt und gefüttert, um dann umso grausamer zuzuschlagen. Diese

Hände, mit denen Mara gedankenverloren das Kissen knetende und das bebende Glas Wasser zum Mund führte, waren das Zentrum des schrecklichen Universums, um das sie alle sich seit dem Beginn dieses Tages drehten.

Für Kim, dachte Bianca niedergeschlagen, konnte sie nichts mehr tun. Aber sie konnte sich vielleicht noch selbst schützen, denn ganz gewiss würde sie die Nächste auf der Todesliste sein. Die Llorona wollte nicht nur ihre Kinder zurück, sie wollte auch dem abtrünnigen Ehemann und dessen Mätresse eine angemessene Lehre erteilen! Und welche Botschaft war nachhaltiger als der Tod?

Eine Zeit lang beäugte Bianca Mara misstrauisch, von Minute zu Minute nervöser werdend. Es beunruhigte sie, dass Mara nichts tat, um sich die Zeit zu vertreiben. Sie las nicht, sie blätterte nicht in einer Zeitschrift, sie nahm sich kein Sudoku vor, sie kritzelte nicht mal vor sich hin. Vielleicht hatten diese Hände sich in der letzten Nacht so verausgabt, dass sie für banale Beschäftigungen nun zu erschöpft waren? Und nachdem sie sie stundenlang systematisch mit absurden Vorwürfen und scheußlichen Beleidigungen mürbe gemacht hatte, war sie nun schon seit einer geraumen Zeit verstummt. Wohl, um ihren nächsten Plänen eine konkrete Gestalt zu verleihen?

Wie von der Tarantel gestochen sprang Bianca vom Stuhl hoch, auf dem sie bereits Stunden verbracht hatte und dessen harte Sitzfläche sich gewiss schon als Abdruck auf ihrem Hintern zeigte. Sie musste unbedingt Sören erreichen und informieren! Sie musste ihm erklären, was sie herausgefunden hatte – dass *Mara* das Monster war, das ihr seit Tagen so viel Angst machte! Dass sie plante, ihn zu verlassen, ohne jeden Skrupel, und dass sie sich längst an ihrer gemeinsamen Tochter vergriffen hatte, um ihn zu zerschmettern!

Aber sie musste vorsichtig sein. Die Gespräche über den aktuellen Stand der Suche (einschließlich wiederholter Warnungen, die Polizei noch nicht anzurufen), erreichten natürlich Maras Handy, sie hatte also keine Gelegenheit, mit ihm zu sprechen. Und es wäre auch nicht ratsam gewesen, ihm in Maras Anwesenheit von ihrem Verdacht zu erzählen!

Sie brauchte einen geschützten Raum, eine Auszeit – und sie *musste* diesem Dunstkreis von Gewalt und Bedrohung bekommen! In einem Moment sah Mara noch wie Mara aus, Tränenspuren auf den Wangen, zerzaustes Haar, Schatten unter den Augen. Doch bereits im nächsten Augenblick konnte sie sich in dieses Ding aus dem Wasser verwandeln, dem die Algen aus den Haaren tropften und der Sand vom Flussgrund knirschend den Mund verstopfte …

Alles war *genau darauf* hinausgelaufen, diese ganze Bemühung, dieser ganze erschütternde Urlaub! Es war von Anfang an darum gegangen, Sören und sie in eine Falle zu locken! All dies war Lloronas Werk und sie war so geschickt vorgegangen, dass die naive Bianca nichts davon gemerkt hatte! Jedenfalls bis diese Geistererscheinungen sie heimgesucht hatten, von denen sie überzeugt war, dass sie echt waren.

Mara war die Llorona, daran gab es keinen Zweifel. Sie suchte am Fluss ihr Kind – und sie würde nicht ruhen, bis der Gatte und die Nebenbuhlerin bekommen hatten, was sie verdienten! Der erste Schritt war gewesen, sich das Kind aus der realen Welt in die einsame Welt des Todes zu holen, es sich einzuverleiben und in das eigene feuchte Grab zu bannen, auf dass Sören es niemals bekam. Dieser Schritt war erledigt – die Llorona und ihre Tochter mochten nun auf ewig vereinigt sein. Aber der zweite Schritt, um den Mythos zu erfüllen, der fehlte noch: Er beinhaltete Rache für alle jene, die ihr Glück zerstört hatten!

Alles, was Mara hier an Trauer und Verzweiflung präsentierte, war eine gut geschauspielerte Show, um Bianca in trügerischer Sicherheit zu wiegen. Und dann, wenn der

Zeitpunkt der richtige und Bianca schutzlos und unaufmerksam genug war, dann würde Mara zuschlagen, um ihr Werk zu vollenden!

„Ich geh aufs Klo." Darum bemüht, möglichst unauffällig und betont langsam das Zimmer Richtung Bad zu verlassen, führte Bianca jede Bewegung sehr bewusst aus. *Einen Schritt vor den anderen setzen. Nicht allzu entsetzt und verschreckt in Maras Richtung blicken. Vorangehen, nicht hetzen, nicht rennen. Atmen, ein und aus. Nicht hecheln oder nach Luft schnappen, nur ein uns, tief, tiefer, so tief, wie es ging!* Ein Blick zurück – folgte das Monster ihr?

Mitnichten.

Mara blieb sitzen, wo sie war, und wirkte äußerlich überhaupt nicht furchteinflößend. Ihr Haar war stumpf, ihre Schultern hängend, ihre Mundwinkel eine einzige Anklage ans Schicksal. Eine Scharade! Die angeblich trauernde Mutter, die jene grauenvolle Lage überhaupt erst herbeigeführt hatte! Es fehlte nur noch, dass sie ein selbst gestricktes Jäckchen ihres Kindes von einer Hand in die andere geschoben hätte, um ihrem seelischen Elend Nachdruck zu verleihen, aber ihre Hände waren leer.

Bianca flüchtete sich ins Badezimmer und schloss aufatmend die Tür hinter sich ab. Verdammt, wo blieb bloß Sören? Vermutlich hätte er gegen ein machtvolles dämonisches Wesen wie eine rachsüchtige Untote auch nicht viel ausrichten können, aber wenigstens hätte sie sich dann nicht mehr ganz so allein gefühlt!

(Wann hatte sie sich mal NICHT allein gefühlt, seitdem sie mit Sören wieder zusammen war? Gehörte zu dieser unglückseligen Verbindung nicht gerade die Einsamkeit? War es jemals anders gewesen? Sie wusste es nicht mehr.)

Noch immer bekam Bianca schwer Luft. Sie drehte das Wasser auf und ließ es sich über die Handgelenke laufen. *Tief Luft holen. Zwei Sekunden anhalten. Langsam durch den Mund nach draußen stoßen. Stille.*

Der Spiegel, gegen den sie die Stirn lehnte, war kühl. Was sollte sie jetzt tun? Hier drin ausharren, bis Sören zurückkam? Aber das konnte bis in den Abend oder sogar in die Nacht hinein dauern! Und die Llorona *(Mara?)* hatte längst bewiesen, dass versperrte Türen sie nicht ausbremsen konnten. Mit Leichtigkeit ging sie durch Wände, ebenso selbstverständlich, wie sie sich unter Wasser bewegte, oder wie sie in dem einen Moment hier und im nächsten ganz woanders auftauchte. Das war Spukgestalten ärgerlicherweise zu eigen: Sie ließen sich von materiellen Hindernissen nicht aufhalten. Jedes dumme Kind wusste das!

Der Spiegel beschlug von Biancas Atemluft, der es einfach nicht gelang, langsamer und tiefer zu atmen. Sie spürte, wie ihre Brust sich hektisch wölbte und wieder zusammenzog. Als sie sich umblickte, wurde ihr klar, dass sie Badezimmer nicht besonders mochte. Überall Wasser hier. In der Leitung, im Spülkasten der Toilette, in Wanne oder Waschbecken, wenn man sie füllte.

Und dann war sie da, als wäre sie schon immer dort gewesen. Keine Frau. Ein kleines Mädchen, nur wenig älter als Kim. Sie hatte schwarzes, struppiges Haar und eine Schaumkrone auf dem Kopf. Sie hockte in der Badewanne und summte ein Lied. Es war ein Kinderlied, das Bianca sehr gut kannte, aber schon lange nicht mehr gehört hatte. Langsam kam sie näher, die Augen weit aufgerissen, die Arme Schutz suchend um die eigenen Schultern geschlungen.

Die Kleine spielte selbstvergessen im heißen Wasser. Bianca hatte plötzlich Mühe, die Szenerie in Gänze zu erfassen, es war, als würden sich ihr nur noch Bruchstücke erschließen, die nicht zusammenpassten.

Dieser Moment war alt, sehr alt. Die Kleine in der Badewanne war sie selbst, ein schutzloses und argloses Kind, das noch nichts Böses in der Welt kennengelernt hatte. Nichts Böses – abgesehen von ihrem lieben Papa, der die Mutter betrogen und nachher verlassen hatte. Das hatte Bianca erst viel später erfahren und verstanden. Aber noch heute zeugten jeder Tropfen Wasser und das

223

zerschlissene Gummientchen von der Wut der Mutter, die nach der Trennung nicht müde geworden war, ihre Tochter vor den ausnutzenden, widerlichen Männern zu warnen.

Man muss sie bestrafen für das, was sie uns antun. Man muss ihnen das Liebste nehmen, das sie haben! Sich selbst! Die Menschen, die sie lieben! Die kostbare Frucht des eigenen Leibs!

Die Bilder purzelten nun zuhauf in ihr Gedächtnis zurück, ausgelöst von dem Gefühl des Wassers auf ihrer Haut, dem Geruch der kalten Fliesen (Oh ja, Fliesen konnten nach etwas riechen!), ergänzt von dem künstlichen (Rosenöl?), das aus einem Raumerfrischer aufstieg. Gerüche, die wie Boxkämpfer über sie herfielen und zuschlugen.

Bianca wankte. Sie wollte sich an der Wand, dem Fensterbrett, dem Türgriff festhalten, aber sie griff ins Leere. Die Welt war verschwunden, die Realität hatte sich verabschiedet. Alles, was geblieben war, war dieses nichts ahnende Kind in der Badewanne – und daneben die zornentbrannte Mutter, der das Spielen zu lang dauerte und die Körperpflege nicht schnell genug ging. Entsetzt beobachtete Bianca die Momentaufnahme, die sie einst, vor gefühlten tausend Jahren, einmal als Beteiligte erlebt hatte, ohne sie nennenswert beeinflussen zu können.

Die Kleine ließ sich eine Zeit lang geduldig abschrubben, doch dann wurde sie ungehalten, weil die Mutter sie allzu grob anpackte. Sie stand auf, Schaum auf der Haut und tropfnass, und versuchte, aus der Wanne zu steigen. Die Mutter zeterte und schimpfte, über das ungehorsame Kind, das nur Ärger machte, über ihren anstrengenden Alltag, der kaum zu schaffen war, über den treulosen Mann, der an der Hand einer Jüngeren, Schöneren auf und davon gelaufen war.

Ich will raus! Eine kleine, zarte, aber nachdrückliche Stimme.

Du bist noch nicht sauber. Setz dich wieder hin, damit ich dir die Haare waschen kann.

Unerbittliche Hände zwangen den kleinen Körper zurück in die Wanne. Ein Becher Wasser schwappte und die schaumige Brühe lief ihr über den Kopf. Es brannte in den Augen. Es roch nach Seife und Rosen. Noch ein Becher. Und noch einer. Wasserfluten wie von einem Wasserfall. Spucken, Husten, Luftnot.

Ich will nicht!

Die kleine Bianca weinte.

Lass das!

Ein Klaps auf die Hand, ein paar Finger an der Schulter. Die Shampooflasche wurde geräuschvoll ausgequetscht, ein Laut, als würde ein kleines Tier auf der Straße überfahren. Kühle auf der Kopfhaut, ein undurchdringlicher, dorniger Rosenduft, der harte Wannenboden unter dem knochigen Po.

Bleib sitzen!

Lauteres Weinen.

Halt deinen Mund, verdammt! Siehst du nicht, was ich alles für dich tue? Kannst du nicht einmal parieren, wo schon dein Vater mich hier allein gelassen hat, um mit dieser ... Nun halt doch mal still, Kind!

Das Kind hielt nicht still. Es jammerte, quiekte und zappelte, bis die Mutter ihm eine Ohrfeige verpasste. Schwarzes Haar, feuchte Hände, ein Klatschen, das von den Wänden widerhallte. Die Gerüche waren kaum auszuhalten, das warme Wasser, das ihren Körper umspülte, wurde zu einem nassen Grab. Bianca sprang auf und wurde erneut von der Mutter gepackt und nach unten gedrückt. Harte Finger (Krallen!) kneteten ihre Kopfhaut, längst sah sie nichts mehr, weil die Augen so brannten, dass sie sie nicht länger offenhalten konnten. Dann spürte sie, wie die Hände ihre Schultern packten. Sie nach unten drückten. Tief ins dunkle, gurgelnde, schaumige Wasser hinein. Bianca holte zum falschen Zeitpunkt Luft, es war ein Reflex. Ihre Nase füllte sich, ihre Lunge protestierte. Heiß, heiß – und so nass, so furchtbar nass!

Das erste, was sie vernahm, als sie prustend wieder nach oben kam, war die Stimme der Mutter, kalt und klirrend wie Eis.

226

Vielleicht sollte ich dich jetzt und hier einfach ertränken, du ungehorsames Gör! Ein paar Sekunden nur, dann wäre ich dich los und könnte ein neues Leben anfangen! Ich werde ihm nehmen, was ihm am kostbarsten ist!

Bianca hustete und weinte. Ihre Augen tränten, ihre Kopfhaut brannte, die Brust war eng wie ein Schlauch, der kein Quäntchen Luft mehr willkommen hieß, obwohl sie nun dem bedrohlichen Nass entkommen war.

Das wäre doch ein schönes Abschiedsgeschenk für deinen Vater, wenn seine Prinzessin, die er mir hier zurückgelassen hat, ertrinken würde wie ein räudiger Hund! (Krank, krank, sie ist krank – Aber das begriff Bianca damals nicht.) *Dann könntest du mir keinen Ärger mehr machen … Keine Widerworte geben … Deinem Vater das Herz brechen … Nichts Besseres hat er verdient, dieser Betrüger!*

Die Mutter (schwarzhaarig, nasse Hände – Wie hatte sie dies beim Anblick der Llorona nur vergessen können?) wandte sich ab. Offenbar war sie nach einem schwachen, wahnsinnigen Moment wieder zur Vernunft gekommen.

Spül dich ab und dann komm aus der Wanne, mir brennt sonst das Essen an.

Sie hielt ein auf der Heizung angewärmtes Frotteehandtuch bereit, das herrlich weich war, doch auch dieses Gefühl folgender Geborgenheit machte Bianca nicht mehr vergessen, was gerade in der Wanne geschehen war. Oder doch?

(Es ist nichts passiert! Es ist gar nichts gewesen.)

Sie tappte mit nassen Füßen auf dem kratzigen Läufer herum, die schmerzende Brust ignorierend, während die Mutter sie – nicht mehr ganz so unsanft – trocken rubbelte.

Zieh dir Schlafsachen an, Bianca. Tut mir leid, mein Mädchen. Ich bin nur so wütend. Es war nicht so gemeint. … Ich hab doch nur noch dich. Dein Vater ist weg, aber du wirst bei mir bleiben … Ich werde aufpassen und es dich hüten wie meinen Augapfel …

Bianca, die – wie jedes Kind – geliebt werden und lieben wollte – vergaß bereitwillig auf der Stelle. Sie hüllte sich in die Geborgenheit ihres Schlafanzugs und meinte, schon bei der Suppe zum Abendessen das Geschehen vergessen zu haben. *(Aber ist dir nicht klar, Bianca, dass du seit diesem Tag niemals mehr in eine Badewanne gestiegen bist?)*

Doch sie hatte nicht vergessen.

Das Wasser, undurchdringlich und bedrohlich. Der Schaum, brennend und beißend. Die Atemnot, unerträglich schmerzhaft. Wasser, Wasser, Gerüche und Gerüche. Seife und Rosenduft. Die Dinge verschwinden nicht. Sie verstecken sich bloß und schlagen eines Tages aus ihrem Exil heraus zu, in einer Sekunde, in der du schwach bist. In einer Sekunde, in der du nicht damit rechnest.

Bianca – die erwachsene Bianca – sah zu, wie Mutter und Kind verschwanden. Ihre Imagination zog den Stöpsel aus der Wanne und ließ das Wasser ablaufen. Dunst malte Tropfen auf die Fliesen, die wie Tränen hinabliefen. Fast spürte sie den Stoff des Wannenvorlegers unter den Füßen. (Hass, Hass – so viel Hass! War ihr Verbrechen, von ihrem Vater geliebt worden zu sein?)

Sie sah weg. (Wie soll man eine solche Erfahrung ertragen? Wie soll man das Wissen ertragen, dass sie echt war?)

Sie drehte sich herum.

Sie blickte in den Spiegel.

Ihr eigenes Gesicht, seit Jahrzehnten vertraut, heute angespannt und beinahe ausgemergelt.

(Schwarzes Haar, nasse Hände.)

Das Gesicht ihrer Mutter, fatal ähnlich, sehr jung damals, überfordert und labil. *Vielleicht sollte ich dich jetzt und hier … Ich werde dich hüten wie meinen Augapfel …*

Die Llorona, die sich aus den Zügen ihrer Mutter schälte und ihr Gesicht sogleich in ein böses Grinsen hüllte. Da stand sie, vermodert und garstig wie die Seele ihrer unglücklichen Mutter, zugleich ein Sinnbild und ein wirklicher Geist, zweifelsohne real. Sie stand neben dem Spiegel und lockte grinsend mit der Krallenhand, von der Wassertropfen auf den Boden perlten.

Die Rache der betrogenen Frauen.

Da war sie nun, die Llorona, die vielleicht auch Mutter war – *oder Mara?* Sie alle hatten sich in Biancas Bewusstsein miteinander vermischt. Die Schicksale dreier Frauen, deren gemeinsamer Nenner die Rache war. Kein Wunder, dass sie die mythologische Geschichte dieser südamerikanischen Fremden so rasch wiedererkannt hatte, war es doch auch ihre eigene. Es war in den Grundzügen die Geschichte *jeder* Frau, der etwas genommen wird und dessen Verlust sie nicht aushalten kann. Ein Lied von Schuld und Rache, auf ewig mit brechenden Stimmen in unzähligen Variationen gesungen.

In Biancas Brust kam ein lang verdrängter Schmerz auf. Nicht, weil sie just in diesem Moment ertränkt wurde *(Aber das wird noch kommen, oder? Zwangsläufig wird es folgen, denn es ist schon Jahrzehnte überfällig!),* sondern weil ihr ins Bewusstsein drang, dass die echte, die wahre, die heutige Bedrohung noch immer da draußen lauerte. Die Vergangenheit, wie schlimm sie auch sein mochte, war vorbei und verblasst. Ihre Gefahr war nur ein Schatten. Aber das Leben bestand aus der Gegenwart und in dieser war die Geschichte der betrogenen Frau, die ihrem Mann eine Lektion erteilen musste, alles andere als ein Schatten.

Die echte Bedrohung trat in Form von Mara auf, die in der vergangenen Nacht ihr Kind ertränkt hatte – *Vielleicht sollte ich dich jetzt und hier…* – und die allen Grund hatte, Bianca zu bestrafen. Bianca, die sich an dem Ehemann einer anderen vergriffen hatte. Bianca mit dem verdorbenen Blut, dem schrecklichen Erbe, die Tochter des Betrügervaters. Hätte sie jemals eine Wahl gehabt? Oder war die schicksalhafte Rolle der Geliebten ihr von Geburt an auf den Leib geschneidert gewesen?

Vielleicht sollte ich dich jetzt und hier…

Ja, Mama, du hättest mich damals ertränken sollen, denn dann wäre mir dieser Tod heute erspart geblieben! Mein Verbrechen ist es immer, die Liebe eines Mannes zu stehlen, der einer anderen Frau gehört. Ehemann … Vater … Geliebter! Ich nahm an Zuneigung, was mir nicht zustand! Ich beanspruchte, was eine andere Frau entbehren musste! Vielleicht hättest du mich jetzt und hier …

Die echte Bedrohung hämmerte von außen an die Tür, und zwar mit Nachdruck und Ungeduld.

„Verdammt, Bianca, was machst du denn da drin?"

Bianca schrak zusammen, als habe sie einen Schlag mitten ins Gesicht erhalten. (Wäre ja auch nicht das erste Mal gewesen. Wie oft hatte Mara sie in den letzten Tagen ins Gesicht geschlagen? Beschimpft? Provoziert? Die Bedrohung war allgegenwärtig, der Mythos schwang sich aus der Geschichte hinüber in die wahre Welt!)

Die Llorona neben dem Spiegel löste sich in Luft auf. (Natürlich tat sie das, denn sie stand ja vor der Tür! Aber wie lange noch? Wie lange?)

Wie lange würde es dauern, bis die Wanne sich mit Wasser gefüllt hatte? Wie fühlten sich Lungen an, die zerbarsten und platzten? Explodierte zuerst das Herz oder der Verstand?

Bianca versuchte verzweifelt zu atmen. Ihr war, als könne sie die Atemnot schon spüren, rosengeschwängert und unheilvoll.

„Ich rufe die Polizei an", hauchte sie in Richtung Tür, wohl wissend, dass Mara gleich im Raum sein würde, auch, wenn nichts in der Welt sie dazu bringen würde, den Schlüssel im Schloss zu drehen. Es war das Einzige, was ihr als Drohung einfiel, obwohl sie nicht sehr wirksam sein würde. Was scherten sich Gespenster um Polizisten? Eine ganze Hundertschaft mit Spezialausrüstung würde Bianca nicht vor dem beschützen können, was auf sie zukam!

„Was?" Mara hinter der Tür klang ungehalten.

„Die Polizei", wimmerte Bianca. Ihre Knie zitterten. Sie musste sich irgendwo festhalten, aber – bei Gott – nicht am Waschbecken! Die Kälte und Härte des Porzellans unter ihren Fingerspitzen wären unerträglich gewesen!

„Hör auf rumzuspinnen und mach die Tür auf", verlangte Mara. Eigentlich klang sie ziemlich vernünftig. Nicht gurgelnd, als sei sie gerade einem Tümpel entstiegen. Nicht nach Wasserleiche und Tod und Verderben.

„Bitte komm raus, ich muss mit dir reden. Mir ist was eingefallen, was Kim betrifft. Es ist wichtig." Ein flehender Tonfall gar?

Biancas Herz machte einen Sprung, dann beruhigte es sich auf wundersame Weise. Die Stimme ihrer ehemaligen Freundin berührte in ihr etwas, das einst gut und groß und schön gewesen war. Altes Vertrauen, verschüttet und verborgen heute – aber immer noch gültig. Stieß man aus seinem Herzen, was man einmal geliebt hatte? Ganz und gar und endgültig? Und war Freundschaft nicht die wahre Liebe im Leben? Beständiger und tiefsinniger als flatterhaftes Verliebtsein? Erfüllender und zuverlässiger als Versprechungen durch Küsse und Berührungen, die morgen schon nicht mehr galten?

Oder war das eine Falle?

Wollte die Llorona sie mit scheinbarer Vernunft ködern und dann umso brutaler zuschlagen, sobald sie die Gelegenheit hatte?

Blödsinn. Der Geist konnte durch Wände und Türen gehen, aber Mara bat darum, dass man sie hereinließ! Der Geist hatte außerdem eben neben dem Spiegel gestanden, warum hätte er verschwinden und vor der verschlossenen Tür um Einlass betteln sollen?

(Und wenn es doch eine Falle ist?)

Es spielte keine Rolle. Wichtig war, dass es an der Zeit war, sich der Bedrohung zu stellen. Sich zu wehren und sich letztendlich von dieser Spukerscheinung zu befreien!

Falls Mara wirklich ein Gespenst war, dann würde Bianca alles dafür geben, um ihren Rachefeldzug heute und hier zu beenden. Falls Mara sie angreifen würde, dann musste sie sich ihr stellen. Aber vielleicht war Mara auch nicht die Untote, sondern konnte sogar eher als eine Verbündete mit Bianca gegen das Monster zu Felde ziehen.

Wie auch immer, es gab nur eine Möglichkeit, die Wahrheit endlich herauszufinden.

Bianca holte tief Luft und öffnete die Tür.

14. Kapitel

Mara

Manchmal brachte Grübeln tatsächlich etwas:

Wenn man es lang und ausführlich genug tat, dann kam man auf Ideen, die den ersten flüchtigen Gedankengängen noch verborgen geblieben waren.

Mara war eine solche Idee gekommen. Und da sie Sören nicht von seiner Suche abhalten und sonst niemanden informieren wollte, blieb nur Bianca übrig, um sie zu diskutieren. (Und wenn sie ehrlich sich selbst gegenüber war, dann erinnerte dieser Moment sie an diesen ersten Impuls, den sie früher immer gehabt hatte, wenn sie etwas besonders Schlimmes oder besonders Schönes erlebt hatte: *Das muss ich unbedingt Bianca erzählen!* Es war stets der erste Gedanke gewesen – wie und warum hatten sie diese kostbare Gabe nur verlieren können?)

Mara war einigermaßen erschrocken, als sie Bianca erblickte. Die starrte sie an, als wäre sie gerade von einem Dämon in die Mangel genommen worden! (Mara ahnte nicht, wie nah sie der Wahrheit damit kam. War eine Vergangenheit, die im Verborgenen lauerte, nicht ein Dämon der übelsten Sorte?)

„Was ist passiert?", fragte sie. Als ob in einem Badezimmer irgendwas würde passieren können! Okay, man konnte auf den Fliesen ausrutschen und sich den Kopf anschlagen oder den Ellbogen brechen, aber Mara sah kein Blut und auch keine herausstehenden Knochen. Sie wartete auch keine Antwort ab, denn eigentlich wollte sie dringend ihren Verdacht loswerden und wissen, was Bianca darüber dachte.

„Mir ist eingefallen, dass ich die ganze Zeit schon immer diesen alleinstehenden Mann bei den Kindern herumlungern sah. Du weißt schon, den mit dem Hund und der gestreiften Badehose. Du hast ihn doch auch gesehen, oder?"

Bianca antwortete nicht. Ihr Gesicht blieb regungslos, ihr Blick leer.

„Dieser Mann, der mit den Kindern gebadet und gespielt hat! Er lockt sie vielleicht mit dem Hund an, weil sie ihn niedlich finden und dann … macht er etwas mit ihnen … Bianca! Hörst du mir zu?"

Schweigen.

Nichts von dem, was Mara sagte, drang zu ihrem Gegenüber durch. Aber hinter der Stirn arbeitete es, das war deutlich erkennbar.

„Hast du deine Tochter letzte Nacht im See ertränkt?" Die Stimme fremd und hohl, das Gesicht wächsern und bleich. Bianca war eine Schneiderpuppe in einem Schaufenster, unbeweglich, unerbittlich und sehr … irre?

236

Mara zuckte zusammen. Gut, nannte sie es lieber nicht „irre", sondern „eingeschränkt in der Wahrnehmung". *Irre* machte ihr zu viel Angst. Zu der Angst, die sie um Kim verspürte, brauchte sie keine weitere.

„Spinnst du? Natürlich nicht!" Verblüfft und auch etwas verärgert schüttelte Mara den Kopf. Wie konnte Bianca, bei allem Zwist, den sie austrugen, so etwas ernsthaft vermuten? Auch nur andeuten? Das war ja Wahnsinn! Vielleicht war es nur wieder eine Provokation, eine neuerliche Stichelei – aber in Biancas Augen schimmerte nun etwas, das vorher nicht da gewesen war. Überhaupt hatte Mara dieses Etwas noch nie in den Augen ihrer ehemaligen Freundin gesehen. Es entsetzte und bedrückte sie zugleich, zeigte es doch, wie fremd sie einander geworden waren. (Und wie gefährlich Bianca sein konnte?)

Mara rief sich innerlich zur Ordnung. Gefährlich? Herrgott, das war Bianca! Naiv und tollpatschig, menschlich und moralisch nicht immer auf der Höhe, eine Männerdiebin, eine scheußlich untreue Freundin – aber doch wohl nicht gefährlich!

Oder?

„Du hast sie abgemurkst und als Nächste bin ich dran." Fast verträumt und in einem merkwürdigen Singsang verkündete Bianca die unfassbare Wahrheit, an die sie gerade wohl glaubte. Was zum Teufel war in diesem Badezimmer gerade geschehen, um sie derart zu verwirren? Hing es mit diesen Erscheinungen von der Frau zusammen, von der sie bereits seit Tagen faselte?

Mara fröstelte.

Mit ihrer Theorie vom bösen Entführer würde sie hier nicht sehr weit kommen. (Die würde auch eh nichts bringen, denn um sie zu verifizieren oder auszuschließen brauchte es den Einbezug der Polizei, den Mara aus Angst, das Sorgerecht für ihre Tochter zur verlieren, immer noch kategorisch ausschloss. Es blieb wohl tatsächlich nichts, als darauf zu vertrauen, dass der Grund des Verschwindens harmlos war und Sören das Kind schnell fand.)

Offensichtlich erhob sich gerade ein ganz anderes Problem aus dem (zu tiefen, zu dunklen?) Schlamm und baute sich zu einer hässlichen, ziemlich einschüchternden Gestalt auf.

„Du kriegst mich nicht", flüsterte Bianca. Ihre Augen fixierten etwas über oder neben Mara, ihre Hände waren abwehrend erhoben, ihre Brust bebte.

„Du kriegst mich nicht!" Jetzt schrie sie.

Mara wollte auf sie einen Schritt zugehen, um sie an der Schulter zu berühren, sanft auf sie einzureden. Ein hilfloser Versuch, sie in die

Realität zurückzuholen. Aber sie scheiterte an den wedelnden Händen, die ins Nichts griffen.

„Hey!", rief Mara schneidend laut. „Schau mich an, Bianca! Da ist nichts! Was siehst du denn?"

Bianca wimmerte. Eine Sekunde lang war sie wohl versucht, sich verängstigt in eine Ecke zu kauern und die Arme schützend über den Kopf zu ziehen, doch dann erfolgte eine blitzschnelle Reaktion, die Mara nicht kommen sah. Flinker als ein Dackel im Dachsbau sprang sie zum Waschbecken und griff nach einem Gegenstand auf der Ablage unter dem Spiegel, wobei Sörens Rasierer und ein gläserner Zahnputzbecher ins Becken fielen, der erstaunlicherweise heil blieb, aber viel Lärm verursachte.

„Monster!", brüllte Bianca.

Mara sah, dass sie etwas in der Hand hielt, bevor sie auf sie zusprang, doch sie erkannte zu spät, was es war.

Die Spitze der metallenen Nagelfeile bohrte sich in ihren Oberarm und hätte dort ein Inferno an Schmerzen entfesseln müssen. Aber Mara spürte nichts, vermutlich, weil der Schock nachwirkte. Ihr Verstand arbeitete jedoch einwandfrei und faszinierend schnell. Sie hatte sofort begriffen, was gerade geschah und stieß Bianca mit beiden Händen heftig vor die Brust, sodass diese zurücktaumelte und mit dem Hintern gegen das Waschbecken stieß. Der Schlag klärte ihr

Denkvermögen. Für einen Moment wurde sie – man sah es an den Augen – wieder normal. Dann schlug der Wahnsinn erneut zu.

Und dann nahm Mara gleichzeitig mehrere Dinge wahr, was eigentlich gar nicht hätte möglich sein dürfen. Konzentrierte sich das Gehirn nicht ausschließlich auf die einzudämmende Gefahr und blendete alles andere aus? Nicht in diesem Fall: Mara sah alles auf einmal wie die Sequenzen eines Films, die man übereinandergelegt hatte und gleichzeitig abspielte. Sie erkannte, dass Bianca erneut zustechen würde, diesmal vielleicht an eine Stelle, die weniger harmlos war und ihr einen ernsthaften Schaden zufügen könnte.

Und sie erblickte Sören im Spiegel, der plötzlich in der Tür auftauchte. In ihrem Herzen barst ein überflutendes Gefühl von Erleichterung. *Gott sei Dank,* hätte sie am liebsten geschrien, *nun muss ich der Durchgedrehten nicht mehr allein Einhalt gebieten! Hilf mir, so hilf mir doch bitte!*

Genau das brüllte sie auch heraus.

„Sören, halt sie fest! Sie hat eine Waffe und sie ist nicht zu bändigen!"

Ausweichen, mit den Händen schlagen, sich wegducken. Bianca als gigantisch erscheinender Schatten über ihr. Das Funkeln der Feile, mit dem sie vor wenigen Tagen noch ihre Körperpflege betrieben hatte (nur für die Füße, an den Händen gab es nichts Nennenswertes zu feilen), ohne auch nur eine Sekunde darüber nachzudenken, wie bedrohlich dieses kleine Werkzeug werden konnte.

„Sören, hilf mir!"

„Du kriegst mich nicht, Monster!" Ein Keuchen, ein entsetzlicher Aufschrei. Noch fühlte Mara keinen Schmerz, sie sah nur Bewegungen und ließ ihren Instinkt übernehmen, diese zu parieren. Hatte Bianca sie ein zweites Mal getroffen?

Es war entsetzlich, zu erkennen, wozu Bianca – aus welchen wahnsinnigen Gründen auch immer – in der Lage war. Aber noch schlimmer war die zweite Gewissheit, die sich schlagartig in ihr Bewusstsein schob.

Während sie um ihr Überleben kämpfte, stand Sören regungslos in der Tür, beobachtete das Geschehen und tat – nichts.

15. Kapitel

Bianca

Dies hier war ihre Chance, dem Monster ein für alle Mal zu beweisen, dass es nicht gewinnen würde! Vielleicht die erste und vermutlich die letzte!

Bianca holte mit der vergleichsweise kleinen Feile in der Hand aus, die sie so fest umklammerte, dass sie angewachsen zu sein schien. Sie sollte herzhaft zustoßen, vielleicht ins Herz, vielleicht in den Hals, vielleicht in ein Auge.

Sie würde diesem Ding, das einmal Mara *(Und ihre Mutter?)* gewesen war und sich dann auf wundersame und grausame Weise in ein seit Jahrzehnten totes, tropfendes Geschöpf verwandelt hatte, den Garaus machen und sich endlich von diesen Erscheinungen befreien!

Komisch, wie schwer die Muskeln plötzlich waren. Seltsam, wie unmöglich es ihr vorkam, den Arm zu heben und für genug Kraft und Schwung zu sorgen. Am merkwürdigsten war die geheimnisvolle Hemmung, die sie überkam, als Maras Gestalt begann, zwischen der Llorona und ihrem eigenen Körper zu changieren.

Sie konnte doch ihre alte Freundin nicht abstechen!

Oh doch, das kannst du, raunte eine Stimme in ihrem Kopf, rau und wie mit wabernden Algen verstopft. *Du kannst es, weil dies nicht Mara ist, sondern das Ungeheuer aus dem See, das dich neben seinen bemitleidenswerten Kindern bestatten wird, wenn du es nicht verhinderst!*

Aber es war Mara.

Für einen Moment oder zwei war es Mara, einer der vertrautesten Anblicke der Welt.

Vielleicht sollte ich dich jetzt und hier einfach …

Ertränken …

Ertränken. ERTRÄNKEN!

Mara hatte es geschafft, ihre Schultern zu umklammern. Sie musste große Selbstbeherrschung aufbringen, um die immer noch gefährlich nah an ihrer Brust befindliche Feile lange genug zu ignorieren, um Bianca einmal in die Augen zu sehen.

Bianca blinzelte. Sie wandte die Augen nicht ab, sie blickte starr zurück. In ihrem Hirn und in ihrem Herzen zeigte sich eine Art kindliches Erstaunen, das von der rasenden Angst ablenkte. Es wandelte sich in wohlige Wärme, eine Wärme, die sie all die Jahre gesucht, aber nie mehr gefunden hatte. Nicht mehr, nachdem der Vater die Mutter verlassen hatte. Nicht, nachdem ihre einst geborgene Welt sich in einen kalten, unberechenbaren Tempel verwandelt hatte, in dem kein Gott mehr einem Gebet lauschte.

Sie erkannten einander nach all der Zeit wieder. Vertrauen, Geborgenheit, Gemeinsamkeit – die Inseln im Meer von Furcht, Hass, Eifersucht und Rachgier, sie wogten hoffnungsvoll und zuverlässig auf den Wellen der trennenden Einsamkeit.

„Weißt du noch, Bianca, wie wir damals vor dieser Party im Badezimmer saßen und uns die Fußnägel lackierten? Nur die Fußnägel, du weißt ja, meine Fingernägel waren nie der Knüller … Wir erzählten uns dabei Witze und mussten so lachen, dass wir unsere ganzen Zehen mit dem Lack verschmierten und es nachher aussah, als hätte jemand uns die Füße abgeschnitten! Wir waren jung und die ganze Welt erschien uns wie ein Abenteuer …"

Mara schwatzte vor sich hin und erinnerte an alten Zeiten. Bianca hielt inne. Ja, damals waren sie ein Team gewesen, sie hatten alles zusammen gemacht und alles miteinander geteilt. Es war lange, bevor Sören aufgetaucht war und die Dynamik des Systems völlig verändert hatte. Es war lange vor Familien und Kindern und erwachsenen Leben gewesen, mit Berufen, Verantwortung und verdrängten Ängsten. Lange vor ihrer Trennung, die innerlich und schließlich äußerlich irgendwann vollzogen war und zu einem unumkehrbaren Fakt wurde. Es war wie ein Hafen gewesen, der ihr im Sturm gekentertes

Boot empfangen hatte, bevor es auf dem Grund eines feindlichen Ozeans gesunken war. Sie hatte in diesem Hafen nicht bleiben dürfen, aber irgendwo in einer versteckten Windung ihres Gehirns hatte er immer überdauert und sich daran erinnert, wie es sein konnte, wenn man nicht allein war.

„Du hast immer diese Popsongs gesungen", ergänzte Bianca. „Von den No Angels und den Spice Girls und wie sie alle hießen. Diese gecasteten Frauengruppen aus den Neunzigern, die du so toll fandest ..."

„Du trugst dieses durchsichtige, bauchfreie Oberteil, das wir auf der Klassenfahrt nach Italien auf einem Markt gekauft hatten, es war mit bunten Blumen bedruckt."

„An diesem besonderen Abend gab Torsten aus der Parallelklasse dir seine Telefonnummer – „

„... aber es ist nie was draus geworden, weil er eine Woche später mit Lydia ins Kino ging ..."

„... die sich ihre ganze Cola über die Hose schüttete und zuckrig klebend nach Hause laufen musste, aber trotzdem die Gewinnerin war, weil alle Mädchen in Torsten verliebt waren."

Bianca ließ die Hand sinken.

Die Feile fiel auf den Boden. Klimpern. Stille. Atmen. Ein Blick, der ihre ganze verlorene Welt ein- und alle anderen Menschen ausschloss.

„Du warst alles für mich", sagte Bianca.

„Und du alles für mich", gab Mara zurück. „Es ist schlimm und schade, dass wir das vergessen haben, dass wir zuließen, dass etwas – oder jemand – uns trennen konnte. Aber jetzt ist mein Kind verschwunden, Bianca, und ich brauche deine Hilfe. Ich brauche deine Geduld und deinen Trost, deine sanfte, unaufdringliche Anwesenheit, deine rührige Art, deine Zuversicht und deine Herzenswärme."

Bianca nickte.

„Kim ist weg."

„Ja."

„Du bist nicht die Llorona."

„Nein. Es gibt keine Llorona."

Bianca schloss die Augen, als sei diese Information so überwältigend, dass sie kurz in sich gehen musste, um sie zu verdauen.

Es gab keine Llorona.

Das bedeutete, sie war verrückt, denn sie hatte ganz sicher jemanden gesehen! Vielleicht gab es doch eine Llorona (die sich für den Moment zurückgezogen hatte, um die Verzögerung zu genießen, die aber jederzeit wieder auftauchen konnte!), aber zumindest Mara war nicht diese Frau aus der Geisterwelt!

Mara war einfach nur Mara und – bei Gott, beinahe hätte sie ihr durch ihren wirren Kopf etwas Schlimmes zuleide getan!

Bianca wollte sich entschuldigen und erklären, aber es kam kein Wort über ihre Lippen. Nichts wäre logisch und nachvollziehbar genug gewesen. Ihr Wahn entzog sich den Fähigkeiten von Sprache und Kommunikation.

Vielleicht sollte ich dich jetzt und hier …

Bianca lachte, obwohl sie hätte weinen mögen. Das war nur eine alte, längst verblasste Erinnerung. Unangenehm und traumatisch zwar, aber doch nichts als ein paar elektrische Impulse hinter ihrem Schädelknochen.

Nichts war real. Jedenfalls nichts von den Schreckensbildern, die sie gesehen hatte. Fast hätte sie eines davon selbst ausgelöst!

Aber die verloren gegangene Zweijährige war real. Das war so sicher wie das Amen in der Kirche.

Bianca sah den Kummer in Maras Augen und er ließ allen Zwist und Groll, den sie empfunden hatte, bedeutungslos werden.

„Es gibt keine Llorona", wiederholte Mara und ließ die Hände von Biancas Schultern sinken. „Aber es gibt eine verschwundene Kim. Und einen Mann, der mir gerade nicht zur Hilfe geeilt ist, obwohl es deutlich sah, was sich hier abspielte. Einen Mann, der sich offenbar hier gerade als der wahre Gegner entpuppt hat."

Sie sparte es sich, zu Sören, der immer noch mit verschränkten Armen im Türrahmen stand, hinüberzusehen. Bückte sich nach der Feile, die sie vorsichtshalber in die Hosentasche steckte. Besah sich ihren Arm, der etwas blutete, aber nicht sehr schwer verletzt war. Rollte Klopapier von der Rolle und presste es auf das wenige Blut.

Bianca begriff überhaupt nichts.

Sören war hier? Er war schon eine Zeit lang hier gewesen? Dann hatte er sie ja beobachtet und genau mitbekommen, was sie im Begriff zu tun gewesen war! Und er hatte seine Frau nicht gerettet?

Ihr Hirn bemühte sich, die Informationen passend zu kombinieren, aber am Ende der Rechnung wollte einfach keine Lösung herauskommen, die Sinn ergab. Unfassbar war, was sie selbst gerade beinahe getan hätte – und die Wut (oder Angst), die dahintersteckte und sie dazu getrieben hatte.

Noch unfassbarer war, dass Sören diesem Schauspiel beigewohnt hatte, ohne einzugreifen. Oder war er nicht echt? War auch er eine Geistererscheinung und sie konnte ihrer Wahrnehmung überhaupt nicht mehr trauen?

Nein, das konnte nicht sein! Mara hatte ihn gerade erwähnt, sie nahm also dasselbe wahr.

Aber warum verzog er das Gesicht, als sei er unzufrieden? Irgendwie wirkte der Mann ihrer Träume nicht mehr sehr traumhaft. Er strahlte neben einer verblüffenden Langeweile auch jenen abstoßenden Frust aus, der Menschen zu eigen war, die glaubten, das Leben liefe nicht exakt nach ihren eigenen Vorstellungen ab, obwohl sie auf einen Anspruch darauf verfügten.

„Du wolltest Mara erstechen, Bianca", sagte Sören, fast ein wenig amüsiert, wie ihr schien, und fixierte ihren Blick.

(Es irritierte sie, dass sie weder dieser Blick berührte noch sein herbzitroniger Geruch, nach dem sie sich so lange verzehrt hatte. Sie roch und empfand überhaupt nichts in seiner Gegenwart. Es war, als sei ein Fenster geschlossen und mit einer Gardine verhangen, welches ihr Erleben von seiner Welt völlig abtrennte. Sie roch … Mara. Es war ein behaglicher Duft, in den sie sich einkuscheln wollte, obgleich er von einer deftigen Spur Angstschweiß übertüncht wurde. Ach, Mara.)

Du wolltest Mara erstechen. (Wollte sie das wirklich? Gott!)

War das ein Vorwurf?

So klang es gar nicht. Es klang eher nach einer … *Aufforderung?*

„Weshalb tust du nicht, was du vorhattest, Bianca - Liebelein?", lockte er weiterhin. „Da steht die Frau aus dem Wasser, vor der du so viel Angst hast! Geh in die Küche, hol dir ein Messer aus der Schublade oder eine Schere – und beende diesen

Spuk! Du wirst dich danach frei und erleichtert fühlen."

„Hast du sie noch alle?" Empört und voller Angriffslust wie eh und je stieß Mara ihren Mann beiseite und drängte sich durch die Tür Richtung Wohnzimmer.

Bianca folgte ihr mit großen Augen und Ohren.

Sie sollte Mara umbringen? Sören wollte, dass sie Mara UMBRACHTE? War nicht sie die Verrückte, sondern hatte womöglich ER den Verstand verloren? Sie infiziert? Angesteckt mit seinem Wahn? Die Welt auf den Kopf gestellt, bis sie sich in die entgegengesetzte Richtung drehte? Sie konnte keinen klaren Gedanken mehr fassen, aber Mara, immer die Vernünftigere von ihnen beiden, tat das sehr wohl.

„Ich nehme an, du hast Kim nicht gefunden", sagte Mara zu ihrem Gatten. „Und ich nehme an, du hast sie auch gar nicht gesucht."

Sören antwortete nicht, aber nun umspielte ein Lächeln seine Lippen, das Bianca gar nicht gefiel. Es jagte ihr ein Frösteln auf die Haut.

„Bianca, bitte sag mir, ob Sören in der letzten Nacht bei dir war, wie ich eigentlich annahm."

Bianca überlegte, es war anstrengend, die Gedanken hüpften wie Kobolde in ihrem Kopf herum und sorgten dort für allerlei Unordnung. Sören war am gestrigen Abend zu ihr gekommen und sie hatten noch ein Glas Wein zusammen getrunken. Sie war darüber froh gewesen, allerdings nur so lange, bis er ihr erklärt hatte, dass die Nacht, die der Absprache nach eigentlich ihr zustand, nicht stattfinden würde. Er müsse sich um Mara und Kim kümmern, hatte er gesagt. Wie immer hatte sie hingenommen, was er entschied und sich nur im Stillen geärgert. Sich nicht einmal darüber gewundert, dass er am Morgen von dem Verschwinden Kims in Maras Gegenwart berichtet und seine eigene Rolle dabei völlig ausgeblendet hatte. Es war, weil ihr Kopf so durcheinander gewesen war. Erinnerungslücken … Erinnerungsbooster … Sprudelnde Brunnen von Fetzen aus der Vergangenheit, ein sich vermischendes Gestern, Heute und Morgen. Doch nun stand es ihr klar vor Augen: Sie hatte die Nacht allein verbracht und Sören war wer weiß wo gewesen.

Sie sagte es Mara, deren Gesicht sich rötlich färbte.

„Nun, bei mir und Kim ist er aber nicht gewesen und ich ging davon aus, dass er die Nacht bei dir im Wohnwagen verbringt. Deshalb – und dank der heftigen Migräne – konnte dieses Drama mit Kim ja überhaupt auch erst passieren."

Bianca verstand nichts. Sören war nicht bei ihr gewesen, aber auch nicht bei seiner Familie? Wo denn sonst – und warum? Gab es eine dritte Frau? Eine weitere weibliche Person mit Liebe und

Hoffnung im Herzen, die Ansprüche anmeldete und für Chaos sorgte?

„Ich werde die Polizei informieren", sagte Mara. „Ich werde sie jetzt anrufen und du wirst mich nicht daran hindern."

„Das brauchst du nicht", gab Sören zurück.

„Ich werde es tun."

Die beiden Ehepartner umkreisten einander wie Kampfhähne kurz vor dem Anpfiff.

„Das wirst du nicht tun", bekräftigte Sören.

„Und wenn doch? Bringst du dann zu Ende, was Bianca in ihrer bemitleidenswerten Verwirrung nicht geschafft hat?"

Wieder verweigerte er eine Antwort, doch die Luft im Raum war zum Schneiden dick und transportierte all die Spannung, die sich zwischen ihnen aufgebaut hatte wie ein undurchdringliches Netz, das sie alle einwebte, um sie nicht mehr loszulassen.

„Schade, dass Bianca es nicht geschafft hat. Es war ein guter Plan. Ich hatte euch doch schon recht gut gegenseitig aufgehetzt – wenn Bianca nur einmal etwas zu Ende bringen würde! Sie war perfekt dafür, dich auszuschalten, Mara, denn ich konnte es nicht. Weißt du, du bist einfach zu stark für mich."

Mara hielt seinem Blick stand. Sie griff nach dem Handy, das auf der Anrichte lag.

„Sag mir, wo meine Tochter ist", verlangte sie. „Sag es mir oder in zehn Minuten sind die Bullen hier und dann bist du erledigt. Den Arsch in der Hose, mich selbst abzustechen, hast du nämlich nicht. Aber wenn, dann lasse ich es darauf ankommen."

Mit dem Mut der Verzweiflung wählte sie die drei Ziffern, doch bevor sich die Verbindung aufbaute, nahm Sören ihr das Telefon aus der Hand.

16. Kapitel

Mara

„Du hast recht", stimmte Sören ihr zu, „den Mut, dich abzustechen, habe ich nicht, ich will ja nicht den Rest meines Lebens im Kittchen versauern. Ich hatte gehofft, Bianca wäre durchgedreht genug, um mir diese unangenehme Arbeit abzunehmen, aber nicht mal das hat sie hingekriegt!"

Der Blick, den Sören seiner Geliebten zuwarf, triefte vor Verachtung. „Ich hatte dir den Mumm echt zugetraut, Bianca, alle deine eigenartigen Reaktionen der letzten Tage ließen darauf schließen, dass dein Wahn so sicher wie eine Bank wäre. Scheiße, es ist schiefgegangen. Wenn man sich auf Weiber verlässt ..."

Mara griff sanft nach Biancas Arm, weil diese noch immer wie bestellt und nicht abgeholt im Zimmer herumstand.

„Setz dich hin", sagte sie, beinahe liebevoll. Dann setzte sie sich selbst daneben und wandte sich wieder an Sören.

„Erzähl mir die ganze Geschichte", verlangte sie und deutete auf das Handy. „Ich kann die Polizei auch von woanders aus anrufen oder einfach zu Fuß zum nächsten Revier laufen. Offenbar hast du zwar genug kriminelle Energie, um zwei

Freundinnen gegeneinander in Stellung zu bringen, wohl wissend, dass eine davon psychisch labil ist, aber nicht genug, um dir selbst die Hände dreckig zu machen. Aber warum?"

Sören überlegte, dann schien ihm bewusst zu werden, dass es nichts zu gewinnen, aber viel zu verlieren gab. Und es stimmte – er war ein Feigling, immer schon gewesen. Ein Mann, der, statt sich für eine seiner Frauen zu entscheiden, verlangte, dass beide sich miteinander arrangierten, war zu feige, selbst eine Option zu wählen und deren Konsequenzen zu tragen. Und ein verwöhnter Vollidiot dazu!

„Ich hab dein Buch gefunden, in dem du alle deine Termine und Notizen aufgeschrieben hast", gab Sören zu. „Weil ich gespürt hatte, dass etwas an dir anders war, nachdem ich dir von Bianca und mir erzählt hatte, suchte ich gezielt danach. Und siehe da, als du kurz auf dem Klo warst, fand ich, wonach ich suchte: Eine ganze Latte an Hinweisen, dass du mich verlassen würdest!"

„Ein harter Schlag für dein Ego, was?", höhnte Mara. Sie bekam schon wieder Kopfschmerzen von all dem Unglaublichen, das hier passierte. Diesmal würde sie aber nicht unachtsam werden! Ihre Nerven waren zum Zerreißen gespannt.

„Weiter", forderte sie.

„Derweil drehte Bianca mehr und mehr am Rad und mir war klar, dass ich dich nicht würde halten können. Du bist eine starke Persönlichkeit und was du dir einmal in den Kopf gesetzt hast … Flehen, Bitten, Drohen – nichts würde nutzen, das war mir klar. Du würdest gehen und mein gewohntes Leben und mein Kind mitnehmen!"

Er hatte inzwischen auf dem Sessel Platz genommen und beugte sich zu Mara hinüber. „Aber mich verlässt man nicht, mein Schatz, das muss dir doch klar sein, oder?"

Mara räusperte sich, war aber schlau genug, sich nicht provozieren zu lassen.

„Ohne dich leben zu müssen erschien mir nicht sehr grausam, im Gegenteil, eigentlich stelle ich es mir ganz nett vor, wieder ungebunden zu sein. Ja, ungebunden! Ihr fingt nämlich beide an, mir auf die Nerven zu gehen!", brach es plötzlich aus Sören heraus. „Bianca mit ihrem Wahn mit der Wasserfrau und ihrer Anhänglichkeit! Bianca! Ich war deiner längst überdrüssig und es ärgerte mich tierisch, dass ich dich nun am Haken hatte und auch noch Gefahr lief, meine Familie zu verlieren! Durch dich!"

Er spie die Worte geradezu in Biancas Richtung, die wie versteinert auf der Sofakante hockte. Wendete sich dann wieder Mara zu.

„Und du mit deinen Bestrebungen, mich wegzuwerfen wie Abfall, mir womöglich noch meine Tochter und mein ganzes Vermögen wegzunehmen! Von mir aus konntest du dich zum Teufel scheren, aber erst dann, wenn ICH es sagte, verstehst du? Und ohne Kim, verdammt noch mal! So seid ihr Weiber doch – ihr nehmt uns Männern das ganze Geld und die Kinder weg, wenn ihr uns satthabt und baut euch ein Leben auf, in dem wir nichts mehr zu melden haben!"

„Deine Tochter könntest du im Rahmen eines Umgangsrechts sehen, ganz normal, wie es sich gehört", sagte Mara. „Nun ist allerdings fraglich, ob deine Verfassung überhaupt dazu geeignet ist, eine Zweijährige zu beaufsichtigen! Jedenfalls hatte ich keinen Rosenkrieg im Sinn, ich wollte einfach nur eine saubere Trennung!"

„Mich verlässt man nicht!"

„Du uns aber schon, oder wie? Du hast also gedacht, du willst uns beide am liebsten loswerden, weil wir dich beide nervten, und einen Plan ausgeheckt, der uns derartig gegeneinander aufhetzt, dass wir uns gegenseitig – umbringen?"

„Ihr wart euch spinnefeind! Es hätte ja auch klappen können! Das siehst du ja, die Feile steckte bereits in deinem Arm! Bianca hätte mich von dir befreit, wäre weggesperrt worden und ich wäre euch beide losgewesen!"

„Ich denke, du wolltest keine Trennung?"

„Ich wollte nicht, dass DU die Trennung vollziehst! Aber ich wollte euch beide loswerden! Beide, verstehst du?! Es schien mir ein guter Plan zu sein! Wäre ich nicht dazwischen geplatzt …"

Er schaute von einer zur anderen.

„Es lag gar nicht an mir, oder? Es lag nicht daran, dass ich euch unterbrochen habe! Was ist da zwischen euch gelaufen eben im Bad? Was hat Bianca davon abgehalten, einen erfolgreicheren Stoß auszuführen?"

„Etwas, das du nie verstehen wirst", sagte Mara kalt.

Sören lachte und klatschte in die Hände, als gäbe es etwas zu feiern. Die Gläser in der Vitrine klirrten. Mara rang das Flattern in ihrem Bauch nieder und verbot sich, in den wachsenden Kopfschmerzen hineinzugleiten. Das war ja wohl unglaublich! Sie konnte einfach nicht glauben, was sie hörte, nicht verarbeiten, was sie erlebte!

„Wie hast du es angestellt, erzähl", forderte sie. Sören war so stolz auf seine Strategie, dass er sie bereitwillig teilte, völlig verdrängend, dass sie am Ende gescheitert war.

„Ich hab dir statt der Triptane gegen die Migräne Betäubungsmittel untergejubelt", sagte Sören resigniert. „Damit du die ganze Nacht verschläfst. Du hattest solche Schmerzen, dass du kaum wahrgenommen hast, was ich dir verabreichte. Die Pillen sind sich ähnlich, klein, weiß, mit einer Rille in der Mitte. Das war reines Glück und der Rest Cleverness. Etwas mehr Misstrauen und Vorsicht wäre vielleicht angebracht gewesen, meinst du nicht, Mara? Bianca habe ich erzählt, ich wäre bei dir und dir habe ich erzählt, ich würde bei Bianca schlafen. Eigentlich ganz einfach."

„Der älteste Trick der Welt", schloss Mara. „Und er wäre aufgeflogen, wenn die Polizei angefangen hätte, zu ermitteln. Die hätten die Ungereimtheit sofort entdeckt und vielleicht noch die Benzos in meinem Blut und dann hättest DU nämlich den Großeinsatz für deine beispiellose Inszenierung bezahlen dürfen! Deshalb wolltest du auch keine Polizei und hast mir mit dem Sorgerecht Angst gemacht!"

„Mara hatte große Schuldgefühle", warf Bianca ein. Sören funkelte sie nur grimmig an.

Die Frage aller Fragen fehlte.

„Wo hast du Kim in der Nacht hingebracht?"

„Zu meiner Mutter natürlich", brummte er. „Ich rief sie an und erzählte ihr, du seist im Urlaub krank geworden, wir bräuchten eine kleine Auszeit. Ich bat sie, Kim ein paar Tage zu nehmen und mir entgegenzukommen, so brauchte ich nur die halbe Strecke zu fahren. Es war sehr einfach. Meine Mutter ahnt die Wahrheit nicht."

„Oh, die würde sie auch ganz sicher nicht gutheißen! Du hast ja wohl völlig den Verstand verloren!" Mit einem Seitenblick zu Bianca hielt sich Mara die Hand an die Stirn. Ihr ganzer Körper war in Aufruhr und sie hätte keines der Gefühle, die sie wild durchloderten, benennen können. Außer der unglaublich gigantischen Erleichterung, die im Vordergrund stand. Alles andere würde später folgen, aber zunächst zählte erst mal nur: Ihrer Tochter war nichts passiert! Sie spielte oder schlief gerade zufrieden und glücklich bei der Oma und ahnte von dem ganzen Drama überhaupt nichts.

Keine Entführung, keine Gewalt, keine echte Bedrohung. Es hatte nie eine echte Bedrohung gegeben, nur das wahnwitzige Schauspiel eines tief gekränkten Männeregos! Und natürlich die Instabilität ihrer ehemaligen Freundin, um die man sich würde kümmern müssen. Aber auch Bianca hatte in den letzten Tagen unter großem Druck gestanden. Und Sören war es gewesen, der ihnen allen diesen Druck zugemutet hatte! Er hatte ihn nicht nur in Kauf genommen, sondern sogar bewusst und absichtlich erzeugt, um seine eigenen Bedürfnisse durchzudrücken! Und er hatte sie, Mara, tot sehen wollen!

Eine Welle an Wut rauschte durch ihren Leib und setzte jede Synapse in Flammen. Übelkeit gesellte sich dazu. In was für eine absurde Lage war sie da geraten? Hatte sie ihren Mann überhaupt jemals wirklich gekannt?

Egal! Es war egal, was Sören inszeniert hatte. Er war nicht bei seinem Ziel angelangt, oder? Und das würde er auch nie, denn Mara war nun wieder im Besitz all ihrer geistigen Kräfte und darüber hinaus in Kenntnis gesetzt über seine Skrupellosigkeit. Nie wieder würde er sie derart überfahren, von nun an würde sie auf der Hut sein!

Sie entschied sich, den Zorn im Zaum zu halten und sich nicht von ihm überwältigen zu lassen, sondern sich an den Werten zu orientieren, die sie bislang erfolgreich durchs Leben gebracht hatten: Vernunft, innere Stärke, Logik, Disziplin.

„Warum hat es nicht funktioniert?", brauste Sören, dem die Felle sichtlich davonschwammen, hingegen auf. Er sprang auf, raufte sich das Haar, lief wie angestochen durch das Wohnzimmer, das Mara noch heute verlassen würde, um bei der Schwiegermutter ihr Kind einzusammeln und dann weit wegzugehen. „Warum hat es nicht funktioniert? Ihr wart euch spinnefeind! Gewalt lag in der Luft, Angst und Groll hatten euch aufgeputscht! Es hätte klappen müssen!"

„Du hast unsere Bindung unterschätzt", gab Bianca leise zur Antwort. „Liebe baut Brücken und knüpft unsichtbare Netze, die sogar Zeit und Raum überbrücken. Und jede Art von negativen Gefühlen und Urteilen."

„Ich dachte, ihr hättet beide MICH geliebt?"

Bianca und Mara wechselten einen Blick, dann sahen sie ihn beide an. Lächelten milde, die Regung eines Zwillings, der im Gleichklang tickt.

„Begehren, Brauchen, Abhängigkeit", sagte Bianca. „Alles eine Illusion. Nicht Liebe."

„Gewohnheit, Bequemlichkeit, Abhängigkeit", ergänzte Mara. „Auch bei mir eine Illusion. Mit Liebe hat das nichts zu tun. Aber deine Liebe kann ja auch nicht sehr groß gewesen sein, bei allem, was du uns zugemutet hast, oder? Zu keiner von uns."

Die Frauen auf dem Sofa nahmen sich bei der Hand.

„Du hast verloren", sagte Mara. „Mich, deine Geliebte und deine Tochter auch. Vielleicht sogar deine Mutter, wenn ich ihr die Wahrheit erzähle. Und es mag dich deine Freiheit kosten, falls ich offizielle Behörden einschalte. Du kannst das verhindern, indem du uns künftig zufriedenlässt. Einem begleiteten Umgang stimme ich zu, damit Kim ihren Papa nicht verliert. Immerhin darf man dir ja genug Feigheit unterstellen, eine Mordwaffe nicht selbst zu führen, um ein menschliches Ärgernis aus deinem Weg zu räumen. Trotzdem ist deine Denke zweifelsohne verrückt genug, um sich von dir fernzuhalten. Wehe, du scherst noch mal aus der Normalität aus, und sei es nur ein winziges Schrittchen. Darüber hinaus erwarte ich eine friedliche Trennung und eine faire Aufteilung des Besitzes. Schone meine Nerven im Rahmen der Trennung – und wir sind quitt."

Ihr Blick war eine einzige geballte Faust. Hart wie eine Panzerglasplatte, unzerbrechlich.

„Mich willst du aus deinem Leben verbannen, aber mit der Irren willst weiter Kontakt halten? Na, viel Spaß. Du kannst ja darauf warten, dass sie bald wieder versucht, dir ein spitzes Ding in die Halsschlagader zu rammen!"

„Dazu gibt es keinen Grund mehr", sagte Mara ruhig, „denn der Grund unserer Auseinandersetzung hat sich gerade selbst disqualifiziert."

Es folgte ein langes Schweigen. Sören brütete vor sich hin, ob es wohl einen Ausweg aus den Forderungen gab, die ihm auferlegt worden waren. Bianca knabberte wohl an der Erkenntnis, dass sie sich abgrundtief getäuscht hatte und nicht nur abgelegt worden war wie ein altes Kleidungsstück, sondern sogar als Waffe missbraucht werden sollte, um dem feinen Herrn seine lästige Frau aus dem Weg zu schaffen. Mara jedoch fühlte nichts als Frieden und Klarheit, nachdem die Dinge alle offenlagen. Die Angst um die Tochter hatte sich verflüchtigen dürfen und alle anderen Ängste mit sich genommen, jene vor dem Alleinsein, jene vor dem Neustart, jene vor der Frage, wer sie ohne ihren Mann war – ob sie überhaupt jemand war.

Sie straffte die Schultern: Natürlich – sie war eine Frau, die ihren Weg ging und alle

Hindernisse wegräumte, statt sich von ihnen einschüchtern zu lassen!

Ein Mann mit einer Geliebten? Eine gescheiterte Ehe? Der Zwang, allein weitermachen zu müssen (oder zu wollen?) Ein Horrorurlaub? Ihre zumindest zeitweise verschwundene Tochter? Ein Mordversuch, der – zugegeben – nur halbherzig erfolgt war, sie aber doch ganz schön zu erschüttern vermocht hatte? All dem und noch vielem mehr hatte sie in den letzten Tagen die Stirn geboten! Und sie hatte sich nicht allzu schlecht dabei angestellt! Was auf der Welt sollte es geben, was ihren Optimismus und ihre Stärke tatsächlich aus der Bahn werfen konnte?

Und sie fühlte eine Restwärme unter ihren Fingern, die von Biancas Hand ausging. Haut an Haut, wie damals so oft, Wärme, die sie verband, als seien sie Teile eines einzigen Wesens. Verwandte Seelen.

Ein kleiner Funken Wärme war übrig geblieben, nicht mal genug, um ihn „Glut" zu nennen, aber zweifelsohne kostbar genug, um ihn nicht zu ignorieren oder ganz und gar aus dem Leben zu verbannen.

„Wir suchen dir einen guten Psychiater", sagte Mara zu Bianca. „Du kannst Dinge aufarbeiten und verarbeiten und dann wird es dir auch besser gehen. Wäre übrigens recht aufmerksam und liebevoll gewesen, Sören", sie schaute ihn wieder an, „wenn du mal erkannt hättest, dass zu einer Beziehung nicht nur Ficken und Egostreicheln gehört, sondern auch, einem Partner ärztliche Hilfe zu suchen, wenn er offensichtlich welche braucht."

Sie stand auf und zog Bianca mit sich.

„Hilf mir, die notwendigsten Dinge einzupacken", sagte sie. „Dann holen wir deinen Kram aus dem Wohnwagen und verlassen diesen Ort. Ich muss meine Tochter wiederhaben, sie ist sicher verwirrt und verängstigt."

„Sie ist bei ihrer Oma und da geht es ihr gut", protestierte Sören, obwohl er nicht angesprochen worden war. Er hockte phlegmatisch und jeglicher Aggressivität beraubt in dem Sessel des Ferienhauses, für das er bis Ende der Woche bezahlt hatte, das aber nun die letzten Tage leer stehen würde.

„Das war's", sagte Mara überflüssigerweise. Nur, um sicherzugehen, dass Sören verstanden hatte. Dann ließen die beiden Frauen den Ort des schlimmsten Urlaubs ihres Lebens hinter sich.

17. Kapitel

Bianca

Das geregelte Leben in der Anstalt, flankiert von Medikamentengaben, Gruppengesprächen, Einzeltherapien und allen möglichen anderen Behandlungen sorgte rasch dafür, dass Bianca in die ihr ureigene Balance zurückglitt. Ein gleichförmiger Alltag, ein feststehender Stundenplan, Rituale und entspannungsfördernde neue Gewohnheiten beruhigten ihren wirren Geist. Ihre Vergangenheit durfte sich gefahrlos zeigen, entfalten und verdauen. Sie wurde von kundigen Medizinern und fähigen Therapeuten in kleine Häppchen zerlegt und in ihre Schranken verwiesen.

Freilich blieben viele Trümmer zurück. Die gemeinsame Zeit mit Sören war Geschichte, die Hoffnung auf eine Zukunft zu zweit zerstört. Schlimmer als der eigentliche Verlust war die Erkenntnis, einem Trugbild aufgesessen zu sein, dass das, was ihr als das Wertvollste auf der Welt erschien, eine große Lüge gewesen war. Es zerstörte nicht nur die Zukunft, sondern auch das, was gewesen und nun rückblickend nichts mehr wert war. Es griff ihr Weltbild an und hinterließ in ihrem Selbstbild Risse: Wie stand es um ihre Menschenkenntnis und ihre Lebenskompetenz, dass sie die Wahrheit nicht früher erkannt hatte? Und natürlich hatte sie Mara, wie anfänglich gehofft, nicht wieder als Freundin zurückbekommen, wie man vielleicht eine Zeit lang hätte hoffen und denken mögen.

Mara hatte mit ihrer Tochter ein neues Leben angefangen und alle Bande gekappt, ihr nicht einmal die neue Adresse mitgeteilt. Allerdings hatte sie ihre Zusage, sie werde für Hilfe sorgen, eingehalten, denn dank Maras Bemühungen hatte Bianca diesen Platz in der Klinik ergattern können.

Leicht war es nicht, sich die ganzen Schatten und Hässlichkeiten anzugucken, die sich in ihrem Inneren verbargen. Aber es war nötig, um gesund zu werden, hatten die Ärzte ihr erklärt. Ihre Halluzinationen hatte man auf eine unheilige Kombination aus genetischer Disposition und einer Stressreaktion auf belastende Lebensereignisse geschoben. Nichts ganz Schwerwiegendes, nichts, das sich nicht in den Griff kriegen ließ.

Trotzdem lauerte in Biancas Herz ein Rest Unbehagen. Blieb am Ende nicht doch die Möglichkeit, dass es zwischen Himmel und Erde Dinge gab, die nicht erklärbar waren? Bedrohliche, gefährliche Dinge?

Was ebenfalls nicht abzuschütteln war, war diese irrationale Angst vor Wasser, deren Ursache sie zwar nun kannte und mit der Logik ihres Verstandes begriff, im Herzen aber nicht fühlte.

Auf der einen Seite verheißungsvoll und nützlich: Reinigung, Erfrischung, Abkühlung. Auf der anderen Seite ein ganz eigenes Universum mit eigenen Regeln, das den Todeskampf des Ertrinkens und ein ewiges Verweilen als unruhiger Geist einschloss. War wirklich alles nur ihrer Fantasie entsprungen?

Bianca bekam ihre Antwort an einem windigen Herbsttag, an dem sie, inzwischen gesund genug, um kleine Spaziergänge allein zu unternehmen, durch die verlassenen Gegenden streifte, die das weiträumige Anwesen der Klinik umgaben. In den Tagen zuvor hatte es heftig geregnet, sodass sie dem gefürchteten Nass nicht ganz aus dem Weg gehen konnte, obwohl sie den in der Nähe sprudelnden Bach ebenso mied wie die Pools im Wellnessbereich.

In einer Senke nahe der Wiese hatte sich durch die kräftigen Niederschläge eine ziemliche Masse an Wasser aufgestaut, die man großzügig umrunden musste, wollte man nicht bis zu den Oberschenkeln nass werden. Bianca schauderte und nahm einen großen Bogen um die riesige Pfütze. (Oder war es ein kleiner Teich?) Lief schnell vorbei, schloss sogar die Augen. Unter ihren Füßen patschte das feuchte Gras, fast wäre sie ausgerutscht. Sie riss die Augen wieder auf.

Da stand sie.

Unverkennbar die Llorona. Schwarzes, strähniges Haar, die Haut in Fetzen von den Wangen hängend, bunte Kleidung, die einmal schön gewesen sein musste, jetzt aber nur noch in Teilen vorhanden war, um Schultern und Hüften wehend. Sie sollte weglaufen, doch ihre Füße waren wie angenagelt und ihr Verstand setzte aus.

„Hast du gedacht, du könntest mir entkommen?", fragte das Wesen.

Ja, dachte Bianca, genau das hatte sie. Ein Trugschluss, der noch bedeutendere Kreise zog als jener, der ihre Naivität hinsichtlich Sören betraf?

Sie war Kilometer von der Klinik entfernt und hier draußen in der Natur war keine Menschenseele; man nutzt ja explizit die Abgeschiedenheit der Psychiatrie, um den Patienten ein möglichst passendes Umfeld für ihre innere Einkehr zu geben. Trubel und Lärm einer Großstadt hätten nur davon abgelenkt, sich auf sich selbst und die eigenen Probleme zu konzentrieren, und in der Tat hatte auch Bianca die Einöde als entlastend empfunden.

Aber jetzt war ihr klar, welchen Nachteil das darstellte. Diesmal würde niemand ihr Schreien hören, ihr keiner zu Hilfe eilen. Kein Sören (der sowieso nicht), keine Mara, nicht die ganzen Touristen am Strand, die aber die Llorona sowieso

269

nicht gesehen hatten. Nicht die Ärzte, nicht die Psychologen, nicht die Mitpatienten.

„Du bist nur ein Bild in meinem Kopf", sagte sie, sich auf das, was der Therapeut ihr erklärt hatte, stützend. Es war ihr logisch erschienen, sie plapperte es nach in der Hoffnung, es selbst glauben zu können. „Du bist ein Symbol für meine Mutter, die mich in einer Situation, als ich sehr klein und hilflos war, bedroht und so die Angst vor Wasser in mir hervorgerufen hat. Du bist nicht real und kannst mir nichts tun."

„Sicher?" Die Llorona kam heran, sie schwebte übers Wasser, ihre grauschwarzen (vermoderten?) Füße hinterließen Schlieren auf der Pfütze, die sich ringförmig ausbreiteten. Sie streckte die Hände aus und kam bedrohlich nah.

Bianca wich zurück, peinlich darauf achtend, dass sie nicht in die Pfütze trat.

„Warum sollte ausgerechnet eine südamerikanische Sagengestalt in einem deutschen Kaff in der Einöde herumspuken?", rezitierte Bianca ihren Therapeuten. „Das ergibt keinen Sinn, es gibt ja nicht mal einen kulturellen Bezug. Geh in deinem eigenen Land spuken und versetze deine Nachkommen in Angst und Schrecken, aber nicht mich!"

Die Llorona ließ sich davon nicht beirren. Sanft strich sie mit dem Zeigefinger über Biancas Wange. Bianca fühlte den Hauch der Berührung.

Sie nahm einen widerlichen Geruch wahr, nach feuchter Erde, einem wässrigen Grab und süßlich nach Leiche.

„Grenzen, Raum und Zeit spielen keine Rolle", sagte die Gestalt mit einer erstaunlich klaren, fast lieblichen Stimme. „Das Prinzip der Schuld ist universell. Und ich – der Geist einer Betrogenen, die mit dem Verlust ihrer eigenen Brut den höchsten Preis von allen bezahlt hat – ich bin ein Wesen, das in tausend verschiedenen Erscheinungen und an allen Orten auftauchen kann! Für dich bin ich die Llorona, weil du mir diesen Namen gabst. Für jemand anderen bin ich etwas anderes, ich habe unzählige Gestalten, wenn ich es will. Aber es spielt keine Rolle, wer ich bin, weil mein Auftrag klar und unwiderruflich ist. Wichtig für dich ist nur, wer *du* bist: Du bist eine Ehezerstörerin und deswegen wirst du so lange auf meiner Liste stehen, bis ich dich zu Reue und Wiedergutmachung habe überreden können."

„Und wie machst du das?"

„Ich lasse dich meine Kinder hüten, bis du deine Schuld abgearbeitet hast. Und ich habe viele Kinder. Jemand muss auf sie aufpassen, während ich mir neue Kinder hole."

„Ich weiß, du hast viele Kinder", gab Bianca zurück. Sie flüsterte bloß noch. „Du hast sie alle getötet und sie spielen alle am Fluss."

„Richtig."

„Wie lange wird das Hüten dauern?"

„Ewig. Es ist das, was ihr Christen „Hölle" nennt."

„Die Strafe für Ehebruch ist so gewaltig?"

„Die Strafe für jene, die gegen die Gesetze einer edlen menschlichen Moral verstoßen, kann gar nicht gewaltig genug sein."

„Du bist nicht die Rächerin einer edlen menschlichen Moral – du bist etwas Böses."

„Wieder richtig." Die Llorona grinste und entblößte dabei schwarzes Zahnfleisch und beängstigend spitze Zähne. Bei ihrem Anblick dachte Bianca an die Feile, die zum Glück nachher doch nicht zur endgültigen Anwendung gekommen war.

Auch kurz vor diesem Augenblick, der lange her zu sein schien, hatte die Llorona in der Ecke gestanden und gegrinst. Sie war also damals schon echt gewesen und sie hätte sich auch zu diesem Zeitpunkt holen können, was ihr ihrer Meinung nach zustand. Dass sie es nicht getan hatte, war wohl einer eigenen Laune entsprungen. Bianca war da schon verloren gewesen und jede Hoffnung auf Rettung entpuppte sich als unerreichbarer Traum. Das Entkommen war nur ein Aufschub gewesen und das angeblich moralisch Aufräumende war etwas chaotisch

Böses, das sich lediglich einer Geschichte bediente, die ihm vermutlich gar nicht gehörte.

Sie würde das Opfer sein.

Sie war immer das Opfer gewesen, sie hatte es nur nicht gewusst. Sie hatte es mal geahnt, aber dann verdrängt, um an eigenen psychischen Schatten zu arbeiten.

Wie sinnlos!

Heute würde die Llorona – oder wer und was auch immer dieses Ding war – ihr Werk vollenden und niemand konnte es verhindern! (Oder war Bianca wirklich verrückt und ein neuerlicher psychotischer Schub trieb sie in den Selbstmord? Immerhin war auch das denkbar! Ein Teil von ihr, der beobachtend danebenstand, bedauerte diese Entwicklung, ohne sie verhindern zu können. Wie auch immer, das Ergebnis würde dasselbe sein. Am Ende stand der Tod als eine verdiente Strafe. Und jenes Mal, das ihr bereits als kleines Mädchen auf die Stirn geprägt worden war.

Vielleicht sollte ich dich jetzt und hier…)

„Ich hab die richtige Antwort auf deine Frage gewusst", versuchte Bianca es noch einmal. „Die Sage meint, wenn man die Antwort auf deine Frage weiß, bleibt man verschont."

Es war zwecklos. Sie erkannte es selbst: Das Wesen war gar nicht empfänglich für Logik, und Gnade stand nicht in seine DNS eingeschrieben. Es war böse, es wollte töten! Es brauchte dazu keinen Grund, auch, wenn es interessanterweise einen dafür inszenierte. Vielleicht, weil dies das ewige Herumspuken und Seelenstehlen etwas spannender gestaltete?

„Wann hätte die richtige Antwort auf eine Frage schon einmal menschliche Schuld aus den Annalen der Geschichte getilgt? Glaubt ihr Menschen etwa immer noch, ihr könntet euch mit klugen Worten und Erkenntnissen aus allem herauswinden?" Das sowieso schon angsteinflößende Gesicht der Gestalt verzog sich zu einer Fratze, deren Anblick kaum auszuhalten war.

Bianca spürte, wie eine Kraft sie in die Knie zwang. Sie ging zu Boden. Fühlte das Gras unter den Kniescheiben, den Händen. Glatte, nasse, kalte Stängel. Sie kauerte sich zusammen. Eigentlich wollte sie sich wehren, sich aufbäumen, aufbegehren, weglaufen, aber die Gestalt, noch mal um zwei Meter gewachsen und pechschwarz wie die finsterste Nacht, drückte ihre Schultern zu Boden. Biancas Gesicht näherte sich der Pfütze.

„Ihr Menschen haltet euch an Geschichten fest, Sagen, Mythen, Legenden. Ihr glaubt, wenn ihr alles richtig macht, dann bleibt ihr verschont von der Verantwortung, die ihr euren Taten eigentlich schuldig seid. So läuft das nicht – du wirst dafür bezahlen, egal, wie viele Worte du mir entgegenbringst. Eure Geschichten sind nichts als

Schall und Rauch. Sie entbinden euch nicht von eurem Auftrag, für euer Tun im Leben geradezustehen."

Das Wasser kam näher.

Vielleicht sollte ich dich hier und heute …

Eine Hand an der Kehle, eine Hand an der Stirn. Nägel, die sich ins Fleisch bohrten. Ein letzter verzweifelter Atemzug. Dann ein bodenloses, endloses Luftanhalten.

Zappeln, Zittern, Strampeln. *(Wie damals in der Wanne. Mama, warum hast du nur …? Ist es auch deine Schuld, die sich hier in meine Seele einschreibt? Du hast mich damals nicht getötet, denn ich führte an der Oberfläche mein Leben weiter bis zum heutigen Tag, aber bin ich in Wahrheit nicht damals doch unter deinen Händen gestorben? Führte ich in Sören nicht fort, was mein Vater in dir einpflanzte? Es tut mir leid, Mama. Ich hoffe, dir auch!)*

Nur eine sehr begrenzte Zeit konnte Bianca die Luft anhalten, aber diese Zeit kam ihr sehr lang vor. Schließlich drohten ihre Lungen zu kollabieren, jede Zelle in ihrem Leib gierte nach Sauerstoff. Sie konnte nicht anders, als einen tiefen Zug zu nehmen, der schmutziges Pfützenwasser in ihre Lungen spülte. Die Stimmritze drohte zu verkrampfen, das Denken im Kopf verdichtete sich zu einem Nebel, der voller Farben und Schwärze war.

Hier und heute.

Existierte die Llorona oder war sie nur eine Ausgeburt eines Hirns, das sich selbst auslöschen wollte? Jede Möglichkeit erschien logisch. Jede Möglichkeit erschien zugleich unfassbar.

Sich selbst konnte Bianca nicht mehr aus der Schlinge ziehen, so viel stand fest. Aber vielleicht bestand die Chance, zumindest die kleine Kim zu retten und damit einen Teil ihrer Schuld, die sie durch die Beziehung zu Sören auf sich geladen hatte, abzutragen? Die Llorona war sicher auch immer noch hinter dem Kind her, weil auch Sören zweifelsohne seine Schuld bezahlen musste. Bestand vielleicht eine winzige Option, dies zu verhindern?

„Warte", schrie sie – oder flüsterte sie es? Es gab noch etwas zu erledigen. Ein Opfer zu bringen, eine Schuld zu sühnen. Wenn es ihr gelang, etwas Gutes und Wichtiges zu bewirken, würde ihr eigener Tod vielleicht sogar einen Sinn ergeben.

Die Frage war, ob die Llorona sich darauf einließ.

„Wenn ich freiwillig mit dir gehe", versuchte es Bianca, „verschonst du dann die kleine Kim? Lässt du sie in Ruhe, wenn ich dir ohne Widerstand folge?" Eigentlich konnte Bianca nicht mehr reden. Aber sie *dachte* es mit aller Innigkeit, die ihr zur Verfügung stand. Und die Llorona hatte verstanden. Sie lächelte ein schauriges Lächeln.

„Unmöglich wäre das nicht", sagte sie. „Es gibt ja noch viele andere Kinder auf der Welt, die unter dem Egoismus ihrer Eltern leiden und sich für eine nachhaltige Lektion eignen. Und dein letzter edler Akt hat eine Belohnung verdient, nicht wahr?"

Mit harter Hand zog sie die Ertrinkende aus der Pfütze.

„Aber nicht hier! Du wirst mir zum Fluss hinunter folgen und dort dann deine Entscheidung treffen!"

Plötzlich stand Bianca wieder auf ihren Füßen, nass wie ein Pudel im Regen zwar, aber noch quicklebendig und bis auf das Brennen in ihrer Lunge (und die Todesangst, die durch ihre Adern gespült wurde) weitgehend unversehrt.

Biancas erleichterter Dank ging in einem schaurigen Triumphgeheul des Schattenwesens unter. Ein freiwilliges Opfer war ganz besonders verlockend! Schmackhaft! Unwiderstehlich! Seine Begierde war scheinbar mit den Händen zu greifen.

Tapfer setzte Bianca einen Fuß vor den anderen, immer die kleine Kim im Hinterkopf, die nun unbeschwert und unbehelligt von den Sünden der Erwachsenen um sie herum aufwachsen konnte.

Es kostete sie eine beispiellose Überwindung, sich dem Fluss zu nähern, dessen Rauschen ihr ordentlich Respekt einflößte. (*Respekt?* Es war die blanke Angst, die sie trieb, eine würdelose, unbeschreibliche Angst, die ihren Körper und ihr ganzes Denken ausfüllte. Diese Angst war das Letzte, was von ihr hier für eine Sekunde verweilen würde, bevor es sie ins schauerliche Totenreich hinabzog.)

Der Fluss war nahe. Sie hörte sein ohrenbetäubendes Rauschen und wunderte sich: Hatte man ihr in der Klinik nicht versichert, es handle sich nur um einen kleinen, harmlosen Bach, der keinerlei Gefahr darstellte? Und nun? Konnte sie das überhaupt? Dort einfach hineinsteigen und sich treiben lassen, bis der nasse Tod sie überwältigte? Es war unvorstellbar. Aber ihr blieb keine Wahl.

Die Llorona tauchte aus den Fluten auf, als stünde sie wie eine etliche Meter hohe Statue auf dem Grund. Sie sang und rief. Sie reichte ihrem Opfer die Hand. Bald würde Bianca so aussehen, wie sie: Eine Nachtgestalt, die zwischen erschreckender Verwesung und verführerischer Verlockung changierte und unschuldigen Sterblichen den Tod brachte. Ein Symbol der Rache, ein Mahnmal der Untreue.

Es erschien Bianca ungeheuerlich, doch vollbrachte sie das Undenkbare: Schritt für Schritt setzte sie einen Fuß in Bewegung. Der Bach (Fluss, es war ein reißender Fluss, der alles unter sich begrub!) war so nahe, dass sie die spritzende Gischt auf dem Gesicht spürte.

Die Llorona, sich auf den Wellen wiegend, blieb ihr bis zur letzten Sekunde ein Rätsel. War sie eine sinnlos furchtbare Gestalt, die sich erbarmungslos jedes Leben griff, das sie kriegen konnte, angetrieben von einer fremden Macht aus einer unbekannten Dimension, die ihr kümmerlicher menschlicher Verstand niemals begreifen würde? Oder war sie „nur" die fantasievolle Ausrede für eine völlige Selbstzerstörung, die ebenso unbegreiflich für einen gesunden Geist war?

Es spielte keine Rolle mehr. Wichtig war nur noch der überwältigende Geruch des Wassers, der Bianca in die Nase stieg. Eigenartig, dass sie immer gemeint hatte, Wasser habe keinen Eigengeruch! Es roch außerordentlich und intensiv und in wenigen Momenten würde sie ein Teil dieses Elements werden und sich ganz und gar darin auflösen.

Bianca leistete wie versprochen keinen Widerstand mehr. Sie nahm ihren ganzen Mut zusammen, schloss die Augen und setzte sich unwiderruflich in Bewegung.

18. Kapitel

Mara

Liebe Bianca,

ich weiß nicht, wo du nun sein magst, aber dein Verlust schmerzt mich tief, nach all den Jahren, die wir miteinander im Guten wie im Bösen geteilt haben.

Das Wissen um deine psychischen Probleme und die Schuld, dich nicht „gerettet" zu haben, wiegt schwer. Vermutlich hätte ich dich gar nicht retten können, deine Ärzte sagen, deine Störung sei so schwer gewesen, dass das Geschehene vermutlich *niemand* hätte verhindern können. Schon gar keine Freundin, die zugleich eine Feindin war!

Und eigentlich glaubte ich dich ja in den besten, professionellsten Händen! Ich brauchte meine Kraft auch für mich selbst, das muss ich zugeben. Es ist nicht leicht, eine Trennung durchzustehen und sich danach ein neues Leben allein aufzubauen. (Immerhin hält Sören sich an die Abmachungen, was vieles erleichtert. Auch er scheint eine Lektion gelernt zu haben.)

Das soll keine Rechtfertigung sein – nur eine Erklärung. Und ich ahne, dass ich mir damit selbst etwas vormache, denn die Schuld, im entscheidenden Moment nicht für dich da gewesen zu sein, wird mich den Rest meines Lebens begleiten.

Dazu gesellen sich all die alten Gefühle, die dem widersprechen, nachdem mein Mann und du … Ach, die ollen Kamellen! Gefühle sind unzuverlässige kleine Clowns, oder? Und Beziehungen sind ziemlich kompliziert, was? Wir werden wohl trotz aller Bemühungen niemals Ordnung in unsere Herzen und Köpfe bringen können!

Aber wie auch immer – dir hätte ein erfülltes, glückliches und langes Leben zugestanden. Ich würde viel darum geben, wenn ich aus der Ferne hätte beobachten können, wie dir dies geschenkt worden wäre. Aber es hat nicht sollen sein: Du warst einfach zu krank dafür. Es ist klar und logisch, eine traurige, aber nachvollziehbare Erklärung: Du hast das Geschenk dieses Lebens zurückgegeben, weil dein Gehirn zu verwirrt war, um es annehmen zu können. Zumindest ist das das, was die Ärzte glauben.

Deine Leiche hat man nicht gefunden, nur deinen Mantel in einem Fluss in der Nähe der Klinik, die dich eigentlich hätte heilen sollen. Trotzdem glauben die Ärzte und deine Angehörigen, du seist „ins Wasser gegangen", es erscheint ihnen schlüssig und passt zu deinen „Krankheitssymptomen".

Ich hingegen stelle mir lieber vor, du habest aus irgendeiner plötzlichen Idee heraus entschieden, die Enge einer Psychiatrie sei nichts für dich und deinen freien Geist. Vielleicht bist du im Schutz der Nacht und des Regens heimlich davongelaufen und hast uns deinen Mantel als Zeichen für einen Abschluss hinterlassen.

Vielleicht hast du irgendwo in der Fremde ein neues Leben angefangen! Wie unwahrscheinlich diese Idee auch ist (und doch ist sie *nicht* unmöglich!), mir schenkt sie Trost und Hoffnung.

Aber manchmal bin ich auch einfach nur traurig und zu realistisch, um meine Seele mit dieser fröhlichen Idee zu beruhigen. Dann mahnt irgendeine kleine Stimme in meinem Inneren daran, nicht wegzusehen:

Vielleicht wärst du doch zu retten gewesen. Vielleicht, wenn wir einander weniger Leid und Schmerz zugefügt hätten. Wenn wir weniger falsche Entscheidungen getroffen hätten. Wenn Toleranz und Mitgefühl an die Stelle von Eiseskälte und Ignoranz getreten wären.

Deshalb hinterlässt du mir mit deinem Weggang ein großes Erbe, das sehr weh tut. Obwohl unsere Freundschaft in den Wirren des Lebens keinen Bestand hatte, waren wir einander doch einmal sehr nah und deshalb reißt dein Verlust – oder auch nur die Tatsache, dass du ohne ein Abschiedswort geflüchtet bist – eine Wunde in mein Herz, die sich nicht schließen wird. Jedenfalls nicht, so lange keine Klarheit über dein Schicksal besteht.

Nicht zu wissen, was passiert ist, bedeutet, mit der Unsicherheit und Schuld leben zu müssen. Nicht zu wissen, was passiert ist, bedeutet auch, die Hoffnung zu bewahren. Beides zerstört auf seine ganz eigene Art die Bande, die mich mit dir verknüpften. Und hält sie doch auch auf ewig fest: Es wird niemals vorbei sein.

Und weißt du was, liebe Bianca? Die ganze Zeit seit unserem Urlaub pochte in mir eine Art dunkler Ahnung, die Ahnung von einer Bedrohung, die ich nicht fassen und erklären konnte. Es ist, als ob der Schatten dieser Wesen, die dich in deinem Kopf so gequält haben, wahrhafte Gestalt angenommen hätte und fortan über mir und meinem Kind schwebte. Ich habe deine „Erscheinungen" nicht ernstgenommen, niemand hat sie ernst genommen. Vielleicht war das ein Fehler.

Denn seit deinem Tod (*BIST* du tot, Bianca?) ist diese Ahnung verschwunden.

Ich weiß nicht, *was* du gemacht hast und *wie* du es gemacht hast, aber es flößt mir große Angst ein. Genauer wissen will ich es deshalb auch nicht, weil es mich in erschreckend eindringlicher Weise an deine übersinnlichen Überzeugungen erinnert, von denen du ja nicht abzubringen warst. Ich will keine schlafenden Hunde wecken, indem ich nachforsche und tiefer einsteige. Und schon gar nicht will ich demselben Wahn erliegen und statt deiner in der Klapsmühle landen. Aber ich könnte ja sowieso niemanden danach fragen, wie wir beide nur allzu genau wissen.

War es ein Wahn, Bianca?

Ja, auch ich tue, was feige Menschen tun – ich laufe weg. Ich muss meine Tochter schützen und das mache ich, in jeder Form, die mir möglich ist, und vor allen Gefahren, auch jenen, die sich unserem Verstand nicht erschließen wollen.

Deshalb verzeih mir, dass ich unsere gemeinsame Geschichte, die nicht beendet wurde und deren letzten Seiten leer bleiben werden, nun abschließe. Wir werden ja doch nichts mehr hinzufügen, jedenfalls nicht aus derselben Feder, und so soll es wohl sein.

Trotzdem möchte und muss ich mich bei dir bedanken und das tue ich hiermit in aller Stille. Für viele Jahre Freundschaft. Für unsere gemeinsame, kostbare Zeit. Für Zusammenhalt und Eintracht, auch für Konflikte, an denen ich lernen und wachsen konnte. Für dein Lächeln und deinen Liebreiz, deinen Humor und deine Bereitschaft, zuzuhören.

Letztlich werde ich nicht wissen, was passiert ist, liebe Freundin. Aber ich werde die Erinnerung an dich in Ehren halten und bewahren und meiner Tochter von dir erzählen.

Und falls es ein Leben nach dem Tod gibt, werden wir uns eines Tages wiedersehen. Vielleicht werden mit den No Angels als Soundtrack die Fußnägel auf einer Wolke lackieren und vor Lachen fast herunterpurzeln. *„Nach dem Tod"*, habe ich das wirklich geschrieben, als sei es ein Fakt?

Das ist es nicht.

Alles, was wir bislang wissen, ist, dass du weg bist. Nur weg. Und was verschwinden kann, kann auch eines Tages wieder irgendwo auftauchen, nicht wahr? Vielleicht dann, wenn man am wenigsten damit rechnet.

Tief im Inneren weiß ich, dass du mich gerettet hast, auch, wenn es jeder Logik entbehrt. Nicht nur, als du die Nagelfeile sinken ließest, als wir in einem letzten innigen Blick einander erkannten. Nicht nur, weil ich dank dir rechtzeitig erkannte, wie unglücklich und gefangen ich in meiner Ehe mit Sören war.

Nein, deine Aufopferung ging tiefer, wenn ich auch niemals erklären könnte, wie sie sich exakt gestaltete. Aber ich fühle, dass du etwas sehr Großherziges und Kostbares für mich und mein Kind getan hast. Es ist nur so ein Gefühl, dem jede wissenschaftliche Erklärung fehlt. Ein Gefühl, nicht weniger wirksam als Zuneigung, die wir im Rahmen einer Freundschaft oder Liebe empfinden. Für das, was du für mich getan hast, danke ich dir von Herzen.

Alles Gute für dich, wo immer du auch sein magst, hoffentlich an einem friedlichen, schönen Ort, der dein empfindsames Herz einhüllt und beschützt.

Mögest du dort von besseren Freundinnen umgeben sein, als ich dir eine war.

In Liebe
deine Mara

Liebe Leserin, lieber Leser,

ich danke dir herzlich, dass du Zeit mit meiner
Geschichte verbracht hast und hoffe,
sie hat dir gefallen und dich gut unterhalten.

Wenn du eine Anmerkung, Rückmeldung
oder Kritik hast, würde ich mich sehr
über eine E-Mail freuen:

info@lindner-katharina.de

AutorInnen freuen sich auch immer sehr
über Rezensionen oder Empfehlungen
In den öffentlichen Netzwerken.

Leider bleiben Bücher ohne diese unsichtbar
und gehen den Leserinnen und Lesern verloren.
Sie brauchen Stimmen, die sich zu ihnen äußern.
Vielleicht ist deine eine davon?

Ich danke dir von Herzen.

Deine Katharina Lindner

Besuche mich auch gern auf meiner

Autorenseite:

www.lindner-katharina.de

Oder begegne mir und meinen Themen auf meinem liebevoll geführten

Blog:

www.seelenheiter.de

Literatur, Kunst und Tipps, wie du ein erfülltes und glückliches Leben führen kannst.

All das findest du dort
in regelmäßigen Beiträgen.

Mach's gut!

Ich wünsche dir von ganzem Herzen alles Liebe und eine schöne Zeit mit vielen abenteuerlichen, spannenden und berührenden Büchern!
Vielleicht bis zur nächsten Lektüre?